AF290598

plaisir
d'amour

FSC
www.fsc.org
MIX
Papier aus ver-
antwortungsvollen
Quellen
Paper from
responsible sources
FSC® C105338

SARAH HAWTHORNE

ENFORCER'S PRICE

Demon Horde MC

Ins Deutsche übertragen
von Julia Weisenberger

Sarah Hawthorne
Demon Horde MC Teil 1: Enforcer's Price

Aus dem Amerikanischen ins Deutsche übersetzt von Julia Weisenberger

© 2017 by Sarah Hawthorne unter dem Originaltitel „Enforcer's Price (The Demon Horde Motorcycle Club Series Book 1)"
© 2022 der deutschsprachigen Ausgabe und Übersetzung by Plaisir d'Amour Verlag, D-64678 Lindenfels
www.plaisirdamour.de
info@plaisirdamourbooks.com
© Covergestaltung: Sabrina Dahlenburg
(www.art-for-your-book.de)
© Coverfoto: Shutterstock.com
ISBN Print: 978-3-86495-558-7
ISBN eBook: 978-3-86495-559-4

Dieses Werk wurde im Auftrag von Harlequin Books S.A. vermittelt durch die Literarische Agentur Thomas Schlück GmbH, 30161 Hannover.

Für meinen Mann – danke für all Deine Liebe und
Unterstützung.

Kapitel 1

Krista

Ich zog meine Tochter näher zu mir und schaukelte sie. Es war dunkel im Schlafzimmer und ich konnte ihr Gesicht nicht sehen, aber ihr Atem war unregelmäßig und ihre Stimme zittrig. Ihr kleines Kinn, das sonst so niedlich war, drückte bebend gegen meinen Arm. Ich tastete nach der Decke auf dem Bett und zog sie um uns herum. Natürlich würde uns eine Decke nicht retten, aber zumindest würde sie Becky ein Gefühl von Sicherheit geben.

„Mami, ist das der große böse Wolf? Wird er unser Haus wegpusten?"

Bumm. Bumm. Bumm.

„Krista, verdammt noch mal, mach die verfickte Tür auf, bevor ich sie eintrete!" Das Hämmern ging weiter. Er hatte es mindestens fünfzehn Minuten lang getan, lange genug, dass einer der Nachbarn die Polizei hätte rufen können.

Nicht, dass ich Polizisten besonders toll fand, aber in diesem Moment hätte ich jeden begrüßt, der Robby dazu bringen könnte, mit dem Hämmern aufzuhören.

Becky begann zu wimmern.

„Schhhh, Baby." Wenn wir lange genug still blieben, würde er vielleicht denken, dass wir nicht zu Hause waren.

Das war ein Wunschtraum. Er wusste, dass wir

im Haus waren. Robby wusste immer, wo ich war, was ich tat und wie er mich ausnutzen konnte. Ich hatte ihn vor drei Jahren rausgeschmissen, aber er behielt mich weiterhin im Auge. Er nutzte diese Informationen, um von mir Geld zu erpressen, wenn es ihm ausging. Und das war oft der Fall.

Robby hatte nie einen Cent an Unterhalt gezahlt oder Zeit mit Becky verbracht. Mir war schon vor Jahren klar geworden, dass er mir nicht bei der Erziehung unseres Kindes helfen würde. Er sah uns nur als gelegentliche Einkommensquelle an.

Die anderen Mütter in Beckys Vorschule fuhren glänzende neue Subarus und arbeiteten Teilzeit, weil sie es wollten. Sie nahmen sogar Urlaub. Und warum? Sie hatten reiche Männer geheiratet oder eine eigene Ausbildung gemacht. Aber ich nicht.

Als ich in der Highschool gewesen war, war ich mit Robbys Kind schwanger geworden. Jetzt musste ich dafür bezahlen. Ich fuhr einen mit Klebeband zusammengehaltenen Corolla, arbeitete Vollzeit am Ausschank in einem Motorradclub und verkaufte dort meinen Körper. Ich war in meinem ganzen Leben noch nie im Urlaub gewesen.

Becky zitterte in meinen Armen. „Hustet und pustet der Wolf, Mami?" Was zum Teufel sollte ich einer Sechsjährigen sagen? *Ja. Nein. Es ist nur dein Vater.*

Wie sollte ich ihr erklären, dass ihr Vater der große böse Wolf war, weil ihm das Meth ausgegangen war? Oder, noch schlimmer, dass ihre Mutter für das Geld, das den Wolf in Schach hielt, ihren Körper verkaufte?

Das Hämmern hörte auf, und draußen begannen Stimmen, sich gegenseitig anzuschreien. Ich konnte die Worte nicht richtig verstehen, aber das war egal. Die Polizisten waren endlich da. Robby würde ins Gefängnis kommen, und wir könnten heute Nacht in Ruhe schlafen.

Das Geschrei stoppte und Geräusche von Gerangel begannen. Ich erkannte einen Kampf, wenn ich einen hörte. Robby und die Bullen waren wohl gerade zugange. Ich hoffte, dass die Polizisten Verstärkung mitgebracht hatten. Robby war ein echtes Arschloch und schwer zu stoppen, wenn er auf Entzug war und neues Zeug brauchte. Ich hatte schon ein paar Mal versucht, ihn aufzuhalten – ich wusste genau, wie hart er zuschlug.

Nach einer gefühlten Ewigkeit verstummten das Gerangel und die Stimmen. Es war vorbei. Ich hatte überhaupt kein Interesse daran, die Tür zu öffnen und mit den Bullen zu reden. Wenn Robby sah, dass ich tatsächlich da und nur nicht an die Tür gegangen war, würde mein Leben noch tausendmal schlimmer werden, sobald er das Gefängnis verlassen hatte.

„Krista, mach auf! Ich bin's, Tate."

„Fuck." Es war mein Boss. Die Nachbarn hatten nicht die Polizei, sondern meinen Chef angerufen, den Präsidenten des Motorradclubs Storm Kings. Die einzige Nachbarin, die Tate hatte kontaktieren können, war Janice. Sie hatte mir auch den Job besorgt.

Die Jungs im Club waren nett zu mir. Sie behandelten mich nicht nur korrekt, weil ich eine gute Nutte war. Sie taten es, weil ich ein Teil der Familie war. Sobald sie gemerkt hatten, dass sie mir vertrauen konnten, hatte ich angefangen, im Clubhaus die Bar zu bedienen und die Rechnungen in Ordnung zu halten. Tate zahlte ein bisschen mehr und ich lernte eine Menge über Buchhaltung. Die Storm Kings waren das Beste, was mir in meinem Leben passiert war, seit ich Becky bekommen hatte. Ich hatte jetzt mehr Geld und einen geregelten Tagesablauf. Ich hatte sogar Zeit, meinen Collegeabschluss zu machen. Nicht viele Frauen konnten behaupten, dass Nutte zu sein der beste Job war, den sie je gehabt hatten.

Ich wünschte, Janice hätte die Polizei gerufen. Ich hätte mich in meinem Zimmer verstecken können, bis alle weg gewesen wären. Aber jetzt musste ich meine schmutzige Wäsche vor Tate und dem ganzen Club ausbreiten. Ich hatte mir selbst die Regel auferlegt, die Jungs vom Club nicht in mein Privatleben einzubeziehen. Ich musste meine Regeln brechen und die verdammte Tür öffnen.

„Wir sagen keine bösen Worte, Mami." Beckys Augen waren groß und starrten mich an. Ich hatte versucht, in ihrer Gegenwart nicht mehr so viel zu fluchen. „Können wir Mr. Tate Hallo sagen? Hat er den Wolf verscheucht?"

Ich nickte. Wir hatten keine andere Wahl. Er wusste wahrscheinlich sowieso, dass ich hier drin war. Ich stand auf, nahm Becky mit und ging in

Richtung Vorderzimmer. Wenigstens kannte sie Tate. Ich hatte sie ein paar Mal mit zur Arbeit genommen, wenn alle Männer weg waren. Er brachte ihr Karamellbonbons mit, während ich das Clubhaus putzte.

„Krista?", rief Tate durch die Tür. „Es ist sicher, mach auf."

Ich stand davor. Ich wusste, dass ich öffnen musste, aber Gott, ich wollte Robby nicht sehen. Ich konnte es einfach nicht. Es würde alles nur noch schlimmer machen.

„Ist er weg?", fragte ich durch die geschlossene Tür.

„Er ist bewusstlos." Die Stimme, die antwortete, war rau und ungewohnt. Es war nicht Skeeter oder Rip. Es war keiner der Jungs, die im Clubhaus übernachteten – ich hätte ihre Stimmen erkannt.

Ich entriegelte die Tür und öffnete sie, wobei ich Becky immer noch auf dem Arm hielt. Sie drehte sich in meinen Armen und versuchte zu sehen, was da los war.

Auf meiner Veranda herrschte das reinste Chaos. Die beiden Plastikstühle, die Blumentöpfe mit meinen Ringelblumen und das Vogelfutterhaus wirkten alle wie geschreddert. In der Nähe des Fensters war ein neuer Riss im Stuck zu sehen. Aber die Fensterscheibe war nicht zerbrochen und das Geländer noch intakt. Wenigstens konnte mich der Vermieter nicht rausschmeißen. Nach einer Sekunde des Suchens bemerkte ich Robby, der in der hintersten Ecke zusammengesackt war und von einem großen, furchterregend aussehenden Biker bewacht wurde.

In den zwei Jahren, in denen ich im Clubhaus nun arbeitete, hatte ich mehr als genug große, furchterregende Typen in Leder gesehen. Aber dieser hier war anders. Er hatte nicht diesen rasenden Blick wie die meisten Kerle, die gerade einen Kampf beendet hatten. Normalerweise konnte man das Adrenalin und das Testosteron in ihren Augen erkennen. Doch nicht bei diesem Typ. Er wirkte kalt, als er auf meinen Ex hinunterstarrte.

Das Unheimlichste an diesem Kerl war seine Kutte. Es war die übliche schwarze Lederweste für Biker, aber die Aufnäher waren mir fremd. Auf dem, der zeigte, woher er kam, stand einfach „Berdoo". Die Storm Kings waren ein Club mit nur einem Chapter. Wer auch immer dieser Mann war, er gehörte nicht zur Familie.

„Ist der große böse Wolf weg?" Beckys Stimme zitterte. Ihre Augen huschten über die Veranda und blieben an Robbys bewusstlosem Körper hängen. „Daddy?"

„Dein Papa schläft", sagte Berdoo freundlich und sofort. „Er hat hart gearbeitet, um dich vor dem Wolf zu beschützen."

Ich nickte ihm kurz dankend zu. Ich war nicht bereit, Becky zu erklären, dass ihr Vater ein Arschloch war.

„Hör zu, wir kümmern uns um ihn." Tate trat an meine Seite. „Aber du kannst heute Nacht nicht hierbleiben. Die Bullen werden bald hier sein. Pack eure Sachen. Ihr bleibt heute Abend im Clubhaus."

Ich nickte erneut. Ich wollte sowieso nicht bleiben. Wenigstens konnte ich Becky dank Tates Erlaubnis ins Clubhaus statt ins Motel bringen und so etwas Geld sparen.

Becky und ich gingen zurück in die Wohnung. Ich packte Kleidung in einen Rucksack, während sie ein paar Spielsachen in ihre Lunchbox steckte.

„Zieh deine Turnschuhe an, Baby", wies ich sie an. „Draußen liegen kaputte Sachen und ich will nicht, dass du dir die Füße aufschneidest."

Sie zog sich die Schuhe an, und ich packte Zahnbürsten und Deo in den Rucksack. In etwa drei Minuten waren wir mit dem Packen fertig.

Ich ergriff Beckys Hand und wir gingen zu Tate und Berdoo auf den Parkplatz des Apartmentkomplexes. Ich stand einen Moment lang schweigend da und begutachtete, was von meinem Auto übrig geblieben war. Jede einzelne Scheibe war weg. Ich hatte keinen Wagen mehr.

Mein Auto war nur eine Maschine, die mich überall hinbrachte, aber es bedeutete auch Freiheit. Es half mir, Robby zu entkommen, wenn die Dinge einfach zu schlimm wurden. Es brachte mich zum Gericht, um die einstweilige Verfügung zu erwirken. Es ermöglichte mir, Becky zur Schule und zum Tanzunterricht zu bringen. Es hatte mich zum College gebracht, damit ich einen richtigen Job bekommen konnte. Für heute Abend hatte ich geplant, dass es uns ins Clubhaus bringt, wo wir sicher sein würden.

Aber es war zerstört. Die Fenster waren kaputt, überall lagen Glasscherben, meine Sachen waren durch die Gegend geworfen worden. Es gab keine Möglichkeit zu fahren. Ich konnte uns nicht in Sicherheit bringen.

„Mein Auto …" Ich streckte die Hand aus, um die Tür zu öffnen, aber Finger umschlossen mein Handgelenk.

Berdoo.

Die Slumvermieter, denen mein Wohnkomplex gehörte, hatten sich nie die Mühe gemacht, die Glühbirnen in den Flutlichtern auszutauschen, so dass der Parkplatz dunkel war. Ich versuchte, in das Gesicht des Fremden zu schauen. Er war ein großer Schatten, der neben mir aufgetaucht war. Ich hätte Angst vor ihm haben sollen. Aber Tate war da, und ich war größtenteils einfach nur wie betäubt.

„Er hat nur die Scheiben eingeschlagen. Sobald wir das gereinigt haben, sollte es sicher sein, zu fahren."

Ich nickte.

„Tut mir leid, Krista, aber wir haben nicht angehalten, um einen verdammten Pick-up zu holen. Ihr müsst hinten auf unseren Motorrädern mit zurück zum Clubhaus fahren." Tate drückte meine Schulter und schenkte Becky ein Lächeln. „Willst du auf meinem Motorrad mitfahren?"

Mein voller Mama Bär-Modus wurde aktiviert. Er wollte meine Sechsjährige hinten auf ein Motorrad setzen? Ich zog Becky hinter mich.

„Mami, Mr. Tate hat ein böses Wort gesagt."

„Becky, hör auf zu petzen", sagte ich, ohne sie anzusehen. Ich starrte Tate an. „Du willst mein Kind auf den Rücken eines Motorrads setzen? Bist du verrückt? Sie kann sich nicht festhalten. Wir werden laufen. Es sind nur sechs Kilometer. Ich habe das schon mal gemacht."

In der Ferne ertönten Polizeisirenen. Dieser Abend war bereits ziemlich schrecklich, aber die Polizisten würden ihn noch viel schlimmer machen. Nicht nur für mich, sondern auch für Tate und Berdoo. Obwohl sie mich nur hatten beschützen wollen, könnten die Cops das als Übergriff bewerten. Außerdem war unklar, welche Geschichte Robby sich zusammenreimen würde, wenn er aufwachte.

„Wir müssen los. Du kannst hierbleiben und auf die Polizei warten, oder du kannst mit dem Motorrad zurück zum Clubhaus fahren", erklärte Berdoo. „Du kannst sie zwischen uns setzen, damit sie nicht runterfällt. Halt sie fest. Ich werde vorsichtig fahren."

Wer zum Teufel war dieser Kerl? „Wir fahren mit Tate."

Mein Boss räusperte sich. „Du fährst mit ihm. Ich habe neulich meinen Beifahrersitz ausgebaut, damit ich einen neuen Benzintank einbauen kann."

Ich sah mir die beiden Motorräder an. Verdammt! Ich fuhr *nicht* hinten auf dem Bike dieses Typen mit. „Wir werden laufen. Wir treffen uns in etwa anderthalb Stunden am Clubhaus."

In der Welt der Biker bedeutete eine Frau, die hinter einem solchen auf dessen Motorrad saß, vor allem eines: Old Lady. Beständigkeit. Verantwortung. Wenn ich auf Berdoos Motorrad säße und der ganze Club es sehen würde, gäbe es Vermutungen. Es würde bedeuten, dass er mein Besitzer wäre. Mein Job als jedermanns Freundin für Geld wäre im Handumdrehen futsch.

Die Sirenen wurden lauter, während Tate mich am Arm festhielt. „Du musst es tun, und ich habe den Rest der Jungs auf eine Tour nach Portland geschickt. Niemand außer uns wird davon erfahren."

Ich sah Berdoo an. Ich könnte auf sein Motorrad springen oder den Polizisten erklären, wie Robby sich selbst zu einem blutigen Brei geschlagen hatte, während ich mit meinem Kind im Hinterzimmer kauerte. Das war ein sicheres Ticket für eine Untersuchung durch das Jugendamt.

„Wie auch immer. Es ist mir egal, mit wem wir fahren, lasst uns einfach von hier verschwinden."

Berdoo reichte mir seinen Helm und Becky und ich gingen zu den Motorrädern hinüber. Ich wusste, welches das von Tate war, also stieg ich auf das andere. Ich setzte Becky vor mich. Das war gefährlich, aber auf die Bullen zu warten oder darauf, dass Robby wieder zu sich kam, würde zu mehreren Verhaftungen führen. Berdoo nahm vor Becky Platz und ließ den Motor an. Das Clublogo auf der Rückseite seiner Kutte war ein stilisierter Teufel, mit Hörnern und einer langen Zunge. Das Logo der Storm Kings war eine Krone mit einem Blitz. Dieser Typ war kein King, aber Tate behandelte ihn wie einen solchen. Interessant.

Er beugte sich vor und ich sah den Namen seines Clubs in den Schatten. *Demon Horde.*

Das Motorrad hüpfte ein wenig und ich lehnte mich nach vorne, um Becky zu packen. Dann wurde mir klar, dass auch das nicht sicher sein würde. Ich brauchte einen Anker, etwas, das mich davor bewahren würde, herunterzufallen. Ich musste mich an ihm festhalten.

Der Motor heulte auf und das Motorrad vibrierte unter mir. In diesem Moment verstand ich, warum es den Frauen hier hinten gefiel. Dieser Platz auf dem Motorrad bedeutete Status und Macht. Er zeigte, dass man mehr war als nur ein heißes Stück Fleisch. Dass man eine Old Lady war, jemand, der vom Club geehrt wurde. Diesen Rang hatte ich nicht verdient. Aber hier war ich, eine Nutte auf dem Rücksitz eines Fremden, mit meiner Tochter zwischen uns.

„Halt dich an mir fest. Ich sorge dafür, dass ihr sicher seid."

Ich wusste, dass er über die Fahrt zum Clubhaus sprach. Er würde dafür sorgen, dass wir bis dahin sicher waren, aber es klang wie ein Angebot für etwas mehr. Es war erbärmlich von mir, weil ich von einem Mann fantasierte, der alle meine Probleme lösen konnte, während ich auf dem Rücken eines gottverdammten Motorrads saß. Ich schlang meine Arme um seine Mitte und quetschte Becky zwischen uns ein. Besser, sie wurde zerquetscht, als dass sie herunterfiel.

Der Wind frischte auf, als wir den Parkplatz verließen. Wir bogen ab, aber in der Ferne konnte ich die roten und blauen Blinklichter sehen. Das Geräusch der Sirenen verklang schließlich nach ein paar Blocks.

Obwohl es schon nach dreiundzwanzig Uhr war, war Tacoma noch voller Leben und wach. Wir hielten an einer roten Ampel an, und Berdoo stellte seinen Fuß ab, um das Motorrad zu stabilisieren. Mein Gesicht war weiterhin an seiner Rückseite vergraben, vor allem, weil es mir half, das Gleichgewicht zu halten und mich an Becky zu kuscheln. Aber ein Teil von mir genoss auch das Gefühl seines warmen, harten Rückens an meiner Wange. Er war robust, jemand Verlässliches. Er war sicher. Immer, wenn ich anfing, mich auf einen anderen zu verlassen, normalerweise Robby, ging mein Leben den Bach runter. Selbst nur so zu tun, als würde ich bei diesem Kerl Sicherheit finden, war ein Luxus, den ich mir nicht leisten konnte.

Ich wollte meinen Kopf hoch- und mich zurückziehen, aber dann spürte ich seine Hände auf meinen. Er wollte, dass ich blieb. Er sprach kein Wort, doch die sanfte Berührung sagte mir alles. Es war Sicherheit, Beruhigung, allerdings auch Besitzanspruch. Er wollte, dass ich dicht bei ihm war.

Ich wollte es ebenfalls. Ich wollte in seiner Nähe bleiben, mich an ihn kuscheln, mir von ihm sagen lassen, dass alles gut werden würde. Ich kannte nicht einmal seinen Namen, aber ich wusste, was ich von ihm wollte. Sicherheit und Geborgenheit. Ich beugte mich vor und drückte meine Wange an seinen Rücken. Zuvor hatte ich meine Hände um seine Vorderseite geschlungen, doch jetzt ließ ich sie entspannt über seinen Bauch streichen, der aus flachen Muskelsträngen bestand. Die Muskeln fühlten sich gebündelt und hart unter meinen Fingern an. Machte ich ihn nervös?

Natürlich war er angespannt. Er hatte eine verrückte Frau hinten auf seinem Motorrad.

Mein Ex hatte gerade mein Auto zertrümmert und versucht, in meine Wohnung einzudringen, und ich befummelte ihn hier, während meine Tochter zwischen uns saß. Ich ballte wieder die Hände und wartete darauf, dass die Fahrt zu Ende war.

Das Motorrad hüpfte, als wir über den Bordstein und auf das Clubgelände rollten. Ich hielt mich mit einem Arm an ihm fest und drückte Becky mit dem anderen, um sicherzugehen, dass sie nicht herunterfiel. Wir fuhren auf den Parkplatz und er stoppte vor der Tür zur Hauptbar. Er hob Becky herunter, und sie lächelte breit.

„Ich will noch mal!"

Berdoo schaute mich an, als wäre er unsicher, ob er antworten sollte oder nicht. Gute Entscheidung – ich war froh, dass er ihr nicht sofort eine weitere Fahrt versprach.

„Vielleicht ein anderes Mal, Schatz. Es ist Zeit, ins

Bett zu gehen." Ich nahm ihre Hand und wir gingen hinein.

Es dauerte nicht lange, bis Becky sich in meinem Bett niederließ. Mein Zimmer im Clubhaus hatte ungefähr den Umfang eines großen Kleiderschranks, aber es bot genug Platz für ein Doppelbett und ein winziges Badezimmer mit einer Duschkabine. Es war schön, meinen eigenen Raum zu haben, und Tate hatte erkannt, dass eine Frau, die Männer für Geld vögelte, eine Dusche brauchte. Es war nichts Großartiges, aber für eine Übernachtung mit Becky würde es ausreichen. Es war vier Stunden nach ihrer Schlafenszeit und sie schlief sofort ein.

Ich hingegen war zu aufgedreht, um überhaupt an Schlaf zu denken. Ich räumte ein paar Dinge weg, von denen ich nicht wollte, dass Becky sie sah. Gleitmittel, Kondome, die üblichen Werkzeuge des Sexgewerbes. Ich warf alles in die oberste Schublade der Kommode. Becky war nicht groß genug, um dort hineinzugreifen. Sie war an Mamis Perücken und knappe Kostüme gewöhnt, also ließ ich diese im Schrank. Ich hatte eine ziemliche Sammlung aus der Zeit, als ich noch als Stripperin gearbeitet hatte. Becky dachte einfach, ich würde Halloween ausgesprochen lieben.

Als es in meinem Zimmer nichts mehr zu putzen oder zu verstecken gab, wagte ich mich die Treppe hinunter. Ich hatte die Bar sauber hinterlassen, aber sie konnte wirklich eine Grundreinigung vertragen. Vielleicht würde mich das müde machen.

„Hey, Krista." Tates Stimme hallte ein wenig durch das leere Clubhaus. Es war seltsam, dass der ganze Club auf einem Run war. Sie gingen in Gruppen, aber normalerweise nie alle zusammen. Tate führte definitiv etwas im Schilde, weil er alle weggeschickt hatte, während Berdoo zu Besuch war.

Tate und Berdoo saßen an einem der Tische, ein Sechserpack zwischen ihnen. „Komm her und setz dich zu uns."

Das Letzte, was ich wollte, war, dorthin zu gehen. Ich wollte nicht erklären, warum Robby mitten in der Nacht an meine Tür gehämmert und gedroht hatte, mich umzubringen.

„Klar." Ich zwang mich zu einem Lächeln, setzte mich an den Tisch und griff nach einem Bier. Wenn ich mit meinem Chef in Ruhe plaudern musste, nachdem er und Berdoo gerade meinen Ex verprügelt hatten, brauchte ich Alkohol.

„Das ist Colt. Er ist vom Demon Horde-Chapter in Südkalifornien zu Besuch."

„Unser Chapter befindet sich in San Bernardino, kurz Berdoo", erklärte Colt.

Berdoo hatte also einen richtigen Namen. Ich studierte ihn im Licht der Bar. Sein Haar war dunkel, aber kurzgeschnitten. Seine Nase hatte einige Beulen, als ob sie ein paar Mal gebrochen worden wäre. Das war nicht ungewöhnlich. So gut wie alle Jungs hier hatten hässliche Nasen. Es war sein Mund, der mich aufmerken ließ. Volle Lippen, die geradezu darum bettelten, geküsst zu werden. Ein kantiges Kinn, an dem ich knabbern wollte.

Ich hätte fast mein Bier fallen gelassen. Ich fand den Kerl attraktiv.

In den Filmen sah man Prostituierte entweder als sexbesessene Nymphomaninnen oder als verzweifelte, drogenabhängige Junkies. Ich war keines von beiden. Die Prostitution hatte mich in ein nichtsexuelles Wesen verwandelt. Ich fand niemanden mehr anziehend. Ich schätzte sie einfach ein, um herauszufinden, wie ich sie am besten befriedigen und das größte Trinkgeld bekommen konnte.

Aber nicht dieser Typ. *Colt.* Ich erinnerte mich an die Wärme seines Körpers unter meinen Fingerspitzen, und ich wollte wissen, wie sich seine Lippen auf meinen anfühlten.

Ich nippte an meinem Bier, während die Männer sich unterhielten. Colts Tattoos zeigten einen grinsenden Teufel auf einem Motorrad. Es gab keine Krone, keinen Blitz, keine der Tätowierungen, die ich gewohnt war, zu sehen. Dieser Typ war anders. Sein Unterarm beugte sich, als er einen Schluck Bier nahm. Seine Hände waren groß – sie würden fest sein, aber nicht schmerzhaft. So wie er meine Finger gestreichelt hatte, als wir auf dem Rücksitz seines Motorrads gesessen hatten, wusste ich es. Er würde ein guter Liebhaber sein. Mein Blick wanderte wieder seinen Unterarm hinauf und hinunter.

„Ich hole euch ein Antiseptikum für die Hände."
Ich sprang von meinem Barhocker und verkündete es quasi der Luft, als wäre ich wieder in der High-

school und zu ängstlich, um mit dem Mann zu reden.

Ich ging hinter die Theke und nahm den Erste-Hilfe-Kasten, wie ich es schon hundert Mal zuvor getan hatte. Ich hatte Skeeter und Rip verarztet – eigentlich alle Jungs. Sobald sie sich geprügelt hatten, holte ich immer die Verbände und die Salbe heraus.

Colt war nur ein weiterer Bruder im Clubhaus. Wenn ich das zwanzig Mal wiederholen würde, würde ich es vielleicht glauben.

Kapitel 2

Colt

Tate stellte seine leere Flasche ab. „Ich bin dann für heute Nacht weg. Sehen wir uns gegen Mittag?"

Ich nickte. Nachdem ich zwei Tage lang von Los Angeles aus gefahren war und dann einen Junkie verprügelt hatte, klang Schlaf gut, aber Zeit mit ihr zu verbringen, noch besser.

Kaum war ich in der Stadt angekommen, hatte Tate einen Anruf erhalten, dass seine Barkeeperin in Schwierigkeiten sei. Als wir die Wohnung erreicht hatten, hatte der Meth-Heini Schaum vor dem Mund gehabt und gegen ihre Tür gehämmert. Wenn ich wollte, dass dieser Patch-Over funktionierte, musste ich mich Tate gegenüber beweisen. Ich hatte den Junkie mit einem rechten Haken geschlagen, schnell und hart.

Vier weitere Schläge, und er war bewusstlos. Es war nicht einmal ein Kampf, eher eine Prügelei.

Ich hatte dagestanden und gewartet. Darauf, dass sich die Tür öffnete und sich das zeigte, worauf der Junkie es abgesehen hatte. Ich war der Gewinner und würde den Preis bekommen.

Die Tür war aufgeschoben worden und wie in einer verfluchten Spielshow kam mein Preis zum Vorschein. Es war etwas, wovon ich nie geträumt hatte: die verdammte Madonna mit Kind, eingewickelt in eine löchrige rosa Decke. Die Augen der

Frau waren groß und blau und zu Tode erschrocken. Das kleine Mädchen war das Ebenbild seiner Mutter. Beide hatten Angst, beide brauchten mich.

Als wir auf dem Parkplatz angekommen waren und ihr Auto zertrümmert vorgefunden hatten, war ich mir jeder Kleinigkeit von Krista bewusst gewesen. Die Art, wie ihre Hüften beim Gehen leicht wippten. Sie versuchte nicht, einen Mann zu verführen – sie rannte um ihr Leben, aber sie war trotzdem verdammt sexy.

Ich hatte mich bemüht, nicht hinzusehen. Nicht, als ihr Kind an ihrem Oberteil zog und ein Stückchen des rosa BHs entblößte. Nicht, als sie sich auf mein Motorrad setzte und dann ihre Kleine hochhob. Aber diese neuen Gefühle verwandelten mich in ein Arschloch und zwangen mich, hinzuschauen. Ich schaute auf ihre Titten, ihren schönen Arsch, stellte mir vor, dass ich und nicht mein Motorrad zwischen ihren Beinen steckte.

Ich öffnete ein weiteres Bier. Ich hatte sie hinten auf mein verdammtes Motorrad gesetzt. Als ob sie mir gehören würde. Die letzte Frau, die hinten auf meinem Motorrad mitgefahren war, war meine Ex gewesen, Tina, kurz bevor die Scheiße losgegangen war. Nach drei Jahren hatte ich vergessen, wie gut es sich anfühlte, jemanden hinter sich zu haben.

Diese Frau fühlte sich richtig an.

Es war total verrückt. Offenbar hatte das Zusammenleben mit meiner Schwester und ihrem Kind meinen Kopf durcheinandergebracht. Ich musste dringend flachgelegt werden. Ich tat nur so, als gehöre sie mir, weil die Umstände dazu geführt hatten, dass sie auf meinem Bike gelandet war. Tates Bike besaß nur einen Einzelsitz, und ich hatte zufällig einen Sozius gehabt. Es war also unumgänglich gewesen. Aber verdammt, es fühlte sich nach mehr an.

Ich musste einen klaren Kopf bekommen. Es stand zu viel auf dem Spiel, als dass ich an ihrem Arsch hätte herumschnüffeln können. Ich war hier, um einen Job zu erledigen. Das war alles. Das hier war kein verfluchtes Dating-Spiel.

„Ist Tate gegangen?"

Ich sah von meinem Bier auf. Krista hielt einen Erste-Hilfe-Kasten in der Hand, als wäre er eine Opfergabe.

Ich zuckte mit den Schultern. „Ja, nur du und ich sind noch hier."

„Oh." Sie packte ein paar Mullbinden und Antiseptika aus. „Wir sollten wirklich deine Knöchel desinfizieren. Man weiß nie, mit welchen Dingen Robby Kontakt hatte."

Ich beschloss, zu schweigen. Ich beobachtete sie gern. Bei ihrer Wohnung war es zu dunkel gewesen, aber hier, im Licht der Bar, konnte ich sie sehen. Ich konnte die Sommersprossen auf ihrer Nase erkennen, die kleinen Lachfalten in ihren Augenwinkeln, ihre Zunge, wenn sie sich über die Lippen leckte. Lippen, die ich in Besitz nehmen wollte.

Gerade als ich dachte, dass ich von ihrem Lächeln

einen Steifen bekommen könnte, machte sich das Antiseptikum bemerkbar und brannte wie die Hölle.

„Ich weiß, dass es wehtut, aber es wird verhindern, dass sich deine Knöchel entzünden." Sie hielt den Kopf gesenkt und konzentrierte sich auf ihre Arbeit, während sie sprach. „Ich werde auch etwas Salbe auf die Haut reiben. Das hilft gegen die Narbenbildung."

Ich lachte. Hatten wir dieselben Fingerknöchel vor uns? Meine Hände waren übersät mit Schrammen und Schnitten, die ich mir bei Kämpfen, beim Reparieren von Motorrädern und dank harter Arbeit im Laufe der Jahre zugezogen hatte. Es war ziemlich offensichtlich, dass ich mir nichts aus Narben machte.

„Na ja, sie enthält ein wenig Schmerzmittel, also wird es zumindest dabei helfen." Sie lächelte.

„Der Typ an deiner Tür, war das dein Freund?", fragte ich.

Sie schaute auf und suchte meinen Blick. Dann sah sie auf den Boden, als ob sie überlegte, was sie sagen sollte, und wieder zu mir auf. „Er ist mein Ex. Danke, dass du dich um ihn gekümmert hast. Normalerweise ist er nicht so schlimm."

Normalerweise war er nicht so schlimm? Meine Madonna und ihr Kind hatten schon einmal mit diesem Arschloch zu tun gehabt.

„Ist er oft so?"

Sie schüttelte den Kopf und trug die Salbe auf meine Fingerknöchel auf. Ihre Nägel waren kurz geschnitten, nicht lackiert und sauber. Ihre Hände waren nicht weich, aber sie hatte auch keine Schwielen. Sie arbeitete hart, kümmerte sich allerdings um sich selbst. Das gefiel mir.

„Okay, fertig. Nochmals vielen Dank."

Sie lächelte und mein verdammter Schwanz wurde noch steifer. Es war so erbärmlich von mir, dass mich ein Lächeln so verflucht erregte.

„Hast du einen Mann?", platzte es aus mir heraus.

Sie sah erschrocken zu mir auf. Scheiße. Toll gelaufen. Ich hatte vergessen, wie man mit Frauen redete, die keine verdammten Stripperinnen und Nutten waren. Ich konnte nicht einfach meine Klappe aufreißen. Ich musste mich freundlicher ausdrücken.

„Ich meinte, ob irgendjemand sauer auf mich sein wird, weil ich dich heute Abend auf mein Motorrad gesetzt habe."

Ich hatte in dem Moment nicht wirklich nachgedacht, sondern einfach gehandelt. Wenigstens waren alle Männer irgendwo unterwegs, so dass es niemand gesehen hatte. Aber ich hatte dieses nagende Gefühl, dass sie mir gehörte – und ich wollte sie vor aller Welt auf meinem Motorrad haben.

Ihre Augen weiteten sich, als sie meine Frage verstand. „Nein. Keiner wird wütend werden. Ich arbeite hier, also darf ich nicht auf dem Motorrad von irgendjemandem mitfahren, verstehst du?"

Ich nickte und versuchte, mir meine Erleichterung nicht anmerken zu lassen. Ich wusste nicht, ob ich beruhigt war, dass es niemand gesehen hatte oder dass sie nicht mit einem anderen Mann zusammen war. Wahrscheinlich beides.

Ich war ein Stück Scheiße. Ich war nur wegen eines Jobs hier, und ich konnte sie auf keinen Fall haben. Aber ich wollte auch nicht, dass ein anderer sie bekam. Der Gedanke an den Schwanz eines anderen Mannes tief in ihr brachte mich dazu, etwas schlagen zu wollen. Dann könnte sie noch mehr Salbe auf meine Hände reiben.

Scheiße. Genug davon.

„Na gut, ich gehe ins Bett." Ich stand auf und machte mich auf den Weg nach oben in mein Gästezimmer.

Kapitel 3

Colt

Als ich aufstand, war es später Vormittag und Krista und Becky waren weg. Ich wusste es, weil ich, kranker Bastard, der ich nun einmal war, nachgesehen hatte. Kristas Zimmer war winzig mit einem Doppelbett. Ein paar Sachen lagen herum, ein Schal hing an einer Lampe. Es war nett von Tate, dass er ihr nach den Partys einen Platz zum Schlafen gegeben hatte.

Ich besorgte mir Kaffee und Eier in der Großküche und machte es mir bequem. Es war an der Zeit, mit der Arbeit zu beginnen. Die Storm Kings wollten sich der Demon Horde anschließen, aber es gab jemanden, der Gelder abschöpfte. Ich musste die undichte Stelle stoppen und alle Männer dazu bringen, dem Patch-Over zuzustimmen. Ein Kinderspiel.

Tate hatte mir einen Laptop mit den Einnahmen des Clubs gegeben, die an das Finanzamt gemeldet wurden, und ein altmodisches Hauptbuch für den Rest. Das Einkommen war immer ein wichtiges Thema bei Patch-Overs, besonders bei der Demon Horde. Die Storm Kings waren ein winziger Single-Chapter-Club am Rande von Seattle. Wenn sie einem nationalen Club wie der Demon Horde beitreten und unseren Namen tragen wollten, brachten sie ihren Scheiß besser in Ordnung. Sofern die Storm Kings nicht genug Geld verdienten, wären sie raus. Wir würden kein sterbendes Chapter unterstützen.

Der Club hatte eine beeindruckende Anzahl von legalen Projekten. Sie besaßen eine Reihe von gebührenpflichtigen Parkplätzen in der Innenstadt von Tacoma und eine Flotte von Abschleppwagen mit einem kleinen Abschlepphof. Es gab eine Art Partnerschaft mit einem örtlichen Tribal Casino, und ihnen gehörte ein Catering-Unternehmen. Es sah so aus, als würde Tates Old Lady dies von ihrem Haus aus betreiben.

Aber es waren die Geschäfte unter dem Tisch, die wirklich Geld einbrachten.

Sie betrieben vom Hafen von Tacoma aus ein lukratives Import-/Exportgeschäft. Sie importierten illegale Sportwagen für die einflussreichen Leute in Seattle. Das eigentliche Geld wurde durch das Waschen von Falschgeld im Casino oder auf den Parkplätzen verdient. Ihr Partner in Vietnam schickte ihnen regelmäßig Kisten voller Falschgeld. Sie wuschen es und nahmen sich einen Teilbetrag. Ihre vietnamesischen Verbündeten hatten einen kleinen Anteil am Casino erworben, so dass sie einfach Geld überweisen konnten. Es war alles sehr sauber und ordentlich. Minimales Risiko.

Bei der Demon Horde hatten die meisten Mitglieder, mich eingeschlossen, keine festen Jobs. Wir steckten all unsere Zeit in den Club, und der Club respektierte das und bezahlte uns für unsere Dienste – mit Bargeld. Keine Quittungen, keine Nachweise. Aber die Kings waren alle verpflichtet,

Gehaltszettel zu haben und Steuern zu zahlen. Das war ein einfacher Weg, um zu verhindern, dass das FBI herumschnüffelte.

Ich schloss das Hauptbuch. Alles in allem waren diese Jungs ziemlich schlau. Aber sie verloren trotzdem Geld, und ein MC ohne verlässliches Einkommen war ein MC ohne Mitglieder. Wir mussten den Dingen auf den Grund gehen.

„Sehen die Bücher deiner Meinung nach gut aus?" Tate setzte sich zu mir an den Bartisch.

Ich nickte. „Ja, sieht so aus, als ob du ein strenges Regiment führst. Wer auch immer deine Bücher führt, macht einen guten Job."

„Torque. Mein Vizepräsident. Er hat jahrelang die Bücher geführt, ist aber vor etwa drei Monaten gestorben. Zirrhose."

Interessant. Das war ungefähr zu der Zeit, als ihre Tätigkeit im Hafen anfing, verdächtig zu werden.

„Wer hat seinen Platz eingenommen?"

„Als Torque starb, konnte ich einfach keinen neuen Vizepräsidenten ernennen. Keiner konnte seinen Platz einnehmen. Krista hat ein paar Wochen lang wirklich gute Arbeit geleistet, aber ich habe alles an Bear weitergegeben, als ich ihn zum stellvertretenden VP ernannt habe. Allerdings fühle ich mich mit ihm einfach nicht wohl. Ich habe immer das Gefühl, dass er etwas verheimlicht. Ich brauche Hilfe – deshalb bist du hier."

Ich klopfte mit dem Bleistift auf den Tisch. Er brauchte mehr als nur Hilfe. Er brauchte einen Namen. Den Namen desjenigen, der ihn beklaute.

„Bear ist also der Hauptverdächtige? Was ist mit Krista?" Mein Verstand sträubte sich gegen diese Frage, aber ich musste sie stellen. Wenn sie die Bücher auch nur angefasst hatte, könnte sie darin verwickelt sein. „Vielleicht stecken sie beide mit drin?"

„Auf keinen Fall." Tate schüttelte den Kopf. „Krista und Bear vertragen sich nicht. Vor etwa einem Jahr fing sie an, ihm aus dem Weg zu gehen. Ich fand, das ist ihre Sache, also habe ich nicht weiter nachgefragt. Die beiden sind auf keinen Fall Partner. Ich dachte für einen Moment, es könnten Krista und ihr Arschloch-Ex sein. Aber das passt nicht. Er ist ein echter Junkie, und sie hat bei ihren monatlichen Tests nie auch nur Gras geraucht."

Ich hob eine Augenbraue. „Du testest sie monatlich?"

Tate nickte. „Aber sicher doch. Sie leitet meine Bar und hilft bei der Rechnungsstellung. Ich stelle verdammt sicher, dass sie dem Job gewachsen ist."

Die Anspannung fiel von meinen Schultern ab. Ich sollte nicht so verflucht aufgeregt sein, dass ich sie als Verdächtige ausschließen konnte.

„Testest du Bear?"

Tate schüttelte den Kopf. „Ich teste nur meine Angestellten, keine Mitglieder. Das hätte alles verraten. Allerdings hat er in letzter Zeit ein paar Extras für sein Motorrad gekauft. Nichts, was man bemerken würde, wenn man nicht hinsehen würde. Aber ich schaue verdammt noch mal hin. In den letzten Wochen hat Bear gelogen, wenn es darum ging, wo er gewesen ist. Mitten am Tag, spät in der Nacht, spielt keine Rolle. Ich habe ihn einmal von einem der Prospects beschatten lassen. Er ist in einen Feinkostladen gegangen. Hat ein verdammtes Sandwich gekauft. Und es nicht gegessen. Dann erzählte er mir, er sei in einen Club gegangen."

Zusätzliches Geld und Lügen über seine Aktivitäten machten ihn zu einem der Hauptverdächtigen auf meiner Liste. Das Problem war, dass meine Liste der Verdächtigen jetzt nur noch einen Namen enthielt: Bear. Meiner Erfahrung nach war das dann normalerweise die offensichtliche Antwort, aber ich konnte mich nicht darauf verlassen. Es stand verdammt viel auf dem Spiel, und ich musste sicherstellen, dass ich den richtigen Mann hatte.

„Scheint ziemlich klar zu sein." Ich rollte meinen Bleistift auf der flachen Oberfläche des Tisches. Er rollte nicht zurück. Völlig waagerecht. „Schneide einfach den Kopf der Schlange ab. Ihr müsst euch nicht der Horde anschließen, nur um einem Dieb das Handwerk zu legen." Ich wollte seine Gründe hören.

Tate seufzte. „Falls du es nicht bemerkt hast, ich bin keine zwanzig Jahre mehr alt. Verdammt, ich bin auch nicht mehr vierzig. Wir sind ein kleiner Club in einer sich verändernden Welt. Uns selbst geht es gut genug, aber das Land vereint sich, nicht wahr? Bisher hat es noch keine Rückschläge gegeben, aber ich möchte nicht, dass meine Jungs eines Tages den Laden dicht machen müssen, weil ich nicht rechtzeitig Bündnisse geschlossen habe."

Es stimmte. Die MC-Welt veränderte sich. Die kleinen Clubs konnten nicht mehr gegen eine tausendköpfige Mitgliedschaft bestehen.

„Sind alle mit dem Patch-Over einverstanden?", fragte ich. Das könnte genauso gut den Club zerstören.

Tate nickte. „Wir müssen den Verräter finden und ihn eliminieren. Wenn wir davon ausgehen, dass Bear der Schuldige ist, gewinnst du die Unterstützung aller, und wir können die Sache glatt über die Bühne bringen. Wenn wir den Abschaum nicht finden können, wird Bear die Gruppe spalten und der Patch-Over wird nicht stattfinden. Mein Club wird sterben."

Er schenkte sich Kaffee ein. „So, du bist dran. Warum haben sie dich ausgewählt? Normalerweise sind es die Cluboffiziere, die diese Art von Geschäften aushandeln."

Scheiße. Ich zuckte mit den Achseln. „Ich bin kein Offizier. Ich hatte gehofft, es zu werden, bevor ich alles vermasselt habe." Ich musste es ihm sagen, musste ihm meine Schande offenbaren. „Ich bin hier, weil es ein Test ist. Ich muss deinen Verräter finden und euch in den Club integrieren. Wenn ich das nicht schaffe, bin ich raus. Ziemlich einfache Sache, wirklich."

Tate stützte sich mit beiden Ellbogen auf den Tisch. „Du musst es ganz schön vermasselt haben, wenn sie dich auf eine Art Test geschickt haben, bei dem du eventuell durchfallen kannst und damit ausgeschlossen wirst."

„Ja, das habe ich. Ich habe der falschen Person vertraut und einige meiner Brüder sind im Gefängnis gelandet. Mich eingeschlossen." Ich trommelte mit den Fingern auf den Tisch. „Diesmal werde ich es also richtig machen. Wir werden herausfinden, wer die Clubgelder stiehlt, und euch Jungs integrieren, denn ich werde meinen Club definitiv nicht verlieren."

* * *

Wir verbrachten den Tag damit, zu verschiedenen gebührenpflichtigen Parkplätzen zu fahren, während Tate mir ihr Geschäftsmodell erklärte. Es war schon später Nachmittag, als wir etwa zehn Minuten vom Clubhaus entfernt zum Tanken anhielten.

Tate und ich hielten auf beiden Seiten der Pumpe, als er etwas nach mir warf. „Das ist für dich."

Ich sah mir das kleine Handy an. Es war ein handelsübliches Wegwerfklapphandy. Und es klingelte.

„Du hast sie gestern Abend hinten auf dein Motorrad gesetzt. Da hattest du keine Wahl, aber jetzt hast du eine." Tate zuckte mit den Achseln.

Ich rollte mit den Augen. „Ich bin nur vorübergehend hier. Spiel woanders den Kuppler, alter Mann."

Das Handy hörte auf zu klingeln. Ich hob den Arm, um es zurückzuwerfen, als das verdammte Ding wieder zu läuten begann. Sie gab nicht auf.

Scheiß drauf. Ich ging ran. „Hallo?"

„Oh, ähm. Ich suche nach Tate. Habe ich die falsche Nummer?"

Im Hintergrund ertönte laute Musik. Fuck. Jetzt oder nie. Ich hatte sie hinter mir auf meinem Motorrad Platz nehmen lassen, und nun gehörte sie mir. All ihre Probleme, Bedürfnisse, Sorgen – sie alle waren meine Aufgabe, sie aus dem Weg zu räumen.

„Hier ist Colt. Was gibt's?"

Sie hielt inne. „Ich wollte fragen, ob ich heute Abend ein paar Stunden arbeiten kann. Ich habe Becky dabei, aber ich könnte das zusätzliche Geld gut gebrauchen. Ich muss es jetzt wissen, damit ich planen kann, welchen Bus ich nehmen muss."

„Ja. Komm ins Clubhaus." Trotz des Cashflow-Problems würde es Tate unter dem Strich nicht schaden, wenn sie ein paar Überstunden machte. Außerdem wollte ich sie sehen. „Wo bist du jetzt?"

„In der Reparaturwerkstatt. Sie mussten das Glas bestellen, also wird das Auto erst in drei Tagen fertig sein."

Ich stellte mir meine Schwester und ihr zehnjähriges Kind vor, wie sie im Bus festsaßen. Die Busse in Südkalifornien waren verdammt stickig und voller Bandenmitglieder. Die armen Schläger, die sich keine Autos leisten konnten, waren am gefährlichsten. Eine Frau und ein Kind allein waren leichte Ziele.

„Warte. Bleib dort. Ich komme und hole dich." Ich klappte das Telefon zu. Verflucht. Ich konnte die beiden nicht schon wieder hinten auf mein Motorrad packen, und meinen Pick-up hatte ich in Kalifornien gelassen.

Tate grinste mich an. Fuck.

„Ich muss mir ein Auto leihen.“

Kapitel 4

Krista

Der ganze Tag war ein Albtraum gewesen. Der Bus hatte Verspätung gehabt, so dass ich für ein Taxi hatte zahlen müssen, um Becky pünktlich zur Schule zu bringen. Die Autowerkstatt hatte so lange gebraucht, um alles zu bestellen, dass ich mittendrin wegmusste, um meine Tochter wieder abzuholen. Nach viermaligem Umsteigen und ein paar Kilometern Fußmarsch war ich erschöpft und Becky jammerte.

Colt tauchte in Tates altem Geländewagen in der Werkstatt auf. Der braune Pick-up stand schon so lange auf dem Parkplatz des Clubhauses herum, wie ich mich erinnern konnte. Die Sitze waren eingerissen, die Kupplung klemmte, und es roch vage nach Schimmel. Es war der Himmel.

„Danke fürs Mitnehmen." Ich stupste Becky an. Neben dem Verzicht auf Schimpfwörter hatten wir auch daran gearbeitet, höflich zu sein. Bitte, danke, gern geschehen.

„Danke fürs Mitnehmen", wiederholte sie. „Nehmen Sie mich morgen auf Ihrem Motorrad zum Tanzunterricht mit, Mr. Colt? Bitte! Es ist um halb vier, und ich darf nicht zu spät kommen."

So viel zum Thema Manieren. Ich seufzte. „Mr. Colt hat morgen etwas zu erledigen. Er kann nicht mit uns durch die ganze Stadt fahren. Du wirst einfach auf den Tanzunterricht verzichten müssen, bis das Auto repariert ist."

Ich küsste ihren Scheitel, um den Schlag zu mildern. Becky liebte ihren Steppunterricht. Ballett war ihr zu langweilig gewesen, aber beim Steppen konnte sie mit ihren Füßen Geräusche machen. Sie war vollkommen begeistert.

Colt war die meiste Zeit der Fahrt über still gewesen. Das war in Ordnung für mich. Ich wusste immer noch nicht, was ich sagen sollte. Er gab sich alle Mühe, mir zu helfen, aber ich war nicht sein Problem. Er gehörte zu einem anderen Motorradclub, hing allerdings mit den Storm Kings herum, während die restlichen Männer auf einem Run waren. Das war alles sehr merkwürdig, und ich wollte mich da nicht einmischen.

Das Beste für mich wäre, mich aus der Clubpolitik herauszuhalten. Wenn ich mir Feinde machte, verprellte ich meine Kunden, und das war das Letzte, was ich brauchte.

„Aber ich will tanzen gehen." Becky schmollte und verschränkte die Arme.

„Ich kann sie morgen hinbringen. Wenn es dir recht ist?"

Colt hatte leise und bedächtig gesprochen. Er starrte geradeaus, während wir die Tore des Clubs erreichten. Ich konnte diesen Mann nicht einschätzen, und das störte mich.

„Bitte, Mami?"

„Wir werden sehen." Es gab nichts anderes, was ich sagen konnte. Ich hatte nicht vor, etwas zu versprechen. Er war zwar bei weitem besser als Robby, aber trotzdem würde er sein Versprechen an ein sechsjähriges Mädchen wahrscheinlich sofort vergessen, sobald er seine Harley angelassen hatte. Morgen würde er das tun, was Biker eben so taten, und Becky würde enttäuscht sein, dass sie den Tanzunterricht verpasst hatte. Wenn es in meiner Macht stünde, würde ich sie in Watte und Seide einwickeln, damit alle Sorgen des Lebens an ihr abprallen würden. Aber das war nicht möglich. Sie würde einfach wütend und traurig sein müssen, wenn er morgen nicht auftauchte.

Wir stiegen aus dem Pick-up und gingen ins Clubhaus. Ich musste etwas für Beckys Abendessen zubereiten und dann mit dem Putzen anfangen. Da die Jungs in den nächsten Tagen nicht da waren, musste ich so viel Geld wie möglich verdienen. Saubermachen, kochen, noch mehr saubermachen. Ich würde alles tun, was Tate dazu bringen würde, mir meinen Stundenlohn zu zahlen. Das würde zwar nicht die entgangenen Einnahmen aus Blowjobs und Sex ausgleichen, aber wenigstens war es etwas.

Außerdem musste ich ein bisschen sparen. Ich seufzte und rollte mit den Schultern. Es könnte schwierig werden, einen neuen Job anzufangen, und ein wenig zusätzliches Geld würde mir sehr helfen. Vor allem, da ich noch keine Arbeit gefunden hatte. Ich hatte ein paar Bewerbungen verschickt, als ich meinen Abschluss gemacht hatte, aber bisher hatte niemand angebissen. Ich musste meine Suche intensivieren.

„Komm, Süße, zieh deinen Schlafanzug an und vielleicht finden wir ein Erdnussbutter-Marmeladen-Sandwich? Ich mache dir den Fernseher an, während ich sauber mache."

Ich zog Becky um, setzte sie auf einen Barhocker und schaltete den Fernseher ein, der an der Wand befestigt war. Es gab nicht viel Auswahl. Der Club hatte die erweiterten Sportkanäle abonniert – und natürlich die Porno-Pakete –, aber Zeichentrickfilme standen nicht gerade ganz oben auf ihrer Liste. Nach einigem Herumzappen fand ich Wiederholungen von *The Brady Bunch*. Becky verstand zwar nur die Hälfte der Witze, doch wenigstens würde sie nicht versuchen, irgendwelche Kampfbewegungen nachzuahmen. Sie war in der Schule in Schwierigkeiten geraten, nachdem ich sie dabei erwischt hatte, wie sie sich die UFC-Meisterschaft angesehen hatte, während ich mich um den Abwasch gekümmert hatte.

Ich drehte mich um und sah Colt auf dem Barhocker neben Becky sitzen. Sie waren beide gleichermaßen in den Eröffnungssong vertieft.

„Ich habe eine Pizza bestellt." Er nahm einen langen Schluck von seinem Bier. „Ist Salami okay?"

„Ich mag Pizza!" Becky begann, die Beläge aufzuzählen, die sie darauf mochte. Salami stand als erstes auf der Liste. Ihre kleinen Füße bewegten sich im Takt der Musik in der Sendung.

Er schenkte mir ein kurzes Lächeln und sah sich dann weiter die Folge mit meinem Kind an. Gott, wenn er lächelte, wirkte er verdammt sexy. Es war wie ein langsames Brennen auf seinen Lippen, bis sich sein Gesicht von kalt zu unglaublich anziehend veränderte. Ich wollte über die Bar hüpfen und dieses Lächeln mit meiner Zunge nachzeichnen.

Ich klammerte mich an die hölzerne Thekenplatte, um mich aufrecht zu halten. Lust. Erregung. Wie hatte ich das vergessen können? Das war doch etwas so Mächtiges. Es war so lange her, dass ich etwas für einen Mann empfunden hatte.

„Willst du einen anderen Belag? Ich kann anrufen und die Bestellung ändern."

Diese herrlichen Lippen hatten sich bewegt. Oh, richtig. Ich riss mich davon los. „Nein, nein, Salami ist gut."

Ich kehrte zurück in die Küche. Die Bar hielt ich immer in tadellosem Zustand, aber es war schon eine Weile her, dass ich dort gründlich geputzt hatte. Ich konzentrierte mich darauf, die Fritteuse auszukochen und versuchte, den heißen Biker zu ignorieren, der gerade mit meiner Tochter eine Sitcom schaute.

Diese verdammte Lust brachte mich um. Ich war die Frau, die sich nicht band, die ihr Privatleben nicht mit zur Arbeit brachte. Nur sang mein Privatleben den *Brady Bunch*-Titelsong so laut, dass ich ihn auch noch in der Lüftungshaube hören konnte.

Meine Arme schmerzten vom Putzen über Kopf.

Ich ließ sie herabsinken und setzte mich auf den kalten Herd. Colt war nicht einmal ein Mitglied der Storm Kings. Er kam von einem Club in Südkalifornien. Das war ein ganzes Leben weit weg von Tacoma. Irgendetwas musste sich zusammenbrauen, und er steckte mittendrin. Ich erinnerte mich daran, dass ich mich aus der Clubpolitik heraushalten sollte.

Nachdem ich mit der Dunstabzugshaube und der Fritteuse fertig war, wusch ich mir die Hände und packte die Reinigungsmittel weg. Ich roch nach alten Pommes frites und war bereit für eine Dusche – in meiner eigenen Wohnung.

Sobald ich aus der Küche kam, blieb ich einen Moment lang fassungslos stehen. Irgendwann, während ich geputzt hatte, hatte Colt eine der alten Couches vor die Bar geschleppt. Becky hatte sich schlafend darauf zusammengerollt, während er ein Bier trank und die Nachrichten ansah. Es wirkte alles sehr häuslich, fast heimelig. Ich wollte mich auch neben Colt einrollen.

Ich musste mit dieser dummen Träumerei aufhören. Gleich morgen früh würden wir ein Gespräch führen. Er war ein netter Kerl, aber ich musste ihn wegschicken. Wenn ich das nicht tat, würde ich verletzt werden.

„Komm schon, Becks, Zeit, nach Hause zu gehen." Ich rüttelte sie ein wenig und sie murmelte vor sich hin, während sie wach wurde.

„Ihr bleibt nicht hier?" Er sah zu mir auf und

runzelte die Stirn.

Er wollte, dass ich blieb? Bei ihm? Mein Herz begann zu klopfen. „Äh, nein. Wir müssen zurück. Der letzte Bus kommt in etwa zwanzig Minuten, also müssen wir uns beeilen." Vorhin hatte ich schon unsere Sachen gepackt und vor der Tür gestapelt. Ich musste nur aufhören, über eine Zukunft zu fantasieren, die niemals eintreten würde, und mein müdes Kind zur Bushaltestelle bringen.

„Ich fahre euch. Ihr solltet um diese Zeit nicht mit dem Bus fahren. Es ist nicht sicher."

Er stand auf, und wir starrten uns gegenseitig an. Ich wusste nicht, wie groß er genau war, aber er war massig. Ich war nicht klein, doch neben ihm kam ich mir winzig vor. Er hatte seine Kutte ausgezogen und trug ein graues T-Shirt, das eng über seiner Brust spannte. Seine köstliche, starke, durchtrainierte Brust. Verdammt. Ich riss meinen Blick los und schaute in sein Gesicht.

Gott wusste, was ich wollte, und das hatte mit einer Mitfahrgelegenheit in dem beschissenen braunen Pick-up nichts zu tun. Ich wollte einen Mann, der sich etwas aus mir machte. Der an mich dachte, wenn er meine Brüste berührte, und nicht daran, wie viel er mir für diese Erfahrung bezahlte. Ich wollte meinen Namen hören. Es hörte sich so gut an, wenn er ihn aussprach. Ich wollte hören, wie er meinen Namen sagte, während wir Liebe machten. Ich wollte Liebe machen. Mit ihm.

Aber ich machte keine Liebe, ich verkaufte meinen Körper. Ich musste mich schützen. Wenn ich mich verliebte, konnte ich meinen Job nicht mehr ausüben und Becky nicht mehr unterstützen. Liebe war ein Luxus, den ich mir nicht leisten konnte.

„Eine Fahrt nach Hause wäre toll.“

Kapitel 5

Colt

Krista trug das schlafende Kind in den warmen Pick-up. Verdammt, war das kalt. Der September in Südkalifornien war heiß und trocken, aber hier oben in Washington war es kühl und feucht. Becky lag in Kristas Armen, eine Decke war um die beiden gewickelt, doch ich drehte die Heizung trotzdem auf die höchste Stufe.

„Mami." Beckys Nase lugte unter dem Überwurf hervor. „Ich will zu Oma."

Ich wurde langsamer. „Ich kann euch zu deiner Mutter bringen, wenn du willst."

Krista schüttelte den Kopf. „Nein, schon gut. Die Wohnung ist in Ordnung."

„Aber es ist ganz in der Nähe." Becky zeigte in die Richtung. Ich bog links in eine Seitenstraße ein.

„Wirklich, lass uns einfach zurück auf die Hauptstraße fahren." Krista seufzte. „Ich bringe dich morgen hin, okay, Schatz? Ich bin sicher, Colt ist müde und will auch schlafen gehen. Er hat schon genug für uns getan."

Die schreckliche Wahrheit war, dass ich mehr tun wollte. Ich wollte mich um die beiden kümmern, als wären sie meine eigene Familie. „Lasst uns heute Abend hinfahren. Ich bin sicher, deine Mutter hat nichts dagegen."

„Bitte, Mami?"

Krista war erst still. Dann sagte sie: „Wenn es für

Colt okay ist.“

Alles, was mich länger in ihrer Nähe hielt, war in Ordnung. „Sag mir, wann ich abbiegen soll.“

Drei Kurven später waren wir da. Es war dunkel, nur ein paar Straßenlaternen erleuchteten die Umgebung, aber die Straße war gesäumt von alten Häusern. Sie sahen alle ähnlich aus, wie aus einem Guss. Wahrscheinlich aus den 1940er Jahren. Das gleiche kleine Quadrat mit Rasen, unterbrochen von einem Gehweg, der bis zur Haustür führte.

„Parke einfach hier.“

Ich hielt an und wollte aussteigen. Krista würde Hilfe brauchen, um mit Becky aus dem Auto zu kommen. Aber ich spürte, wie ihre Hand an meinem Ärmel zupfte.

„Wir bleiben einfach sitzen.“ In der Dunkelheit konnte ich nicht viel von Kristas Gesicht erkennen, doch ihre Augen funkelten. Sie wandte sich an Becky.

„Siehst du, Baby, da ist das Haus von Oma. Dort bin ich aufgewachsen. Wir werden hart arbeiten, und eines Tages werden wir auch ein Haus haben. Wir werden ein Haus haben und einen Garten und einen Kamin für den Weihnachtsmann.“

Ich war das erste Mal mit ihnen unterwegs, aber ich hatte das Gefühl, dass Krista diese Rede schon hundertmal gehalten hatte. Sie trug sie fast wie ein Gedicht vor. Becky hörte schweigend zu und schlief schließlich ein.

Krista drehte sich zu mir. „Wir können losfahren. Sie wollte nur einen Blick darauf werfen. Meine

Großmutter ist vor fünf Jahren gestorben. Es gibt niemanden, den wir besuchen könnten."

Ich nickte. Es war interessant, ihre Hoffnungen und Träume in einer ungewöhnlichen Gute-Nacht-Geschichte zu hören. „Wo ist deine Mutter?"

Krista rückte Becky auf ihrem Schoß zurecht. „Ich weiß es nicht. Sie blieb nie lange. Als Oma starb, habe ich Robby geheiratet." Sie starrte in die Ferne und flüsterte dann: „Ich war schwanger mit seinem Kind und verzweifelt. Ich hatte die Vorstellung, dass er erwachsen werden und ein guter Vater sein würde, und du weißt ja, was am Ende dabei rauskam."

Wir saßen eine Weile schweigend da. Scheinbar war sie ziemlich allein.

Allein genug, um ihren Arbeitgeber zu bestehlen?

Sie schien nicht der Typ dafür zu sein, aber sie hatte Zugang zu Tates Buchhaltungsbüchern. Verdammt, mein Urteilsvermögen war noch nie das beste gewesen, wenn es um Frauen ging.

„Du kannst gut mit Becky umgehen", flüsterte Krista. „Hast du selbst Kinder?" Sie räusperte sich. „Ich meine, du brauchst nicht zu antworten, wenn du nicht willst."

Krista schloss die Augen und küsste Beckys mit der Decke zugedeckten Kopf. Sie sah mich nicht an.

Ich betrachtete sie. Selbst in der Dunkelheit des Wagens war sie wunderschön. Blondes Haar, hohe Wangenknochen, Sommersprossen auf der Nase. Der feuchte Traum eines jeden Teenagers, das

Mädchen von nebenan. Ich könnte bei Gott schwören, dass sie direkt meiner Fantasie als Vierzehnjähriger entsprungen war.

„Einen Neffen. Er ist zehn Jahre alt. Fährt auf meinem Motorrad mit mir durch die Gegend. Meine Schwester würde mich hassen, wenn sie es wüsste."

Ich hatte es geschafft – ein winziger Winkel ihres Mundes verzog sich zu einem kleinen Lächeln. „Es ist gut, dass du Zeit mit ihm verbringst." Sie seufzte und küsste Becky erneut. „Manchmal wünschte ich, Robby würde ihr Aufmerksamkeit schenken. Aber normalerweise bin ich froh, dass er es nicht tut, verstehst du?"

„Ich könnte noch einmal mit ihm reden." Ich zuckte mit den Achseln. „Dafür sorgen, dass er wegbleibt. Vielleicht kannst du eine einstweilige Verfügung erwirken."

Sie schüttelte den Kopf und starrte wieder aus dem Fenster. „Eine einstweilige Verfügung macht ihn nur wütend. Die Polizei kann mich nicht den ganzen Tag und die ganze Nacht beobachten, also sind sie keine Hilfe. Außerdem arbeite ich für einen MC. Da kann ich keine Hilfssheriffs gebrauchen. Du hast schon bei Robby geholfen. Er wird sich eine Weile nicht mehr blicken lassen. Du brauchst dich nicht einzumischen."

Sie hatte recht, ich brauchte mich nicht einzumischen. Aber ich wollte es. Krista war meiner Schwester sehr ähnlich. Sie war eine einfallsreiche alleinerziehende Mutter, die alles tat, um ihre Familie zusammenzuhalten. Ich hatte das Gefühl, dass ich sie bereits kannte.

Oder vielleicht war das alles nur gespielt. Sie könnte vom Club stehlen, um Robby zu unterstützen. Ich musste Tate mehr über Kristas Beziehung zu ihrem Ex befragen. Schauen, was ich über ihn herausfinden konnte. Sie wollte, dass ich mich heraushielt, aber wenn Robby wieder herumschnüffeln würde, würde er eine weitere Unterhaltung mit meinen Fäusten führen.

Die Scheinwerfer eines Autos blitzten in meinem Rückspiegel auf und jemand parkte in der Einfahrt des Hauses ihrer Großmutter.

„Lass uns fahren. Es ist dumm, aber es tut weh, die neuen Leute zu sehen, die dort leben."

* * *

Wir fuhren schweigend, bis wir vor Kristas Wohnungskomplex hielten.

„Danke fürs Mitnehmen. Es tut mir leid wegen vorhin. Ich habe das immer gemacht, als sie ein Baby war, damit sie einschläft, und wir haben einfach nie damit aufgehört." Sie zuckte mit den Achseln. „Auf jeden Fall: Danke." Krista verlagerte Becky etwas in ihren Armen, als sie nach dem Türgriff greifen wollte.

Ich griff über beide hinweg und kam ihr zuvor. Ich hatte nicht einmal darüber nachgedacht, sondern einfach den Arm ausgestreckt. Ich hatte das schon hundertmal mit meiner Schwester gemacht, als Brendan noch ein Baby gewesen war.

Ich hätte wie ein verfluchter Gentleman aus dem Auto aussteigen und die Tür öffnen sollen, aber nein, ich hatte mich vorgebeugt, so dass mein Gesicht kurz vor Kristas war. Verdammt. Becky war immer noch an ihre Schulter gekuschelt, in Decken gehüllt und träumte vom Haus ihrer Oma, also waren Krista und ich so gut wie unter uns. Ich konnte ihren Atem auf meinen Wangen spüren.

Meine Finger waren um den kalten Metallgriff der Tür geschlossen, aber ich brannte darauf, ihr Gesicht zu berühren. Nur ein federleichter Kuss, das war alles, was sein durfte. Sie war die Frau, die ich wollte, und das Mädchen von nebenan, von dem ich geträumt hatte. Sie würde mich nicht verraten, wie Tina es getan hatte. Krista hatte ihre eigenen Hoffnungen und Träume, die ich mit ihr teilen wollte.

Krista war nicht die Art von Frau, die mir in einer Nebengasse einen Blowjob geben und sich dafür bezahlen lassen würde. Sie war die Art von Mädchen, die Verführung brauchte. Liebe. Könnte ich ihre Bedürfnisse befriedigen? War ich dazu überhaupt in der Lage?

Ich küsste sie. Ihr Mund war warm und weich an meinem. Sie wich nicht zurück, und dann spürte ich, wie sich ihre Lippen ein wenig teilten. Sie erwiderte den Kuss. Dieser Moment von nur einem winzigen bisschen Vertrauen – das war alles, was ich brauchte. Ich wollte sie, alles von ihr. Von ihren langen, sexy Beinen bis zu ihrer sommersprossigen

Nase. Ich konnte diese verdammten Gefühle einfach nicht ignorieren.

„Mami?"

Krista stieß gegen meine Schulter. Verflucht noch mal. Ich hatte das Kind vergessen. Ich setzte mich auf und stieg eilig aus dem Auto. Ich hatte sie geküsst, während ihre Tochter auf ihrem Schoß saß. Wahrscheinlich hatte ich gerade alles in den Sand gesetzt. Keine Frau wollte einen Mann, der sie vor den Augen ihres Kindes betatschte.

Vielleicht hatte ich mich auch bei Tina wie ein Arschloch verhalten. Vielleicht hatte ich es nicht verdient, glücklich zu sein. Vielleicht war es nicht Tina gewesen, die es versaut hatte, sondern ich. Ich hatte sie ausgewählt, ich hatte sie gevögelt, und dann hatte ich sie möglicherweise irgendwie dazu gebracht, mich zu verraten.

Fuck. Ich musste aufhören, die Scheiße mit Tina immer wieder durchzugehen. Ich ging vorne um den Pick-up herum und öffnete die Tür weit. Nachdem ich ihnen aus dem Wagen geholfen hatte, folgten sie mir die Treppe hinauf.

Die Trümmer der letzten Nacht befanden sich noch auf der Veranda. Überall lag Plastik herum, ein zerbrochener Blumentopf war in der Ecke. Der Zettel, der an der Tür klebte, war allerdings neu. Auf der Vorderseite des Umschlags war ein Abzeichen aufgedruckt: City of Tacoma Police Department.

Scheiße. Ich riss ihn ab und reichte ihn Krista. „Bleib hier draußen, ich überprüfe deine Wohnung."

Es war ein winziges Apartment. Zwei Räume und ein Badezimmer. Alles sah normal aus. Ich überprüfte die dunklen Ecken, die Schränke. Alles sauber. Ich winkte Krista und Becky herein.

„Ich will *Peter Pan* sehen", murmelte die Kleine.

Krista drehte sich zu mir um, immer noch mit dem Kind auf den Armen. „Hey, könntest du noch einen Moment hierbleiben? Ich lege sie hin und dann sollten wir uns unterhalten."

Ich nickte und sie verschwand im hinteren Teil der Wohnung. Ich war schon seit vielen Jahren aus dem Geschäft raus, doch ich wusste, was kommen würde. Die große Abfuhr. Ihr Heim war mit den üblichen Dingen ausgestattet: Sofa, Tisch, Fernseher. Aber es war ein Zuhause. Vorhänge und Spielzeug, das ganze Durcheinander des Lebens. Und ich gehörte nicht dazu. Ich war nur der Arschloch-Biker, der für seinen Club lebte.

Der Raum war stickig, also trat ich auf die Veranda hinaus. Mitten in den Trümmern, in der kalten Nachtluft, fühlte ich mich wohler.

Ich hätte gehen sollen. Aber ich musste hören, wie sie mich zurückwies. Ich wollte sauer werden.

Ich war es gewohnt, wütend zu sein. Wütend auf das Rechtssystem, auf Tina, auf mich selbst. Liebe war hart. Liebe bedeutete, ein Risiko einzugehen, und ich wusste nicht, ob ich diesen Erwartungen gerecht werden konnte.

Die Tür klickte, als Krista heraustrat. „Danke fürs Warten."

Verdammt, sie war wunderschön. Ihr Haar war mit hellblonden Strähnen durchzogen, ihre blauen Augen wirkten im Licht der Veranda dunkel. Aber sie war ein Tornado der Schönheit inmitten der trostlosen Stille der zerstörten Umgebung.

Ich zuckte mit den Achseln und wartete darauf, dass sie etwas sagte.

„Also, ähm, danke für deine Hilfe heute. Du hättest mich nicht abholen oder uns zum Haus meiner Großmutter bringen müssen. Es ist ja nicht so, dass du mich kennst. Aber ich weiß es wirklich zu schätzen."

„Ich kenne dich."

Ich wollte mehr sagen. Ich musste mehr sagen, um sie kämpfen. Wut und trostloses Nichts waren das, woran ich gewöhnt war, aber nicht das, was ich wollte. Ich wollte sie.

Ich ging zu ihr hinüber und beugte mich zu ihr. „Ich weiß, dass du die Jungs im Club zusammenflickst, so wie du mich gestern Abend zusammengeflickt hast. Ich weiß, dass du deine Tochter liebst. Ich weiß, dass du mit allem, was das Leben dir in den Weg stellt, zurechtkommst. Du überlebst, du erreichst etwas. Ich bin dir erst gestern

Abend begegnet und weiß vielleicht nicht was deine Lieblingsfarbe ist, aber ich kenne dich."

Ich konnte ihr Haar riechen und die Wärme ihres Körpers spüren.

„Öffne deine Augen."

Sie schüttelte den Kopf. „Ich kann nicht. Ich arbeite für die Storm Kings. Ich kann mich nicht einfach mit einem der Jungs herumtreiben. Das ist mein Einkommen, meine Unabhängigkeit. Es ist nicht so, dass ich nicht will, ich kann es nur nicht. Ich würde zu viel verlieren."

Ich strich mit dem Daumen über ihr Kinn. „Öffne deine Augen, Krista. Ich hielt meine bis vor kurzem auch geschlossen und weiß, wie einfach und beruhigend das ist. Ich möchte, dass deine Augen offen sind für das, was ich jetzt sage."

Ihre Lider flatterten hoch und sie begegnete meinem Blick. Das war es, was ich wollte: wir beide, kein Verstecken. Kein Verstellen.

„Ich bin in diesem Leben aufgewachsen. Ich weiß, was es bedeutet, als Frau für einen Club wie die Storm Kings zu arbeiten. Ich erwarte nicht, dass du morgen bei mir einziehen willst, aber ich möchte dem, was da zwischen uns ist, eine Chance geben. Ich will dein Lachen hören. Ich möchte dich zum Essen einladen. Ich will dich während einer Fahrt an meinem Rücken spüren. Ich will mich berauschen lassen und deine Klitoris lecken, bis du meinen Namen schreist. Ich wäre nicht hier, wenn ich es nicht ernst meinen würde."

Kapitel 6

Krista

"Colt."

Ich schrie seinen Namen nicht, es war nur ein Hauch, aber es war alles, was ich aufbringen konnte. Seine Lippen fühlten sich warm an meinen an. Eine kleine Berührung. Ich konnte mich nicht erinnern, wann ich das letzte Mal geküsst worden war. Manchmal hatte ich mich für ein zusätzliches Trinkgeld küssen lassen, aber ich hatte bald gelernt, dass sich das nicht lohnte. Das Letzte, was man mit einem Freier tun wollte, war, ihm emotional nahezukommen. Ein Kuss brachte die Sache an den Rand der Intimität. Und ganz praktisch gesehen, verschmierte er meinen Lippenstift.

Ich hörte auf zu denken. Das musste ich. Wenn ich mein Gehirn nicht ausschaltete, würde Colt zu einem Freier wie jeder andere werden. Ich konnte zwar nicht mit ihm zusammen sein, aber ich wollte nur diesen kleinen Moment.

Er schlang den Arm um meine Taille und zog mich zu sich. Er war am ganzen Körper hart, das Leder seiner Weste warm auf meiner Haut. Ich keuchte und seine Zunge glitt zwischen meine Lippen. Ich spürte, wie sich die Hitze zwischen meinen Beinen sammelte. Erregung. Ich wollte ihn.

Ich berührte seine Zunge mit meiner und hörte ihn stöhnen. Er zog mich noch näher an sich und seine Hand glitt meine Taille hinunter. Gott, ich wollte, was er mir anbot. Ich wollte alles vergessen und mich einfach an ihn schmiegen, in der Sicherheit, in der Lust versinken.

Ja, wir würden ein paar Tage voller Glück haben. Ein paar Tage voller verrücktem Sex, überstürzter Liebe und Romantik, und in meinen erbärmlichsten Träumen taten wir so, als wären wir eine Familie. Nach der heutigen Pizza und dem gemeinsamen Ansehen von *The Brady Bunch* war Becky bereits in ihn verliebt. Aber wenn Bear und die anderen Jungs zurückkommen würden, würde die Welt über uns hereinbrechen und unsere Seifenblase platzen. Und ich wäre am Boden zerstört. Meine Regeln, mein Herz, mein sorgfältig aufgebautes kleines Leben. Es würde meinen Terrassenmöbeln ähneln. Zerbrochen.

Er wäre fort und ich würde mich wieder um die Jungs kümmern. Wenn er hierbliebe, würde ich ihn immer beobachten, warten und hoffen, dass er mich anrufen würde. Er würde wahrscheinlich weiterziehen. Vielleicht käme er für eine Party in die Stadt zurück und die Kings würden die Mädels aus dem örtlichen Strip-Club zu sich rufen. Ich würde ihn mit einer anderen Frau sehen, die halbnackt über seinen Schoß drapiert wäre. Er würde mich ignorieren und ihnen die Worte sagen, die er mir gerade gesagt hatte. Es waren keine schönen Worte, sie waren nicht poetisch, aber sie gehörten mir. Und er würde sie zu anderen Frauen sagen.

Ich drehte den Kopf und brach den Kuss ab.

„Nein.“

Seine Arme waren weg, und die kalte Luft schlängelte sich um mich, stach meine Lippen. Diese Wärme, diese Unterstützung, diese Liebe, sie waren fort. Er ging zur Seite der Veranda und lehnte sich gegen das Treppengeländer.

„Okay, das ist in Ordnung. Es tut mir leid, dass ich dich belästigt habe. Es wird nicht wieder vorkommen.“

Das war gut. Ich konnte damit umgehen. Das war doch sicherer, oder? Keiner würde verletzt werden. Nicht ich, nicht Becky, nicht einmal er.

Warum hatte ich also das Gefühl, dass mein Herz zerbrach?

„Ich komme am Mittwoch um halb vier vorbei. Ich habe es Becky versprochen.“ Er zuckte mit den Achseln. „Aber das hier ist vorbei – ich werde dich nicht anfassen.“

Er stapfte die Treppe hinunter, ohne sich zu verabschieden. Das einzige Anzeichen dafür, dass er etwas fühlte, waren die schweren Schritte auf den Betonstufen. Lauter als sie hätten sein sollen. Ich war froh. Froh, dass er wenigstens ein bisschen empfunden hatte. Vielleicht wäre ich nicht bloß ein weiterer Fick gewesen.

In dieser Nacht fiel mir das Einschlafen schwer. Ich wälzte mich hin und her, schlug auf mein Kissen, sah nach Becky, tat alles, was mir einfiel, um müde zu werden. Gegen zwei Uhr morgens gab ich auf, schnappte mir eine Taschenlampe und Gartenhandschuhe und ging hinunter zu meinem

Auto.

Autoglas zerbrach nicht so leicht wie ein Trinkglas. Jeder, der schon einmal einen Autounfall gehabt hatte, wusste, dass es in eine Million kleiner Teile zersprang. Irgendwo unter diesen Splittern waren Beckys Tanzoutfit und mein Buchhaltungsschulbuch begraben. Kein noch so häufiges Waschen würde mich dazu bringen, Becky den Trainingsanzug erneut tragen zu lassen – wir würden einen neuen kaufen müssen. Mein Buch für die Ausbildung war eine andere Geschichte. Ich hatte mich damit abgeschuftet, war ein paar Mal darüber eingeschlafen und betrachtete es als Schlüssel zu meiner Zukunft. Da ich nachts arbeitete, hatte ich Becky ein wenig früher in die Vorschule geschickt und war aufs Junior College gegangen. Ich war jetzt fertig, vier Monate schon. Ich sollte inzwischen einen neuen Job haben. Aber die Arbeit im Club war einfach. Ich kannte die Jungs und wurde gut bezahlt. Sie bot nur keine Zukunftsperspektive.

Nachdem ich etwas Glas und Fast-Food-Verpackungen, die jemand in mein Auto geworfen hatte, weggeräumt hatte, entdeckte ich das Buch. Trotz der Splitter, die sich auf dem Einband befunden hatten, war es in einem ziemlich guten Zustand. In den letzten Tagen war es trocken gewesen, eine Seltenheit in Washington. Ich trug meinen Fund die Treppe hinauf und legte ihn auf den Küchentisch. Es war seltsam, nichts zu Lernen zu haben, nichts, worauf ich mich konzentrieren musste.

Ich brauchte einen neuen Job. Meine Brüste würden nur noch eine gewisse Zeit lang straff sein, und mein Hintern würde sehr bald anfangen, schlaff zu werden. Ich war erst vierundzwanzig Jahre alt, aber der Club würde mich nicht behalten, bis ich in Rente ging. Das Einzige, was schlimmer war, als eine Nutte zu sein, war eine alte Nutte zu sein, die weder sich selbst noch ihr Kind ernähren konnte.

Die Buchhaltung war gut zu mir gewesen. Die Zahlen diskutierten nicht oder taten mir weh, sie waren einfach da. Es gab klare Regeln, wie man alles zusammensetzte. Soll und Haben. Ich hatte sogar begonnen, mein Leben in Soll und Haben zu organisieren. Haben – positive Dinge, die mir passierten – waren Becky, meine ehrenamtliche Arbeit an ihrer Schule und manchmal die Männer im Club. Soll – Belastungen, die meine Seele jedes Mal ein wenig mehr erschöpften – waren mein Ex-Mann und, nun ja, ich selbst.

Ich schlug mein altes Lehrbuch auf und machte ein paar Übungen. Bald war ich in der Mathematik versunken.

Jemand klopfte an meine Tür. Die Uhr zeigte halb fünf. Wahrscheinlich Janice, meine Nachbarin. Janice war die Barchefin im Jiggles und immer lange auf. Wir trafen uns oft, wenn ich vom MC nach Hause kam.

Ich linste durch den Türspion, um sicherzugehen, dass es nicht Robby war. Die aufgetürmten blonden Haare auf der anderen Seite der Tür zeigten mir, dass er es definitiv nicht war.

Janice schob sich an mir vorbei und ließ sich auf der Couch nieder. „Krista, Schatz, schläft das Baby? Ich glaube, du könntest einen Drink gebrauchen."

Janice, die immer vorbereitet war, brachte einen Krug mit etwas Eisgekühltem und zwei Gläser. Sie schenkte die Getränke ein, während ich mich neben sie setzte.

„Was ist mit Robby passiert? Jesus, er hat letzte Nacht so laut gewütet, dass er Tote hätte auferwecken können. Ich habe Tate angerufen, weil ich wusste, dass die Bullen nicht schnell genug hier sein würden."

Ich dachte mir schon, dass sie diejenige gewesen war, die meinen Chef angerufen hatte. Sie war es, die mir überhaupt erst von dem Job erzählt hatte. Tate hatte Janice auf der Suche nach einer neuen Nutte kontaktiert, weil, nun ja, Janice alle Mädels kannte. Sie hatte es nie erzählt, aber ich glaubte, sie vermittelte sogar Dienste wie eine Puffmutter.

„Robby brauchte nur Geld." Ich nahm einen Schluck und spuckte ihn sofort wieder in das Glas. „Was ist da drin?"

„Spinat, Eiweiß, Grünkohl und Karotten. Ich habe beschlossen, auf jeglichen Zucker zu verzichten, sogar auf ganze Früchte. Nur noch Ballaststoffe und Eiweiß. Okay, ich ziehe Blaubeeren in Betracht wegen der Antioxidantien." Sie nahm einen langen Schluck. „Ahh, Nektar der Götter. Also, erzähl mir von dem Kerl, der Robby letzte Nacht verprügelt hat. Geschäft oder Vergnügen?"

Ich zuckte mit den Achseln. „Geschäft. Er ist nur einer der Männer aus dem Club."

Sie hob eine Augenbraue. „Oh, du wirst grüblerisch. Ich glaube nicht, dass er nur ein weiterer Typ aus dem Club ist. Spuck's schon aus."

„Da gibt es nichts auszuspucken. Er ist nur ein Typ."

Sie nahm einen Schluck von ihrem grünen Gebräu. „Weil du beruflich mit Männern vögelst, hast du eine deiner kleinen Regeln aufgestellt, die besagt, dass du keine Beziehung haben darfst?"

Mist. So war Janice eben: Sie brachte mein Problem sofort auf den Punkt. Dieses Talent hatte sie früher zu einer fantastischen Nutte gemacht. Sie konnte genau erkennen, was die Kerle wollten und dachten, und sie konnte es nutzen, um sie zum Abspritzen zu bringen. Sie wusste, wann sie es langsam oder schnell wollten. Sie kannte auch meine tiefsten, dunkelsten Gedanken, indem sie mich nur ansah.

„Was wäre, wenn ich zugeben würde, dass du recht hast?"

Sobald ich es ausgesprochen hatte, sprudelte der Rest nur so aus mir heraus. Ich erzählte ihr von dem süßen Kuss im Auto und von dem Moment auf der Veranda, in dem sich mein Magen umgedreht hatte. Dann berichtete ich ihr, was er zu mir gesagt hatte. Er hatte es versuchen wollen, und ich hatte ihn abgewiesen.

„Ich habe keine Ahnung, warum er mich will. Er weiß, dass ich eine Nutte bin, Janice. Das weiß er. Aber er will trotzdem eine Beziehung versuchen. Es schien nicht nur um den Sex zu gehen. Ich verstehe nicht, warum er mich will."

Ich ließ mich zurück auf die Couch fallen und legte den Arm über meine Augen. Wenn ich doch nur wieder fünfzehn wäre und in meinem Schlafzimmer im Obergeschoss des Hauses meiner Großmutter wohnen würde.

Janice packte mich am Arm und zerrte mich zurück in eine sitzende Position. „Trink aus, Krista, Schatz – du brauchst deine Kraft. Eiweiß hat acht Gramm Protein pro Stück. Es ist an der Zeit, dass du deine großen Mädchenschuhe anziehst und dich nicht mehr hinter diesen Regeln versteckst. Du bist eine starke, schöne Frau – es wird Zeit, dass du dich auch so verhältst.

Er interessiert sich vielleicht für deine Titten, aber er ist immer noch da, also ist er mehr an dem interessiert, was dazwischen ist. Deinem Herz. Und das ist mehr wert als hundert Freier. Es gibt Männer, die mit einer Frau zusammen sein können, während sie ihr Geld auf dem Rücken verdient – und ich spreche hier nicht von Zuhältern. Vielleicht ist er die Art von Mann, die erkennt, dass seinen Körper zu verkaufen und Liebe machen zwei verschiedene Dinge sind. Das eine ist Training und das andere ist erderschütternd."

„Vielleicht will ich diese Art von Mann nicht. Vielleicht will ich nur einen Mann, der mich will und nur mich und der will, dass ich mit ihm zusammen bin und nur mit ihm. Was, wenn ich eine pure Vanilla Beziehung will?"

Janice kippte den Rest ihres Spinatshakes hinunter und schlug die Beine übereinander. „Krista, Schatz, du wirst niemals Vanilla haben. Zum einen enthält es viel zu viel Zucker. Außerdem bist du Minze und Chips, Fürst-Pückler-Eis und Regenbogen-Sorbet in einem. Du kannst nie wieder zu normaler Vanilla zurückkehren, und das musst du einsehen. Was du brauchst, ist ein Mann, der nicht versucht, dich zu Vanilla zu machen. Was du brauchst, ist ein Mann, der Schlagsahne und Maraschino-Kirsche ist."

Ich lachte. „Ich glaube, du brauchst einen Nachtisch, Janice. Deine Oberschenkel werden es überleben."

Sie rollte mit den Augen. „Sei ernst. Was ich meine, ist, dass du einen Mann brauchst, der deine Geschmacksrichtungen nicht verändert. Dieser Kerl wird sie *besser* machen."

Es blieb nichts anderes übrig, als zu nicken. Sie hatte recht. Ich könnte nie einen normalen Mann haben.

Bis zum Sonnenaufgang redeten wir über Politik bei Jiggles. Sie ging zu Bett, und ich bewarb mich online auf einige Stellen. Nach der dritten Jobausschreibung musste ich aufhören. Meine Konzentration war hin. Ich musste ständig darüber nachdenken, was passieren würde, wenn er auftauchen und Becky zum Tanzunterricht abholen würde.

Ich hatte versucht, mich mit einigen der anderen Mütter in Beckys Tanzkurs anzufreunden. Eine Zeit lang passte ich ganz gut hinein. Wir unterhielten uns, während wir die nächste Bastelrunde vorbereiteten. Einmal hatten mich ein paar der Frauen zum Mittagessen eingeladen. Die Pizza war zwar mies gewesen, aber die Kinder waren begeistert vom Ballspielplatz gewesen und die Mütter hatten sich richtig unterhalten können. Es war toll gewesen, bis die unvermeidliche Frage gekommen war.

„Also, Krista, was machst du so? Bist du verheiratet?"

Nein, nicht verheiratet. Ich bin Single. Aber ich habe einen Job. Ich ficke Typen in einem Motorradclub, um meine Miete zu bezahlen. Blowjobs, normaler Sex. Dreier kosten extra.

„Ich bin Barkeeperin."

Die Mütter hatten alle verständnisvoll genickt. Sie hatten mir versichert, dass ich eines Tages jemanden kennenlernen und eine Hausfrau wie sie werden könnte. Oder vielleicht eine Teilzeit-Empfangsdame wie Marcie. Dann könnte ich an ihren Yogakursen teilnehmen oder Mojitos trinken gehen, wenn ihre Ehemänner babysitteten.

So ein Leben wollte ich nicht. Ich brauchte keinen Mann, der sich um mich kümmerte. Ich wollte es selbst tun.

Ich brauchte keinen Mann. Ich *wollte* einen Mann. Und nicht nur irgendeinen Mann. Ich wollte Colt. Ich wollte ihn auf der Couch sehen, wie er mit meinem Kind kuschelte, während wir Wiederholungen im Fernsehen schauten. Ich wollte mich für ihn schick machen, wenn wir ausgingen. Ich wollte ihm nach einer Nacht voller Liebesspiel Frühstück machen.

Liebesspiel. Kein Sex. Kein Verkaufen meines Körpers. Kein schneller Blowjob für Lebensmittelgeld. Kein anonymer Quickie im Hinterzimmer, während um mich herum eine Party tobte. Ich wollte langsame, leidenschaftliche Liebe mit ihm machen und ich wollte, dass er langsame, leidenschaftliche Liebe mit mir machte.

Ich musste aufhören, daran zu denken, mit Colt zu schlafen.

Hatte er eine Old Lady? Er hatte mich gefragt, ob ich einen Partner hatte, aber ich hatte ihm die Frage nicht im Gegenzug gestellt. Ich würde nicht mit ihm schlafen, wenn er eine Partnerin hatte. Es war nicht mein moralischer Kompass, der mir das verbot, es war Selbsterhaltung. In der Sekunde, in der er mich geküsst hatte, hatte ich mich so schnell in ihn verguckt, wie ein volles Fass auf eine bloße Zehe fallen konnte – direkt und schmerzhaft. Wäre ich nur etwas für nebenbei gewesen, wäre ich am Boden zerstört gewesen. Ich wollte mehr sein als das.

Als ich angefangen hatte, für die Storm Kings zu arbeiten, war ich davon ausgegangen, dass ich nie in der Lage sein würde, mich zu verabreden oder eine Beziehung zu führen. Kein Mann wollte eine Frau, die mit so vielen anderen geschlafen hatte, dass sie die genaue Anzahl nicht mehr wusste.

Oder die sich jeden Monat auf Geschlechtskrankheiten und Schwangerschaft untersuchen ließ und das dann ihrem Arbeitgeber in Rechnung stellte.

Colt war anders. Er war schnell und hatte sofort sein Interesse angemeldet. Ich hatte ihn gerade erst kennengelernt, und doch hatte er so gesprochen, als ob er eine Beziehung wollte. Er wusste, dass ich eine Nutte war – als er auf meiner Veranda gestanden hatte, hatte er gesagt, er wisse, was es hieß, als Frau für einen MC zu arbeiten, und trotzdem wollte er mich. Warum?

Vielleicht war er so, wie Janice sagte, und könnte meine Arbeit von unserer Beziehung trennen. Dieser Gedanke ließ mich kalt. Ich war mir nicht sicher, ob *ich* beides trennen konnte. Ich wollte es auch nicht. Ich wollte eine richtige Beziehung. Eine, in der ich nicht für Geld andere Typen ficken würde.

Ich klappte meinen Laptop zu und streckte mich. Vielleicht wollte er das Gleiche.

Vielleicht war er wirklich meine Schlagsahne und Kirsche.

Vielleicht war er aber auch nur ein geiziges Arschloch, das kostenlosen Sex haben wollte.

Kapitel 7

Im Barbereich war nicht mehr viel übrig, das gereinigt werden musste, also zog ich nach oben. Ein paar der Jungs – Skeeter und Rip – wohnten dort, und wir hatten zwei Gästezimmer, in denen man nach Partys schlafen konnte. Sie alle teilten sich ein Badezimmer. Da würde ich angefangen.

Es war nicht glamourös, aber es zahlte meine Rechnungen, und ich konnte einiges von dem wiedergutmachen, was ich an Geld für bezahlten Sex verloren hatte. Es war ungewöhnlich, dass die Jungs so lange weg waren, manche Runs dauerten allerdings länger als andere. Auf jeden Fall bot sich mir eine perfekte Gelegenheit, die Zimmer zu reinigen, in denen die Männer übernachteten.

Skeeter und Rip waren gute Jungs, aber, nun ja, sie waren eben Jungs. Ich leerte Aschenbecher, warf halb leere Bierflaschen weg und ging mit dem Staubsauger über jeden Zentimeter des Raums. Nachdem ich die Möbel abgewischt und die Laken gewechselt hatte, war ich bereit für eine Pause.

Ich schnappte mir eine Flasche Root Beer und setzte mich auf die Laderampe. Die Nacht war kalt und fühlte sich durch mein Sweatshirt gut an. In der Ferne rumpelte ein Motorrad.

Ein einzelner Scheinwerfer blinkte auf, als jemand das quietschende Eingangstor passierte. Wahrscheinlich Tate oder Colt; ich glaubte nicht, dass der Rest der Jungs schon zurück war. Ich hoffte, es war Tate.

Der Biker fuhr an der Laderampe vorbei und nach vorne. Ich trank mein Bier aus und richtete mich auf. Mit einer Pause konnte ich meine Miete nicht bezahlen.

Ich suchte die Bar nach einem Anzeichen von Colt ab. Nichts. Das war schlecht. Wenn er unten war, konnte ich ihm leicht aus dem Weg gehen, indem ich oben putzte. Ich musste wissen, wie ich ihm am besten ausweichen konnte.

Als ich oben an der Treppe ankam, atmete ich erleichtert auf. Er stand unter der Dusche. Ich hörte das Wasser rauschen und stellte mir vor, wie es an seinem nackten Körper herunterlief. Ich schüttelte den Kopf, um mich zu beruhigen. Ich musste weit weg von ihm bleiben. Eine Beziehung mit ihm würde mir nur das Herz brechen und mich arbeitslos machen. Ich könnte einfach das andere Gästezimmer putzen und ihm auf diese Weise aus dem Weg gehen.

Ich lugte in ein Zimmer und sah, dass es leer war. Nirgendwo persönliche Gegenstände. Perfekt. Ich machte mich sofort an die Arbeit. Beim Staubsaugen stieß ich immer wieder gegen die Vorhänge und wirbelte Staubwolken auf. Die langen Verdunkelungsvorhänge waren wahrscheinlich seit Reagan nicht mehr gewaschen worden, also schleppte ich einen Schreibtischstuhl heran und kletterte hinauf. Wenn ich sie waschen wollte, musste ich die ganze Stange abnehmen.

„Brauchst du Hilfe?", fragte eine tiefe männliche Stimme hinter mir. Verdammt. Ich wusste genau, wem sie gehörte.

„Nein, danke." Ich versuchte, es fröhlich klingen zu lassen. „Ich schaffe das schon."

Um zu beweisen, dass ich die Situation im Griff hatte, hob ich die Gardinenstange aus den Halterungen, und dann ging alles schief. Es war eine dieser billigen ausziehbaren Stangen, bei denen ein Teil in das andere geschoben ist. Sobald ich sie anhob, trennten sich die Teile durch das Gewicht der Vorhänge. Ich wollte nach dem Ende greifen, das nun zu Boden rutschte, aber ich hatte vergessen, dass ich auf einem Schreibtischstuhl stand. Mein Fuß hing in der Luft und ich balancierte verzweifelt auf einem Bein.

Ich würde umkippen, es gab keinen anderen Ausgang dieser Szene. Ich würde vor Colt auf dem Holzfußboden landen.

Während ich stürzte, wartete ich auf den Boden, fand mich aber stattdessen in zwei Eisenbändern wieder. Seine Arme.

Wenn man aufgefangen wurde, war es nicht so wie im Film. Es war nicht voller Lächeln und langen Haarsträhnen, die im Wind wehten. Ich hatte ihm vermutlich gegen die Schulter getreten, denn ich hörte ein Grunzen. Aber als ich die Augen öffnete, sah es aus wie in einem Liebesroman.

Er war frisch aus der Dusche gekommen und roch nach Seife und Nachtluft. Er hatte sich nicht rasiert, und ich konnte von meinem Platz an seiner Brust die Stoppeln sehen. Oh Gott! Sein *nackter* Oberkörper. Seine Brust war muskulös und wohlgeformt, behaart und mit Wassertropfen übersät.

In meinem Beruf hatte ich schon alles gesehen, von wie mit Bärenfell bedeckten bis hin zu nackt gewachsten Körpern. Aber das hier war Colt. Ordentlich getrimmt, doch genug behaart, um meine Finger zu kitzeln, und ganz Mann. Und das alles direkt vor meinen Augen.

Unsere Blicke trafen sich und ich leckte mir über die Lippen. Verdammt, ich wollte ihn. „Lass mich dich absetzen."

„Nein", hauchte ich. Ich legte meine Handfläche auf seine Brust und tastete mich bis zu seinem Nacken vor. Dann zog ich seinen Kopf nach unten und küsste ihn.

Er schmeckte wie Zahnpasta, als er mich an sich drückte. Ich ließ meine Hand von seinem Hals zu seinen Schultern wandern und versuchte, mir jede kleine Vertiefung einzuprägen, jede Stelle, an der Muskeln auf Knochen trafen. Sein Kiefer war kantig und kratzte leicht unter meinen Fingerspitzen, die ich zurückbewegt hatte. Ich tastete mich weiter und grub meine Finger in sein Haar.

Während ich seinen Körper erkundete, erforschte er meinen Mund. Er leckte meine Lippen und ich öffnete mich für ihn. Ich hatte aufgehört, mich von meinen Freiern küssen zu lassen, und daher vergessen, wie erotisch das sein konnte. Seine Zunge kämpfte mit meiner, ein kleines Stück seines Körpers war in mir. Ich wollte mehr.

Er verlagerte sein Gewicht, und ich merkte, dass er mich auf das Bett legte. Ich schlang meine Arme unter seine und fühlte die Muskelstränge seines nackten Rückens, dann weiter hinunter zu seinem Hintern. Er war gebaut wie ein griechischer Gott, und ich musste jeden Zentimeter spüren. Ich richtete mich auf und presste mich gegen seinen Körper. Sein Schwanz war hart an meiner Jeans. Tief zwischen meinen Beinen kribbelte es, ich sehnte mich nach mehr.

Colts Hand lag auf meiner Brust und drückte meinen Nippel. Ich schrie auf und er zog sich zurück.

„Das war gut, oder?" Er stützte sich auf einen Ellbogen. „Du weißt, dass ich dich will. Aber du musst auch dafür bereit sein. Für alles. Nicht nur einmal, sondern etwas Richtiges."

Ich wollte Ja sagen. Ich wollte ihm sagen, dass wir glücklich bis ans Ende unserer Tage leben würden. Aber was immer ich im Moment tat, konnte so nicht weitergehen. Ich würde das ganze Geschäft mit den Jungs verlieren und Becky und ich wären pleite. Eine kleine Affäre allerdings? Das könnte ich doch haben, oder? Eine Nacht, in der ich mich gewollt, geschätzt und geliebt fühlen konnte.

Ich sah ihm in die Augen und flüsterte: „Ich will dich."

Das war das Einzige, was ich im Moment versprechen konnte. Ich wusste, dass er mehr wollte, aber das konnte ich ihm nicht geben. Ich konnte ihm nur das Hier und Jetzt schenken.

Seine Arme wurden steif. „Nein. Nicht nur Wollen, nicht nur jetzt. Sag mir, dass dies mehr als nur ein schneller Fick für dich ist. Sag mir, dass du mehr willst, oder ich werde aufhören." Seine Augen waren stählern, während sie mich prüfend ansahen.

Ich wollte ihm sagen, dass es nur ein One-Night-Stand war und ich die Zukunft meiner Tochter nicht gefährden konnte. Aber jetzt, in diesem Moment, in dem sich unsere Körper aneinanderpressten, wusste ich, dass das, was ich wollte, nicht die vernünftige, kluge Wahl war.

„Ich möchte, dass dies mehr als nur ein One-Night-Stand ist. Ich möchte, dass du Liebe mit mir machst."

Er knurrte, zog mich an sich und küsste mich erneut. Diesmal war es keine federleichte Berührung, sondern eher eine fordernde. Meine Lippen gehörten ihm. Wir trennten uns und ich zog mein Sweatshirt und Tank-Top aus. Oh Gott – mir fiel auf, dass ich meinen blassblauen Sport-BH trug. Wahrscheinlich das am wenigsten sexieste Ding, das ich besaß. Ich hätte eines meiner vielen stripperähnlichen Outfits anziehen sollen. Darauf standen Männer immer.

Ich schaute an ihm hinunter. Ich konnte seinen Schwanz nicht sehen, aber ich spürte, wie er gegen meine Jeans drückte. Der Rest seines Körpers war gebräunt und wohlgeformt. Wenn ich Männer berührte, ging es mir normalerweise nur darum, ihnen ein gutes Gefühl zu geben. Doch jetzt nicht. Ich betastete ihn mit den Fingern – weiche Haut über harten Muskeln. Ihn zu berühren, gab mir auch ein gutes Gefühl.

Er griff in meine Kniekehle und zog mein Bein über seine Hüfte. „Gefällt dir, was du siehst?", fragte er, während er meinen Hals küsste.

„Ja", flüsterte ich. Ich vergrub mein Gesicht an seiner Schulter. Wahrscheinlich wurde ich rot, aber ich konnte nicht aufhören, ihn zu berühren.

Ich streichelte seine Brust und verglich seinen gebräunten, wohlgeformten Körper mit meinem eigenen. Ich hielt mich in Form, das gehörte zu meinem Job, doch ich war nicht so braun wie er. Liefen die kalifornischen Mädchen immer in Bikinis herum, wie im Fernsehen? Ich bedeckte meinen alten BH mit den Händen. „Es tut mir leid, ich hätte etwas Aufreizenderes anziehen sollen."

Wir rollten uns so, dass er auf einem Ellbogen über mir ruhte. Seine Finger wanderten langsam von meiner Hüfte über meinen Brustkorb. Seine Augen waren dunkel, und sein Mund war zu einer grimmigen Linie verzogen. Mist, hatte ich etwas falsch gemacht?

„Du bist wunderschön." Er drückte mir einen Kuss auf die Wange. „Und sexy." Ein längerer Kuss auf meinen Hals. Dann begann er, sich meinen Oberkörper hinunter zu meinen Brüsten zu bewegen. „Als ich heute Morgen mit einem schmerzenden Schwanz aufgewacht bin und mir einen runterholen musste, habe ich von dir geträumt.“

Ich wollte glauben, dass er sich genauso sehr nach mir sehnte wie ich mich nach ihm. Ich stieß ihn zurück und setzte mich auf, wobei ich meinen BH über den Kopf zog. Er griff nach oben und berührte meine Brüste. Ich kniff die Augen zusammen und genoss es, wie er mich verwöhnte. Er zog mich wieder nach unten und begann, an meinem Nippel zu saugen, während er meine Jeans aufknöpfte. Ich griff nach der Bettdecke, weil ich etwas brauchte, das mir Halt gab. Die blaue Decke fühlte sich unter meinen Fingerspitzen rau an. Ich kannte das Gefühl gut; ich hatte schon viele Männer auf diesem Bett gefickt. Auf genau diesem Laken.

Es lagen mindestens drei Kondome im Nachttisch. Ich hatte sie dort hingelegt. Ich könnte einfach nach einem greifen und er könnte in mir sein und mich in wenigen Augenblicken dazu bringen zu schreien. Das war es doch, was ich wollte, oder?

Ich kniff die Augen zusammen und versuchte, das Bild des Raumes zu verdrängen. Aber stattdessen begann mein Verstand mir Erinnerungen zu zeigen. Die Gesichter der Männer, die für Geld in mir gekommen waren. Eines nach dem anderen, auf genau dieser Bettdecke. Einige waren deutlich, wie Skeeter. Andere waren nur Eindrücke. Ich hatte aufgehört zu zählen.

„Krista?“

Ich öffnete die Augen und die Gesichter verschwanden. Es gab nur noch mich und Colt. Ich schaute mich um und wartete darauf, dass die Geister zurückkehrten, aber das taten sie nicht.

Er rollte sich weg und zog mich an seine Brust. „Was ist gerade passiert?"

Das konnte ich nicht. Ich konnte ihm einfach nicht erklären, was geschehen war. Ich wollte eine Beziehung mit diesem Mann, das wusste ich jetzt. Und der beste Weg, das zu verhindern, war, ihm zu sagen, dass ich ihn gerade mit all den anderen Kerlen verglichen hatte, die ich als Prostituierte gefickt hatte. Ich konnte nicht zusehen, wie sich seine Augen mit Zweifeln trübten und wie er mich wegstieß. Es wäre einfacher, es jetzt zu beenden.

„Es tut mir leid, aber ich glaube nicht, dass es das Richtige ist, das hier zu tun."

Es war scheiße und verdammt vage, und das wusste ich. Ich stand auf, zog meine Jeans hoch und rannte in mein Zimmer.

Kapitel 8

Colt

Ich lag einen Moment lang auf dem Bett und ließ die Augenblicke Revue passieren, bevor alles schiefgelaufen war. Sie hatte es gewollt. Ihre Haut war heiß an meiner Hand gewesen, sie hatte mit meiner Zunge gespielt, als wir uns küssten. Sie hatte ihren BH ausgezogen und ihre herrlichen Brüste entblößt. Aber sobald ich begonnen hatte, ihre Jeans auszuziehen, war es vorbei gewesen, und ich hatte keine Ahnung, warum.

Ich hatte zwei Möglichkeiten. Hier liegen und sie gehen lassen, oder aufstehen und um uns kämpfen. Oder um das, was zwischen uns geschah. Um ehrlich zu sein, abgesehen von ein paar gestohlenen Küssen, war nicht viel bei uns gelaufen. Aber ich wusste, da könnte mehr sein. Es würde gut werden. Ich war mir von dem Moment an, als sie aus ihrer Wohnung gekommen war, sicher gewesen, dass sie mir gehörte.

Ich zog mir eine Jeans über und fand sie in ihrem kleinen Zimmer am Ende des Flurs. „Krista?"

Ein Schniefen.

„Lass mich rein. Lass uns reden, okay?"

Eine Weile herrschte Stille, dann öffnete sie die Tür. Ihre Augen waren verquollen, sie hatte heftig geweint. Wir setzten uns nebeneinander auf ihr Doppelbett, während sie sich die Wangen abwischte.

Ich wollte den Arm um sie legen, sie aber nicht erschrecken.

„Ich fange an." Ich hielt meine Hände auf den Knien, damit sie wusste, dass ich sie nicht berühren würde. „Ich wollte dich nicht drängen. Ich dachte, wir hatten beide dasselbe Ziel."

Sie wandte sich mir zu. „Du hast mich nicht gedrängt." Ihre blauen Augen waren groß und voller Tränen. „Du redest nur ständig von einer Beziehung und, na ja, ich kann nicht."

Meine Finger gruben sich in meine Knie. Das schon wieder. Sie wollte mich offensichtlich. Allerdings nicht so sehr, dass sie mehr für mich empfinden wollte.

„Gut." Ich zuckte mit den Achsen. „Keine Beziehung. Aber ich bin nicht an einem schnellen Fick interessiert. Dafür kann ich bezahlen, wann immer ich es will. Das ist es nicht, was ich will. Ich will dich."

Scheiße. Fettnäpfchen, Arschbombe. Ihre Augen waren riesig; sie sah aus, als hätte ich ihr eine Ohrfeige verpasst. Ich war hierhergekommen, um alles besser zu machen, aber stattdessen ging alles den Bach runter. Warum zum Teufel hatte ich es für eine gute Idee gehalten, sie mit einer Nutte zu vergleichen? Sie war nicht wie diese Frauen, die in Bars herumhingen und versuchten, Männern so viel Geld wie möglich abzunehmen, und ich warf sie gerade mit ihnen in einen Topf.

Sie verschränkte die Arme vor der Brust und starrte an die Wand. „Sag das nie wieder zu mir.

Ich will, dass du gehst."

Ich stand auf. Ich musste hier raus, bevor ich es noch schlimmer machte. Ich versuchte, die Tür nicht hinter mir zuzuschlagen.

* * *

Es war schon spät am Abend, als Tate und ich vor dem Casino anhielten. Er wollte sich mit einem der Führungskräfte des Indianerstammes zusammensetzen.

Das Casino war klein, aber fein. Etwa fünfundsiebzig Spielautomaten und fünf Tische. Kurt, ein Stammesältester, führte mich herum und erklärte mir, wie die Spiele funktionierten. Drei Poker und zwei Blackjack-Tische.

„An den Tischen, an denen gepokert wird, sind die Chancen für das Haus besser", erläuterte er. „Aber die Leute mögen auch Blackjack. Man muss beides haben."

Er zeigte mir den Bereich der Kartenspieltische und stellte mich dem Chef vor. „Wir sind ein kleiner Laden, deshalb kenne ich alle großen Tiere", sagte Kurt. „Ich kenne alle High Roller, also alle Teilnehmer, die um hohe Summen spielen. Wir brauchen hier keine ausgeklügelte Software." Er nickte mir zu und lächelte.

Ah. Das war der Grund für die Tour. Sie erklärten mir, wie die Geldwäsche funktionierte.

„Wird hier oft um hohe Einsätze gespielt?", fragte ich. „In bar?"

Kurt und der Boxenchef lächelten. Ich verstand, was sie mir beibrachten.

„Dafür, dass wir so weit im Süden liegen, haben wir ein paar richtig gute High Roller." Kurt hob eine Augenbraue und begann dann, die Gewinnchancen von Blackjack und Poker zu erklären. Natürlich war es egal, wie hoch die Chancen waren. Ein vermeintlich schlechter Spieler würde mit einer Menge Falschgeld auftauchen und einen hohen Einsatz tätigen, von dem jeder wusste, dass er ihn verlieren würde. Allerdings würde es keine Aufzeichnungen über den Einsatz und das Spiel geben. Kleine Casinos wie dieses hatten nicht die Technologie, um das zu verfolgen. Das Falschgeld würde also direkt in den Zählraum gelangen, wo es als echtes Geld anerkannt wurde.

„Ein Teil des Geldes geht als Auszahlung an unsere Kunden." Kurt nahm die Karten in die Hand, mit denen er Blackjack demonstriert hatte. „Der Rest wird auf unsere Konten eingezahlt."

Also gaben sie die gefälschten Scheine an die Öffentlichkeit weiter und zahlten die echten auf ihre eigenen Konten ein. Eine rundum saubere Sache.

Danach entspannten Tate und ich uns in einem der VIP-Räume. „Es könnte jemand von hier sein." Er nahm einen Schluck Scotch.

Ja. Möglich. Das Gefühl hatte ich aber nicht.

„Die Betreiberin des Zählraums ist mindestens achtzig. Kurt hat sie Tantchen genannt." Ich nippte an meinem Tequila. Dunkel, alt und mild. „Ich glaube nicht, dass der Zählraum unser Problem ist.“ Tate nickte zustimmend. „Ich glaube, das Problem liegt innerhalb des Clubs“, schloss ich.

Tate war eine Zeit lang ruhig, und wir tranken und zockten an einem Spielautomaten.

„Ich stimme zu.“ Er kassierte ab und drehte sich zu mir um. „Wir haben nicht mehr viel Zeit – ich muss herausfinden, wer verantwortlich ist. Wenn die Vietnamesen herausfinden, dass ich ihre Scheine verliere, sind wir am Ende. Wir haben keinen Schutz von anderen befreundeten Clubs und kein Geld, um Schutz zu kaufen. Diese Scheiße muss geklärt werden. Jetzt. Du musst dich für mich einsetzen.“

„Das werde ich, Mann. Ich werde der Sache auf den Grund gehen, aber ich glaube, ich brauche den Rest der Jungs hier. Ich muss meine Verdächtigen sehen.“

Er nickte. „Ich werde sie anrufen und fragen, wann sie aus Portland zurückkommen. Wir werden eine verdammt große Party schmeißen. Du kannst dort alle kennenlernen. Viele zeigen ihr wahres Gesicht, wenn die Drinks in Strömen fließen und die Frauen willig sind.“

„Klingt nach einem Plan.“ Schade, dass es nur eine Frau gab, die ich wollte. Und die war nicht willig.

Kapitel 9

Ich spielte den gestrigen Tag immer wieder in meinem Kopf durch. Er hatte mir gesagt, dass er nicht zahlen wollte und mich um meinetwillen wollte – und ich war total ausgeflippt. Ja, ich schlief mit Männern für Geld. Ich wusste, dass er es wusste. Ich konnte es mir nur nicht von ihm anhören. Also hatte ich ihn aus meinem Zimmer geworfen.

Ich stöhnte und wünschte, ich wäre wieder im Bett. Aber die Schule fing früh an.

„Mami, du guckst nicht hin. Sie werden sterben!"

Es war eine Situation, in der es um Leben und Tod ging – wir mussten die Würmer retten. Becky und ich fuhren immer früh los, damit wir mehr Zeit für die Wurmrettung hatten. In Tacoma regnete es viel, und wenn der Beton nass war, schlängelten sich Regenwürmer aus dem Gras auf den Bürgersteig. Sofern man sie nicht zurückwarf, starben sie, sobald der Fußgängerweg trocknete. Becky patschte durch die Regenpfützen, und wir beide warfen auf dem Weg die Würmer zurück auf den sicheren Rasen.

Auf dem Schulhof rannte Becky los, um ihre Freunde zu finden. Vorbei waren die Zeiten, in denen sie schüchtern an meiner Seite geblieben war, bis die Glocke läutete. Ich vermisste diese Tage. Sie war erst sechs, aber sie wurde schnell erwachsen.

„Krista.“

Es war Robby. Bitte, Gott, lass das nur eine Erinnerung sein. Ich drehte mich um, in der Hoffnung, einen leeren Platz auf dem Schulhof zu sehen. Aber stattdessen stand er genau dort, in all seiner zerschrammten und zerkratzten Pracht.

„Du willst dein Kind sehen? Ruf mich an. Wir werden etwas arrangieren. Sonst haben wir nichts zu besprechen.“ Ich verschränkte die Arme vor der Brust und wartete.

Er würde nicht fragen, ob er sie besuchen konnte. Ich wusste es und er wusste es. Er kümmerte sich kaum um Becky und scherte sich einen Dreck um sie, geschweige denn, dass er Zeit mit ihr verbrachte.

Als er nichts sagte, wandte ich mich ab und ging los – Scheiß auf ihn. Er packte mich grob am Arm und drehte mich herum. „Hör mir zu, Schlampe. Ich will mein Geld.“

Seine Fingernägel schnitten in meine Haut und er hatte mein Handgelenk so verdreht, dass ich mich nicht bewegen konnte. Ich wusste aus Erfahrung, dass dieser Griff Fingerabdrücke auf meinen Armen hinterlassen würde. Verdammt noch mal.

„Ich schulde dir kein Geld. Lass los, bevor die Leute es merken!“ Ich versuchte, mich zu befreien, aber er hielt mich fest.

Er drückte ein letztes Mal meinen Arm, ehe er losließ, und ich ihn locker an meiner Seite herunterhängen ließ. Hundert unsichtbare Nadeln stachen hinein, während das Blut zurückfloss. Ich rollte meine Schulter ein wenig, um den Schmerz zu lindern. Er würde mich nicht in Ruhe lassen, bis wir das geklärt hatten. Ein öffentlicher Schulhof war der sicherste Ort dafür. Ich wartete auf den ersten Schuss.

„Ich habe deinen Arsch zwei Jahre lang unterstützt. Du schuldest mir etwas. Ich brauche Geld, und zwar verdammt schnell."

Er kam so nah an mich heran, dass ich seinen Atem riechen konnte. Wie verrottender Müll. Er hatte schon lange nicht mehr geduscht. Wahrscheinlich auch nicht, als er vor zwei Tagen zu meiner Wohnung gekommen war. Ich wollte einen Schritt zurücktreten, aber ich durfte ihm keine Angst zeigen. So etwas genoss er. Also ließ ich es ihm stattdessen durchgehen.

„Ich war schwanger und habe mich um unser Neugeborenes gekümmert, du Arschloch. Ich bin dir einen Scheiß schuldig. Geh mir verdammt noch mal aus dem Weg."

Er schlang seinen Arm um meine Taille. Während er mich halb auf den Bürgersteig zerrte, flüsterte er mir ins Ohr. „Ich habe keine Zeit für deinen Scheiß. Ich brauche Geld und ich brauche es jetzt, verdammt. Also lass mich dir sagen, was passieren wird. Du wirst es für mich besorgen. So viel, wie du kannst."

Inzwischen gingen wir steif den Gehsteig hinunter, sein Arm um meine Hüften. Wir sahen wahrscheinlich wie jedes andere Paar aus, das sein Kind zur Schule gebracht hatte. Ich könnte schreien und jemand käme angerannt, aber das würde die Bullen nach sich ziehen.

„Ich bin dir nichts schuldig. Du sollst mir sowieso Unterhalt zahlen. Wo zum Teufel bleibt der?"

Wir waren jetzt weit von der Schule entfernt. Er umfasste meine Taille mit seinen Fingern. „Du wirst tun, was ich sage, Schlampe. Sonst erzähle ich deinem neuen Freund, dass du eine Hure bist."

Ich erstarrte. Woher wusste Robby von Colt?

„Wovon redest du?", fragte ich. War er mir gefolgt, hatte er mich beobachtet?

Robby grinste. Seine gelben Zähne schauten unter seiner Lippe hervor. „Der Typ, der mich verprügelt hat. Er tut das garantiert nur deshalb, weil du ihn ranlässt."

Ich seufzte. Wenigstens verfolgte Robby mich nicht mehr. Aber ich konnte nicht widerstehen, ihn zu ärgern.

„Zu spät. Er weiß, dass ich eine Nutte bin und will mich um meiner selbst willen, also fick dich, Robby. Er ist ein echter Mann."

Ich konnte nicht glauben, wie befreiend es war, das zu sagen. Ja, Colt mochte mich um meiner selbst willen. Es war ihm egal, dass ich eine Nutte war. Zu schade, dass ich ihn abgewiesen hatte und er nicht wirklich mein fester Freund war. Colt konnte mich nicht beschützen, aber das würde ich Robby nicht sagen.

„Dann werde ich das Jugendamt anrufen und stecke denen halt, dass du eine verdammte Nutte bist. Die nehmen dir Becky so schnell weg, dass es dir die Quasten von den Titten reißt."

Ich lachte. Er lebte in einer Traumwelt.

„Ja, und sie werden dich einem Drogentest unterziehen und du wirst im Gefängnis landen. Netter Versuch."

Ich drehte mich um, stieß mich von ihm ab und ging den nassen Bürgersteig hinunter. Überraschenderweise ließ er mich einfach entkommen. Er hatte nicht einmal die Eier, mich bis zum Ende zu bedrohen.

* * *

Ich erledigte ein paar Ladungen Wäsche, während Becky in der Schule war. Verdammt, meine Schulter tat weh, wo Robby mir den Arm zurückgerissen hatte. Es würde heilen. Robby drohte gerne, aber er tat nie etwas, das bleibende Schäden verursachte.

Colt hätte mich nie auf diese Weise behandelt. Selbst nach der katastrophalen Begegnung, als ich weggelaufen war, nachdem er mich geküsst hatte, war er nicht wütend, sondern nur verwirrt gewesen. Verdammt, *ich* war verwirrt. Ich wusste, dass ich ihn wollte, aber sobald er mich berührte, fiel es mir schwer, meinem Gehirn zu sagen, es solle einfach abschalten und genießen, was passierte.

Gegen Mittag lief ich zum gegenüberliegenden Haus, um Señora Lopez, Beckys Babysitterin, zu bezahlen. Sie war eine nette ältere Dame, die auf zwei weitere Mädchen aus Beckys Schule aufpasste, aber verdammt, sie war teuer. Natürlich brachte sie den Mädels bei, wie man Rührei machte und bastelte. Sie lernten bereits Brüche mit Hilfe von Messbechern. Die anderen Babysitter, die sich vorgestellt hatten, waren allesamt Drogensüchtige gewesen, die einfach nur das Geld gebraucht hatten. Señora Lopez liebte Kinder.

Das Auszählen der Scheine war schmerzhaft. Es blieb nicht viel übrig, nachdem ich den Babysitter und meine Miete bezahlt und ein wenig für die Nebenkosten zurückbehalten hatte. Ohne die Jungs aus dem Club und das Geld für den Sex hätte ich kaum genug zum Leben.

„Señora, könnten Sie Becky diese Woche nach der Schule nehmen? Ich weiß, das ist nicht unsere aktuelle Absprache, aber ich muss für den Rest der Woche tagsüber arbeiten. Ich habe heute Abend für Beckys Tanzstunden frei, aber können Sie sie den Rest der Woche von der Bushaltestelle abholen?"

Ich wollte meine Finger und Zehen kreuzen. Hundertmal mit geschlossenen Augen „Glück" aufsagen. Ich wollte, dass sie Ja sagte.

„Natürlich, meine Liebe. Gibt es irgendeinen Notfall?" Die alte Frau war wirklich besorgt. Sie legte ihre Hand auf meinen Arm, und ich zuckte zusammen. „Stimmt etwas nicht?"

„Oh nein, nein. Auf der Arbeit ist jemand im Urlaub und ich springe nur für ihn ein."

Die alte Frau lächelte. „Ich hatte gehofft, Sie hätten einen Mann." Sie zuckte mit den Achseln. „Sie wirken immer so traurig, ein wenig einsam. Ein Mann könnte Ihnen guttun. Aber nicht einer, der so etwas macht." Sie schaute demonstrativ auf meinen Arm.

Sie hatte recht. Ich wollte jemanden in meinem Leben haben, der keine blauen Flecken hinterließ.

Heute Abend war Tanzstundenabend. Colt hatte gesagt, er würde kommen. Ich fragte mich, ob er sein Versprechen halten würde. Es war wichtig für Becky – und für mich. Ich musste mich irgendwie wieder mit ihm gutstellen nach der Szene in meinem Zimmer im Club.

„Mein Mann würde das nicht tun." Ich lächelte. Ich betrachtete ihn bereits als *meinen Mann*. Colt würde es nicht wagen, blaue Flecken auf mir zu hinterlassen oder mich im Zorn anzufassen. Robby besaß eine Intensität, die an Härte grenzte. Colts dagegen war von Leidenschaft durchdrungen. Er war der Mann, den ich wollte.

Kapitel 10

Ich aß ein Sandwich und sah mir ein letztes Mal die Finanzen des Clubs an, während ich auf Tate wartete. Die Storm Kings waren finanziell gut aufgestellt, das war unbestritten. Doch seit Torque gestorben war, hatte sich die Lage verschlechtert. Krista hatte gute Arbeit mit den Zahlen geleistet, aber alles war eingebrochen, als Bear übernommen hatte. Die Anzahl der Pakete aus Übersee war gleichgeblieben, die Auszahlungen waren allerdings geringer geworden. Entweder nahm das Casino einen größeren Anteil, oder jemand sahnte ab, nachdem alles im Hafen angekommen war.

Konnte Krista in der kurzen Zeit, in der sie als Buchhalterin fungiert hatte, irgendwie die Schwächen des Clubs kennengelernt haben? Verdammt, sie brauchte nicht einmal Zugang zu den Büchern, um sie abzuschöpfen. Sie musste nur wissen, wo und wann die Schiffe anlegen würden, dann konnte sie sich ihren Anteil schnappen. Als Barkeeperin des Clubs hatte sie reichlich Gelegenheit, nebenbei Diskussionen über Zeiten und Details mitzubekommen, wenn die Jungs im Clubhaus herumhingen.

Ich schüttelte den Kopf. Als alleinerziehende Mutter musste sie das Kind und die Arbeit unter einen Hut bringen. Ich bezweifelte, dass sie Zeit hatte, für einen kleinen Diebstahl zu den Docks zu schleichen.

Bear hingegen hatte viel Zeit. Er arbeitete Teilzeit im legalen Teil des Abschleppgeschäfts des Clubs. Er kannte die Details aller Transporte und wusste genau, wann es am schwierigsten war, einen Diebstahl zu verfolgen. Ich würde warten müssen, um ihn kennen zu lernen und dann meine Entscheidung über ihn zu treffen.

Tate war wohl spät dran. Ich kramte tiefer in der Schachtel mit den Papieren, die er mir gegeben hatte. Da waren ein paar Rechnungen für das Catering-Unternehmen seiner Frau und ein Verdienst-Formular für Krista für das Finanzamt. Fuck. Das waren ihre persönlichen Daten, die sollte ich mir nicht ansehen. Ich legte es mit der Vorderseite nach unten zurück in den Karton. Ich starrte auf die Rückseite des Blatts, bevor ich es wieder in die Hand nahm. Ich war ein verdammtes Arschloch. Ich sah hin.

Sie war vierundzwanzig Jahre alt und hatte zwei Personen angegeben, sich selbst und das Kind. Als Adresse hatte sie dieselbe kleine Wohnung eingetragen, in der sie jetzt lebte, sie wohnte also schon eine Weile dort. Ihre Unterschrift war klar und deutlich. Ich konnte jeden einzelnen Buchstaben erkennen, der in einer verschlungenen, altmodischen Schrift geformt worden war. Es sah aus, als hätte sie die Unabhängigkeitserklärung unterzeichnet. Ich fragte mich, ob ihre Großmutter ihr beigebracht hatte, so zu schreiben.

Zeit, mich auf die Arbeit zu konzentrieren. Ich hatte gestern Abend den VP meines Clubs, Hawkeye, angerufen. Er war nicht überrascht von dem, was ich bisher herausgefunden hatte, aber es gefiel ihm auch nicht. Der Club war zahlungsfähig, doch wenn etwas dazu führte, dass Produkte und Geld verloren gingen, waren sie am Arsch. Wir wollten heute zum Hafen fahren, um mit ihrem Zollbeamten zu sprechen. Ich hoffte, dass er nicht das Problem war. Tate musste den Geldabfluss vor dem Patch-Over in Ordnung bringen. Ansonsten würde Volk, unser Präsident, keiner Chapter-Übernahme zustimmen.

Die Tür öffnete sich und Tate kam herein. Er schnappte sich einen Barhocker neben mir und setzte sich. „Wofür brauchst du Kristas Verdienstformular?"

Ich hätte auch einfach nichts sagen und das Formular in den Stapel stecken können. Doch ich konnte nicht widerstehen zu fragen. Irgendetwas stimmte da nicht. Die meisten Clubs bewegten sich in einem Hybridmodell aus legalen und illegalen Geschäften. Aber die Clubfrauen wurden stets unter dem Tisch gehandhabt.

„Ich habe es mir nur angesehen. Es ist seltsam, dass sie eine Barkeeperin ist. Wenn wir Weiber im Clubhaus haben, bekommen sie normalerweise keinen Stundenlohn. Es wird eher pro Blowjob berechnet."

Der alte Mann zuckte mit den Schultern. „Sie ist unsere Barkeeperin. Wenn wir Partys haben, besorgt sie die Nutten aus dem Stripclub. Es ist immer ein Stück Arsch in der Nähe, wenn man wirklich einen braucht. Soll ich dir eine rüberschicken? Ich hatte den Eindruck, du magst deine Pussys am liebsten einzeln."

Ich nickte. Es hatte keinen Sinn, es zu leugnen. So verdammt verrückt es auch war, ich wollte nur eine Frau: sie.

„Eine ist genug für mich. Ich möchte mich für eine Weile niederlassen."

Tate lachte. „Das dachte ich mir schon. Ich habe gesehen, wie du sie an dem Abend angeschaut hast. Soll ich für dich den Kuppler spielen?"

Bis jetzt hatte ich alles verpatzt. Das Letzte, was ich wollte, war, Kristas Chef mit hineinzuziehen. Ich schüttelte den Kopf. Außerdem mussten Tate und ich uns an die Arbeit machen. „Komm schon, lass uns gehen."

Der Hafen war nicht weit vom Clubhaus entfernt. San Bernardino lag im Landesinneren, daher war ich noch nie an einem Hafen gewesen. Auf der Südseite des Geländes befanden sich riesige Lagerhallen voller Waren, die aus Schiffscontainern ausgepackt worden waren oder verladen werden mussten. Draußen auf einer gigantischen Asphaltfläche reihten sich Tausende von rechteckigen Containern wie rostige Bauklötze aneinander. Auf dem Wasser war eine nicht enden wollende Parade von Schiffen – große, kleine, Schlepperboote. Sie alle warteten darauf, entladen zu werden, damit sie umkehren und nach Alaska, Asien und Afrika zurückkehren konnten. Auf den Be- und Entladedocks herrschte Hochbetrieb. Über vierzig Lkw-Plätze waren so voll, dass die Lkw Schlange standen, bis sie an der Reihe waren.

„Unser Mann ist hier drüben." Tate bahnte sich einen Weg durch die kilometerlangen Lastwagen und Container, bis wir uns ein paar provisorischen Gebäuden näherten, die als Büros eingerichtet waren. Tate fand das richtige und klopfte an die Tür.

Im Zollbüro stand ein großer Metallschreibtisch, der an eine Wand gelehnt war und auf dem sich ein Computer und Papierkram befanden. Der Rest des Büros war ein Lagerraum für Archivierungskartons, ähnlich denen, in denen das FBI seine Unterlagen aufbewahrte. Sie waren wahrscheinlich voll mit Formularen in dreifacher Ausfertigung.

Der Typ, der uns ins Büro einlud, war ein Widerling. Sein Haar war zurückgekämmt und seine Stirn glänzte wie ein verchromter Auspuff. Ich traute ihm nicht. Er und Tate unterhielten sich, und je mehr der Kerl quatschte, desto mehr wollte ich ihn schlagen.

Er fuchtelte mit den Händen in den Taschen herum, so dass seine billige Hose immer wieder ausbeulte. Er war nervös. Ich konnte eine Rolex an seinem Handgelenk und eine dicke Goldkette um seinen Hals sehen. Er war ein gottverdammter Regierungsangestellter. Er verdiente nicht genug, um sich so einen Scheiß legal zu kaufen. Wenn er nicht wusste, wie er sein Geld verstecken konnte, würde er ertappt werden. Und dann würden auch die Storm Kings erwischt werden.

Zu Hause hätte ich vorgeschlagen, dass wir dieses Problem mit einer Waffe lösten. Aber hier oben hatten wir diese Möglichkeit nicht. Es könnte Jahre dauern, einen anderen Zollbeamten zu finden, der wegschaute. Wir mussten mit diesem Kerl arbeiten.

Tate verschränkte die Arme vor der Brust. „Also, was ist mit unseren Ladungen passiert? Warum ändern sich die Mengen, nachdem sie den Hafen erreicht haben?"

„Hey, Mann, sieh mich nicht so an. Ich zeichne nur die Schiffe ab, die anlegen." Er steckte die Hände erneut in die Hosentaschen und spielte mit den Fingern an sich selbst herum. „Ich habe keine Befugnis darüber, zu sagen, was in den Schiffen drin ist oder was passiert, wenn sie im Lagerhaus ankommen. Ich checke sie nur ein und gebe ihnen einen Stempel. Das ist alles, was wir vereinbart haben."

Er war eine echte Bereicherung für die Regierung der Vereinigten Staaten. Er behielt den Kopf unten und tat gerade genug, um nicht gefeuert oder verhaftet zu werden.

Ich kämpfte gegen den Drang an, mit den Augen zu rollen. „Erklär mir, wie dieser Prozess funktioniert."

Der Mann zuckte mit den Schultern. „Den Schiffen werden Zeiten und Orte zugewiesen, an denen sie andocken können. Ich sorge dafür, dass Sendungen, die den Kings gehören, in meinen Bereichen angedockt werden. Ich zähle kurz nach, was sie erhalten haben. Dann inspiziere ich sie und stelle ein Schreiben aus, in dem steht, dass es sich um elektronische Geräte oder so etwas handelt. Etwas, das keine Prüfung nach sich ziehen wird. Danach rufe ich die Kings an, und sie kommen und holen es ab.“

„Und wenn es im Lagerhaus ankommt, hat sich schon jemand einen Teil geschnappt“, beendete Tate.

Wenn dieser Mann die ursprüngliche Zählung vorgenommen hatte, hätte er keinen Grund, *nach* Abschluss zu klauen. Es wäre glaubwürdiger, wenn die erste Zählung falsch gewesen wäre.

Blendendes Licht erfüllte den Raum und ich drehte mich um, da sich die Tür geöffnet hatte. Ein älterer Mann in einem zerknitterten Anzug betrat das Büro. Ich blickte zu dem Schmierlappen, dem der Mund offenstand. Er war nicht in der Lage, schnell genug zu denken, um uns aus dieser Situation herauszuholen. Verdammt.

„George Sayer, Zollbehörde der Vereinigten Staaten.“ Der Anzugträger hielt mir mit einem angestrengten Lächeln die Hand hin. Es gefiel ihm nicht, dass wir da waren. Sein Blick wanderte immer wieder zu dem Widerling zurück.

Fuck. Ich musste mir etwas einfallen lassen. Und zwar schnell. Etwas Glaubhaftes, sonst würden Tate und ich den Rest unseres Lebens im Knast verbringen.

Ich konnte es nicht riskieren, Tate um Bestätigung

zu bitten – ich musste das alleine machen.

„Colt. Ich arbeite für die Storm Kings hier in Tacoma. Ihr Kollege hat sich freundlicherweise freiwillig für unsere jährliche Spielzeugsammlungstour gemeldet, die im Dezember ansteht. Möchten Sie für diesen Zweck etwas spenden? Wir unterstützen damit ein örtliches Kinderheim."

„Uhhh …" Der Schmierlappen spielte wieder in seinen verdammten Taschen an sich herum. Ich wünschte, ich wüsste den Namen des Kerls. Ihn fallen zu lassen, hätte meine Lüge glaubwürdiger gemacht.

„Du hast uns dreihundert Dollar versprochen, Connor. Du hast gesagt, du würdest heute bezahlen." Punkte für Tate. Alles, was wir brauchten, war, dass Anzugträger George uns die Lüge abkaufte. Dann wären wir in Sicherheit.

George starrte den Angestellten an. „Verdammt noch mal, Connor. Keine persönlichen Angelegenheiten, solange du im Dienst bist. Tut mir leid, Jungs, aber ihr müsst jetzt gehen." Er stieß die Tür für uns auf.

Tate und ich gingen, als ob unsere verfluchten Hosen in Flammen stünden. Wir schafften es bis zum Parkplatz, bevor wir in Gelächter ausbrachen.

Nach einem langen Lachanfall wurde ich nüchtern und wandte mich an ihn. „Wer kümmert sich normalerweise um eure Kommunikation mit dem Zollbeamten?"

Tate setzte seinen Helm auf. „Ich. Bear kümmert sich um den Transport. Deshalb habe ich ihn mit den anderen Jungs nach Portland geschickt. Ich wollte sichergehen, dass er aus dem Spiel ist und selbst mit dem Zollbeamten sprechen."

Ich nickte und wir fuhren los. Mist. Es gab hier so viele verdammte Szenarien, dass ich der Sache vielleicht nie auf den Grund gehen konnte. Die naheliegendste Antwort war, dass Bear oder ein anderes Clubmitglied dahintersteckte, aber ich brauchte mehr Beweise als nur den schmierigen Zolltypen.

Weniger wahrscheinlich war, dass die Lieferanten eine Art beschissenen Taschenspielertrick abzogen. Sie könnten die gefälschten Scheine irgendwie so verpacken, dass Connor beim ersten Zählen auf dem Schiff eine Zahl herausbekam, aber wenn die Jungs sie im Lagerhaus hatten und eine richtige Inventur vornahmen, würden sie auf eine andere kommen.

Ich musste etwas Zeit mit Bear verbringen. Es war gut, dass er in Portland war, damit Tate und ich uns hatten kennenlernen können, aber ich sah immer noch nur die Hälfte des Bildes. Verdammt! Versuchte Tate, mich zu verwirren? Oder steckte tatsächlich Bear dahinter? Ich ließ mir die Szenarien durch den Kopf gehen, bis wir zurück zum Clubhaus kamen. Im Grunde würde ich es nicht wissen, bis ich Bear getroffen hatte.

Fuck. Warum hatten Volk und Hawkeye mich ausgewählt? Wenn wir keine handfesten Beweise fanden, würde die ganze Situation nur darauf hinauslaufen, dass ich die Identität des Diebes nach bestem Gewissen erraten würde. Und meine Erfolgsbilanz war so übel wie die Suche einer Nutte, die mit ihrer Miete im Rückstand war, nach einem Freier. Ich hatte geglaubt, mit Tina sei alles in Ordnung, bis ich mit einer Waffe im Gesicht und einem Durchsuchungsbefehl auf der Brust aufgewacht war. Ich hatte es nicht kommen sehen. Und jetzt war ich dabei, mir das Ganze noch einmal vor Augen zu führen. Was wusste ich wirklich über Krista?

Wir kehrten zurück zum Club und ich ging hinein. Es war fast drei Uhr. Becky musste zum Tanzunterricht, und ich ihre heiße Mutter sehen.

Ich wandte mich an Tate, als wir die Bar betraten. „Hey, kann ich mir wieder deinen Truck leihen?" Verdammt, das fühlte sich an, als würde ich Dad bitten, mir das Auto zu geben.

Tate drehte sich zu mir um und nickte. „Hör zu, ich weiß, dass du Krista ficken willst." Er atmete tief ein und aus. „Aber es gibt etwas, das du wissen solltest."

Ich unterbrach ihn. „Ich weiß zu schätzen, was du zu tun gedenkst. Aber ihre Angelegenheiten gehen mich nichts an. Es wird nichts laufen. Ich bringe das Kind zum Tanzunterricht. Und das war's."

Es würde nichts passieren, denn sie hatte mir gesagt, ich solle mich verpissen. Sie hatte mich aus ihrem Zimmer geworfen. Natürlich wollte ich das Tate nicht sagen. Es tat weh wie eine verdammte Stichwunde, dass ich mich vorgewagt hatte und abgewiesen worden war – zweimal. Aber es war in

Ordnung. Ich musste mir nur einreden, dass sie lediglich ein Paar Titten auf Beinen war, was ich überall sonst auch finden konnte.

„Ich werde es dir trotzdem sagen. Sie ist wie ein Teil des Clubs und gehört zur Familie. Sie ist ein guter Mensch und niemand will, dass sie verletzt wird. Wenn du also zu ihr gehst und anfängst, dich wie ihr Mann zu benehmen, wird sie deine Old Lady."

Tate hielt mir die Schlüssel zu seinem Wagen hin. Er wartete darauf, dass ich vortrat und Krista einforderte. Ich hatte es bereits versucht und sie hatte mich abgewiesen. Auf keinen Fall wollte ich das vor ihm zugeben.

„Du brauchst dir keine Sorgen zu machen. Ich bin nicht ihr Mann. Ich bringe nur ihr Kind zum Tanzunterricht."

Ich schnappte mir die Schlüssel und ging. Ich würde mich nicht wie ihr Mann verhalten. Sie hatte verdammt deutlich gemacht, dass sie nicht daran interessiert war, meine Old Lady zu sein.

Kapitel 11

A ber er hat es versprochen!"

Becky verschränkte die Arme und setzte sich auf die Couch. Ich hatte ihr gesagt, sie solle ihr Tanzoutfit nicht anziehen, doch sie hatte es trotzdem getan. Sie hatte sogar ihre Strumpfhose selbst angezogen. Jetzt wartete sie auf Colt.

„Er ist ein sehr beschäftigter Mann, Schatz. Außerdem hat er nur ein Motorrad, schon vergessen?"

Und er hatte mir alles angeboten, und ich hatte es ihm um die Ohren geschlagen. Also, ja, er würde wahrscheinlich nicht mehr hierherkommen. Aber das konnte man einem Kind nicht erklären.

Dass Colt sich nicht blicken ließ, war eine gute Sache. Becky würde schnell erkennen, dass man Männern nicht trauen konnte. Nicht ihrem Vater, nicht Colt. Ich wollte ihr nicht das Herz brechen, aber so war das Leben. Sie musste diese Lektionen früh lernen.

Im Gegensatz zu mir. Ich hoffte weiterhin, dass Colt auftauchen würde. Ich versuchte, meiner Tochter diese Lektion beizubringen, hatte sie jedoch selbst noch nicht gelernt.

Becky schmollte auf der Couch und schaute Zeichentrickfilme. Ihre kleinen Füße, die in Steppschuhen steckten, gebunden mit einer großen Schleife, bewegten sich ständig. Während der

Werbespots rannte sie zum Fenster und spähte hinaus. Nichts.

„Schatz, es ist 15:35 Uhr. Warum ziehst du dir nicht eine Hose an, damit wir auf den Spielplatz gehen können?"

Ein Klopfen ertönte an unserer Tür.

Das musste er sein. Er hatte daran gedacht. Es war wie ein Stich ins Herz. Er hatte es nicht vergessen, er war ein guter Kerl oder versuchte zumindest, es zu sein.

Ich ließ mein Geschirrtuch fallen und lief um den Tresen herum, aber Becky kam mir zuvor. Sie sprang über die Rückenlehne der Couch und kreischte den ganzen Weg zur Tür. Obwohl sie es nicht sollte, öffnete sie die Haustür weit.

Er stand in meiner Tür, trug verblichene Jeans und ein langärmliges Shirt unter seiner Kutte. Meine Knie wurden weich, aber mein Körper brannte. Eine Kette baumelte an seiner Hüfte und verschwand in seiner Hosentasche. Er nahm seine Piloten-Sonnenbrille ab und beugte sich hinunter, um Becky zu begrüßen.

„Bist du bereit?"

„Ich wusste, dass du kommen würdest!" Becky warf ihre Arme um seinen Hals. Sie konnte schüchtern oder aufgeschlossen sein. Es kam darauf an, ob sie die Person mochte oder nicht, und sie mochte Colt.

Er sah zu mir auf. Er wusste, dass ich Becky gesagt hatte, er würde nicht kommen. Sein Blick war kalt. Nicht wütend, nur kalt. Irgendwie war das schlimmer. Wut würde bedeuten, dass ich ihm etwas bedeutete. Mein dummes Herz wollte, dass er sich immer noch für mich interessierte, obwohl ich gestern Abend so grausam gewesen war. Aber stattdessen war er kalt. Das war niederschmetternder, als es laute Worte oder wütende Beleidigungen je sein konnten.

Er schaute wieder zu Becky und schenkte ihr ein breites Lächeln. „Ich könnte mein liebstes Mädchen nie vergessen! Okay, komm. Wir sind schon spät dran." Er sah zu mir auf, als wäre ich eine unbedeutende Fremde. „Hast du eine Wegbeschreibung für mich?"

Nein. Ich hatte keine Anfahrtsbeschreibung für einen Mann, der nicht auftauchen würde. Auch wenn es mir unangenehm sein würde, nachdem ich ihn abgewiesen hatte, ich musste mit. Ich konnte nicht zulassen, dass er mein Kind einfach ohne mich zum Tanzunterricht mitnahm.

Ich wusste, dass er nur daran interessiert war, sein Versprechen gegenüber Becky zu halten. Jegliche Gefühle für mich waren erloschen, als ich ihn aus meinem Zimmer geworfen hatte. Aber verdammt, ich konnte mich nicht davon abhalten, ihn zu beobachten. Er sah so gefährlich und sexy aus, als er vor meiner Tür stand. Er hob meine Tochter hoch, und ich konnte sehen, wie sich die Muskeln seines Arms unter seinem Shirt anspannten.

Ich erbebte. „Ich komme mit euch."

Ausnahmsweise war ich froh, dass Becky während der Fahrt weiter plauderte. Sie war zwischen uns geklemmt und so aufgeregt, dass sie absolut nicht stillhalten konnte.

Der Tanzkurs war etwa zehn Minuten Autofahrt entfernt. Als wir ankamen, waren wir schon spät dran und die Mädchen arbeiteten bereits an ihren Aufwärmübungen. Becky rannte den Bürgersteig hinauf und in die Klasse und ließ Colt und mich draußen stehen.

„Ähm, also der Unterricht dauert eine Stunde. Du kannst einen Kaffee trinken gehen oder so. Du musst nicht bleiben." Ich zuckte mit den Schultern und drehte mich um, um hineinzugehen.

„Ich habe versprochen, zu bleiben und zuzusehen."

Er öffnete die Tür für mich und wir gingen hinein. Ich führte ihn in den Zuschauerbereich, einen abgetrennten Teil des Tanzstudios mit großen Fenstern, damit die Eltern ihre Kinder beobachten konnten. Davor waren Klappstühle aus Metall verteilt, auf denen drei der Mütter saßen, mit denen ich vor ein paar Monaten Pizza gegessen hatte.

Die perfekt gefärbten und frisierten Köpfe drehten sich zu uns, während wir hereinkamen. Dann lächelten drei perfekt geschminkte Münder breit, als wir uns setzten.

Carrie war die erste, die vorpreschte. Sie rutschte rüber, bis sie neben Colt saß. „Hi! Ich bin Carrie, Dakotas Mutter. Bist du der neue Freund von Krista?"

Oh ja, sie spielte die Unschuldige, mit großen Augen und einem leichten Lächeln. Sie schaute mich an und dann wieder zu ihm, um die Reaktionen auf ihren Kommentar abzuschätzen.

„Ich bin ein Freund von Krista und Becky.“

Autsch. Er musste meine Tochter mit einbeziehen. Denn natürlich war sie der einzige Grund, warum er hier war. Wenn Becky ihn nicht gebeten hätte zu kommen, würde er sich einen Dreck um mich scheren. Ich konnte es ihm nicht verübeln, ich hatte es so gewollt. Aber es tat trotzdem weh, das zu hören.

Die Musik setzte ein und dröhnte aus den Lautsprechern über unseren Köpfen. Becky und die anderen Mädchen fingen an, zu einem der Lieder aus *Der Zauberer von Oz* zu tanzen. Es war ein niedlicher Tanz, mit vielen Sprüngen auf einer imaginären gelben Ziegelsteinstraße. Letzte Woche hatten wir auf dem Bürgersteig vor der Wohnung geübt. Sie hatte sich richtig verbessert – sie war die Beste der Gruppe. Vor etwa einem Monat hatte mich der Lehrer zur Seite genommen und gesagt, dass sie wirklich Talent hätte.

Colt sah den kleinen Mädchen mit gespannter Aufmerksamkeit zu. Das überraschte mich. Ich dachte, der große, furchterregende Biker würde eine Zeitschrift über Motorradteile oder so etwas zücken. Aber nein. Er beobachtete alles. Das einzige Mal, dass sich sein Gesichtsausdruck änderte, war, als Becky einen Fehler machte. Doch sie schaffte die Schritte wieder und er drehte sich um, um mir ein kurzes Lächeln zu schenken.

„Und wie lange seid ihr schon zusammen?“ Es

war Pausenzeit und Marcie setzte sich zu Carrie auf den Sitz neben Colt. Die Kavallerie war da.

„Zwei Monate." Ich hatte nicht nachgedacht, sondern einfach geantwortet. Wahrscheinlich lachte er mich aus, weil ich gelogen hatte, aber ich wollte nur diesen Moment für mich. Ich wollte so tun, als würde er mich lieben.

Ja, ich war unsicher. Nur dieses eine Mal wollte ich nicht ihr Mitleid oder ihre Ratschläge, wie man sich einen Mann angelte. Aber vor allem wollte ich so tun, als wäre ich seine Freundin. So nah würde ich diesem Traum nie wieder kommen, also wollte ich diese Gelegenheit mit beiden Händen ergreifen.

Er lächelte. Ich hatte mich verraten. Er hatte gewusst, dass ich diese Frage beantworten und die Freundin-Karte ausspielen würde.

Carrie und Marcie quietschten und standen auf, um mich zu umarmen. „Weißt du, wir haben uns solche Sorgen gemacht, dass sie keine Dates hat. Das ist nicht gesund. Eine Frau in ihrem Alter, die so hübsch ist, sollte einen Mann haben." Carrie zeigte ihre Zähne auf eine Art, die wohl ein Lächeln darstellen sollte.

War das eine Beleidigung? Ich war mir nicht sicher und wusste nicht, was ich sagen sollte. Während ich noch über meine eigene Zunge stolperte, meldete sich Colt zu Wort. „Ja, ich weiß nicht, wie ich so viel Glück haben konnte. Eine umwerfende Frau, ein tolles Kind. Sobald ich herausfand, dass sie Single war, habe ich sie mir geschnappt."

Er ergriff meine Finger und drückte sie, und Carrie und Marcie gerieten ins Schwärmen.

Sie waren nicht die Einzigen. Allein seine Hand zu halten, fühlte sich wunderbar an. Warm und sicher. Er festigte seinen Griff noch einmal, um den kleinen Scherz zu unterstreichen, den wir miteinander teilten. Ich quälte mich selbst. Ich hätte nie mit diesem Spiel anfangen sollen.

„Und als was arbeitest du?", erkundigte sich Carrie.

Ich fragte mich, was sie wohl sagen würde, wenn Colt ihr mitteilen würde, dass er Mitglied eines Motorradclubs war.

„Hauptsächlich Investitionen. Ich arbeite von zu Hause aus und handle viel mit Aktien. Ich mag alles, von Rohstoffen über Investmentfonds bis hin zu Währungen. Alles, was ich schnell weiterverkaufen und damit Geld verdienen kann."

Die Kinnladen fielen herunter. Auch mir. Mein Biker hatte gerade so getan, als wäre er eine Art Daytrader? Ich drückte seine Hand, um unseren neuen Scherz zu bestätigen. Aber er erwiderte den Druck nicht.

„Oh, deiner Weste nach dachte ich, du wärst ein Biker."

„Das bin ich auch."

Das brachte alle zum Schweigen, mich eingeschlossen, und wir sahen uns das Ende der Stunde an. Er bewegte seine Hand nicht. Ich zählte leise mit, während der Lehrer den Mädchen die Bewegungen erklärte, die sie zu Hause üben sollten. Ich musste sie auch kennen, damit ich ihr beim Trainieren helfen konnte.

Nachdem sie fertig waren, stürmten die Mädchen in den Beobachtungsraum.

„Mr. Colt, hast du mich gesehen? Ich habe es verbockt."

Er hob Becky hoch und setzte sie auf seinen Schoß. „Ich finde, du hast das sehr gut gemacht."

Becky erzählte Colt alles über den Tanzkurs, während er ihr half, ihre Steppschuhe aufzuschnüren. Gott, wenn das nur echt gewesen wäre. Wenn er meine Hand gedrückt hätte, weil er mich liebte, nicht weil er gelogen hatte. Ich beendete den Plausch mit Marcie und ging zu ihnen.

„Mami, Mr. Colt hat gesagt, wir könnten in ein Restaurant zum Essen gehen! Ich will Erdbeereis!"

Ich seufzte. Becky war in ihrem ganzen Leben nur in einer Handvoll von Restaurants gewesen. Wir hatten noch nie das Geld dafür gehabt, und jetzt, wo ich für den Club arbeitete, hatte ich einfach keine Zeit mehr.

Heute war mein freier Tag. Mein Auto würde morgen repariert werden, und dann würde es für mich keine Ausreden mehr geben, Colt zu sehen. Keine Fahrten mehr in dem braunen Truck, kein Händedruck und keine verstohlenen Küsse mehr. Gott, hatte ich ihn gestern Abend wirklich abgewiesen?

Wenn eine letzte Nacht mit ihm alles war, was ich hatte, dann würde ich sie nutzen.

„Klar, Süße, wir können hingehen, wo immer er

will."

Colt und ich sahen uns gegenseitig an. Sein kalter Blick war verschwunden und wurde durch etwas Wärmeres ersetzt. Kleine Schritte, oder?

Wir landeten bei Denny's. Becky bestellte Pfannkuchen mit Erdbeeren, ich einen Salat und Colt ein Omelett. Es war alles ganz normal. Als Becky den Mund voller Erdbeeren hatte, wagte ich mich mit meiner eigenen Frage an ihn heran. „Also, was du da vorhin gesagt hast, war das wahr? Das mit den Investitionen?"

Er zuckte mit den Achseln. „Ja. Ich arbeite an verschiedenen Sachen. Was ist mit dir? Hast du außer dem Barkeeperdienst für den Club noch irgendeine andere Arbeit?"

Wie nett von ihm, diesen Euphemismus vor Becky zu benutzen. *Barkeeperdienst.*

Er fragte mich, wie lange ich vorhatte, eine Nutte zu bleiben.

„Mami ist zur Schule gegangen, wie ich. Aber sie hat ihren Abschluss gemacht." Becky hatte ihre Erdbeeren verschlungen und war wieder voll im Redemodus.

Colt sah mich an und hob eine Augenbraue.

„Ich habe meinen Abschluss in Buchhaltung gemacht." Ich starrte auf meinen Salat und stocherte in das hartgekochte Ei.

„Das ist großartig."

Ich blickte ihn an und hatte Angst vor dem, was ich sehen würde. Er beendete gerade sein Essen und wartete auf eine Antwort von mir. Kein Augenrollen oder sarkastische Kommentare.

Nichts. Er sah nur interessiert aus, also fuhr ich fort. „Ja. Ich mache den Großteil der Buchhaltung für die Bar. Die Rechnungen der Jungs, die Zusammenarbeit mit dem Alkoholhändler und so weiter, aber Bear macht alles andere.“

„Ich habe gehört, dass du Tate bei den Clubgeschäften geholfen hast.“

Er hatte jegliches Interesse an seinem Omelett verloren. Es war fast so, als würde er versuchen, in meine Seele zu sehen. Ich zitterte.

„Ich bin nur ein bisschen eingesprungen, nachdem Torque gestorben war, das ist alles. Dann hat Bear den Job übernommen.“

Die Intensität seines Blicks war ein wenig beunruhigend. Ich war mir nicht sicher, was er mit dieser Frage bezweckte. Wollte er nett sein und nach meiner Preisliste fragen? Wollte er vielleicht herausfinden, ob Tate sich einen Anteil genommen hatte?

Ich hatte so getan, als wäre Colt mein fester Freund, und mir sogar eingeredet, dass es passieren könnte. Das hatte mir Grund zur Hoffnung gegeben. Diese Motorradtypen würden keine Nutte als ihre Old Lady akzeptieren, und es war dumm, es überhaupt zu versuchen. Ich hatte die anderen Old Ladys auf Partys gesehen. Ja, sie trugen sexy Klamotten – nicht ganz so spärlich wie ich. Doch da hörten die Gemeinsamkeiten auch schon auf. Sie waren Old Ladys, und ich war eine Nutte. Daran musste ich mich erinnern.

„Mami, ich muss mal."

Ich war froh, diesem Gespräch zu entkommen. Becky und ich standen auf und trotteten zur Damentoilette. Währenddessen bezahlte Colt die Rechnung. Es war eine kurze Fahrt nach Hause, aber Becky schaffte es, die gesamte Handlung von *Der Zauberer von Oz* zu erklären. Ich war froh, den Parkplatz zu sehen, doch das bedeutete auch, dass meine Zeit mit Colt zu Ende war.

Auf dem Weg zu meiner Wohnung kamen wir an meinem Wagen vorbei. „In ein paar Tagen reparieren sie die Scheiben an meinem Auto. Wir sind dankbar fürs Mitnehmen, aber ab jetzt komme ich alleine klar. Danke, dass du uns geholfen hast. Du warst wirklich großartig zu Becky." Ich lächelte.

So, das war es. Letzte Nacht war die große Verweigerung gewesen. Er hatte mir alles angeboten und ich hatte ihn abblitzen lassen. Heute Abend war der große Abschied. Ich würde nicht länger verweilen oder noch einmal versuchen, seine Hand zu halten. Ich musste die Sache einfach beenden und mich verabschieden. Aufhören, mich zu quälen.

Er nickte, sagte aber nichts.

„Mami, kann Mr. Colt bleiben und den Zauberer mit mir anschauen? Ich möchte ihm die Smaragdstadt zeigen."

Ich zerzauste ihr Haar, während wir zur Tür gingen. „Schatz, Mr. Colt muss wahrscheinlich arbeiten. Er ist ein sehr beschäftigter Mann. Warum ziehst du nicht deine Tanzkleidung aus und einen

Schlafanzug an? Ich lege den Zauberer ein, und wir beide können ihn uns ansehen."

Becky hüpfte davon und ich hörte, wie sich die Tür hinter mir schloss. Als ich mich umdrehte, stellte ich fest, dass Colt uns gefolgt war. Ich war mir sicher gewesen, dass er sich einfach nur abwenden und gehen würde.

Ich hängte meine Tasche über den Küchenstuhl und begann, das Geschirr vom Trockengestell aufzuräumen. Ich versuchte, das Ganze normal zu halten. Was wollte er? Warum war er immer noch in meinem Apartment?

„Du musst damit aufhören."

Ich stelle ein paar Gläser in den Schrank. „Das Geschirr wegzuräumen?" Ich spähte um die Schranktür herum.

„Du lässt mich Becky nicht antworten. Sie stellt mir Fragen und du antwortest ihr, anstatt mich antworten zu lassen."

„Oh, ich dachte nur, du hättest inzwischen genug von ihren Fragen. Ich bin sicher, du willst los und sie bittet dich immer wieder, zurückzukommen."

Er fuhr sich mit den Fingern durch seinen Bürstenhaarschnitt. „Lass mich antworten, wenn sie eine Frage stellt. Ich habe nicht viel mit Kindern zu tun, aber wenn mich jemand um Hilfe bittet, möchte ich ihm selbst antworten. Auch wenn sie noch ein Kind ist, hat sie eine Antwort von mir verdient. Das ist ein Zeichen von Respekt."

Ich ließ einen von Beckys Plastikbechern fallen. Er prallte auf das Porzellanspülbecken und klapperte herum. Ich fühlte mich wie die Tasse, die von einer Seite meines Herzens zur anderen hüpfte. Warum überraschte er mich immer wieder auf diese Weise? In der ersten Nacht hatte er mich auf der Veranda verblüfft. Ich hätte nie gedacht, dass ein Biker eine Nutte bitten würde, eine Beziehung mit ihm zu beginnen. Nicht nur ein privates Wochenende, sondern eine echte Beziehung. Als ich dann versucht hatte, ihn wegzustoßen, hatte er mir Freiraum gelassen, aber er war immer noch da gewesen. Jetzt wollte er mit meiner sechsjährigen Tochter sprechen. Er hatte ihr Geplapper nicht nur toleriert, er hatte ihr zugehört und wollte ihr antworten.

„Ähm, okay. Ja, klar. Tut mir leid, mir war nicht klar, was ich da tue. Es ist nur so, dass es die meisten Männer nicht wirklich interessiert, was sie zu sagen hat."

„Ich schätze, ich bin nicht wie die meisten Männer."

Wie war ich so nahe an ihn herangekommen? Das Geschirrtuch hatte ich noch in der Hand, aber ich war schon ein paar Schritte gegangen und stand dicht genug, um ihn zu berühren. Mit meinem Mund auf seinem Mund. Nur ein winziger Kuss, nicht viel, nur ein kleiner.

Das war nicht mehr aufzuhalten. Die Dinge würden sich zwischen ihm und mir zum Schlechten wenden. Sicher, ein paar Wochen lang wäre es toll, aber dann würden wir uns trennen. Mein Herz wäre gebrochen, das meines Kindes ebenso, und alle meine Träume wären zerplatzt.

Er stammte aus Kalifornien und ich lebte hier in Washington. Er war ein Biker, ich war eine Nutte. Ich hatte keine Ahnung, wie das mit der Beziehung zwischen uns funktionieren sollte. Aber ich wusste, dass ich es herausfinden musste. Ich würde es weitaus mehr bedauern, wenn ich es nicht noch einmal versuchen würde.

Er beugte sich näher zu mir, nahm mir das Geschirrtuch aus der Hand und warf es auf die Arbeitsfläche.

Ich schluckte und mein Herz pochte. Ich wollte, dass er mich küsste, dass ich mich so fühlte wie damals im Clubhaus. Damals, bevor mich die Realität eingeholt hatte.

Sein Finger fuhr über meine Wange und meine Schulter hinunter und schob den Ausschnitt meines T-Shirts nach unten, so dass der Träger meines BHs zum Vorschein kam. Ich konnte seinen heißen Atem auf meiner Haut spüren.

„Hat Robby dir diese blauen Flecken verpasst?"

Kapitel 12

Colt

Sie hatte gewollt, dass ich sie küsste. Fuck. Es war verdammt schwer, meine Hand von ihrem Hals zu nehmen, während sie fast schnurrte wie eine verfluchte Katze. Aber sie hatte Nein gesagt. Daran würde ich mich stets erinnern.

Sie rückte ihr T-Shirt zurecht und blickte mich an. „Es ist nichts. Er wollte nur Geld. Das Gleiche wie immer."

Ich trat zurück und lehnte mich gegen den Tresen. „Ich kümmere mich um ihn, du musst mir nur seine Adresse geben." Ich schob die Hände in die Taschen. „Ich werde nur ein Gespräch mit ihm führen, von Mann zu Mann. Nichts Bleibendes."

Der Scheißkerl verdiente eine endgültige Lösung. Einen dauerhaften Umzug hinter Gitter, und ich schämte mich nicht, zuzugeben, dass ich das gerne arrangieren würde.

Becky kam genau in diesem Moment in die Küche gestürmt. Verdammt, das Mädel hatte ein gutes Timing. „Mr. Colt, bleib doch und schau dir mit uns den Zauberer an."

Shit. „Ich kann nicht. Ich habe heute Abend etwas für den Club zu erledigen."

Sie runzelte die Stirn und sah genauso aus wie ihre Mutter. „Was musst du machen?"

Krista und ich sahen uns über Beckys Kopf hinweg an. Sie war noch ein kleines Mädchen und kannte die Regeln nicht. Ein Clubmitglied sprach nie über das, was er für den Club erledigte. Diese Regel war so ziemlich überall gültig. Ich konnte dem Kind definitiv nicht erklären, dass ich eine erstklassige, aber illegale Werkstatt aufsuchen würde, in der Autos ausgeschlachtet wurden, um sicherzugehen, dass Tates Geschäfte noch liefen.

„Ich muss arbeiten, Becks. Genau wie deine Mama. Sie geht doch auch arbeiten, oder?"

Becky nickte. Okay, sie hatte es verstanden.

Leute über die Clubangelegenheiten im Unklaren zu lassen, war zu ihrem und unserem eigenen Schutz. Ich hatte das mit Tina vermasselt, und man sah ja, wohin es mich und meine Brüder gebracht hatte. Ich brauchte eine Frau, die das begriff. Natürlich brauchte ich auch eine Frau, die mich vögeln wollte.

„Komm morgen vorbei, dann können wir uns den Zauberer ansehen. Bitte?"

Sie war zuckersüß und sie wusste, was sie wollte, und setzte es auch durch. Schade, dass ihre Mutter nicht genauso war.

„Vielleicht. Ich weiß es nicht, Becks. Ich werde es versuchen." Ich lächelte, doch ich hasste es, ihr so eine beschissene Antwort zu geben. „Ich muss los. Ich darf nicht zu spät zur Arbeit kommen."

Becky sprach über den Tanzunterricht und darüber, dass ich morgen vorbeikommen würde, um mir *den Zauberer von Oz* anzusehen, während sie mir beide zur Tür folgten. Als ich mich zum Gehen wandte, hielt Krista mich zurück.

„Hey." Sie nahm einen Zettel aus ihrer Tasche und reichte ihn mir.

Robbys Adresse. Ich nickte nur und steckte das Papier ein. Jetzt war nicht der richtige Zeitpunkt für Versprechungen. Sie wollte es nicht hören und ich wollte es nicht sagen.

„Bis dann."

* * *

Die Autowerkstatt war sauberer als die meisten Krankenhäuser. Ein leuchtend gelber Lamborghini stand auf der Hebebühne, und in einer Ecke befand sich ein deutsches Fahrzeug im Leerlauf. Sie testeten den Auspuff, um sicherzugehen, dass er den Abgastest überstand.

„Sie müssen den Test auf Anhieb beim ersten Mal bestehen", erklärte Tate. „Falls nicht, schauen sie genauer hin. Auch wenn es sich um neuere Fahrzeuge handelt, sofern die Elektronik nicht richtig eingestellt ist, wird das Computersystem sie zurückweisen. Wir können nicht riskieren, dass sich zu viele Leute unsere Papiere ansehen."

Ja, wenn man die Fahrzeugpapiere genau begutachtete, konnte man feststellen, dass es sich um ein Imitat handelte. Ein gutes, aber dennoch eine Fälschung. Die Autos, vom Lamborghini bis zum antiken Jaguar, kamen mit den Schiffen an. Tate und sein Schmierlappen an den Docks mogelten sie durch den Zoll und dann wurden sie hierhergebracht, in diesen Laden. Die Jungs sorgten dafür, dass sie alle bereit waren, den richtigen Papierkram durch den Staat zu erhalten. Echte Nummernschilder, echte Papiere, echtes Geld, alles in Tates Händen.

„Ziemlich raffiniert." Er stellte mich ein paar der Jungs vor, die dort arbeiteten. Aber als wir wieder auf dem Parkplatz waren, musste ich fragen. „Und die Autos, sind die heiß? Woher kommen sie?"

Tate zuckte mit den Achseln. „Einige wurden gestohlen, andere gekauft. Je nach Fahrzeug und den erforderlichen Arbeiten kann der Verkäufer einen höheren Preis erzielen, sofern er an jemanden in den USA verkauft. Manche Autos werden aus den Überresten von Unfällen hergestellt. Aber wenn sie bei uns ankommen, sehen sie richtig gut aus. Wir haben nicht viel Arbeit. Wir helfen ihnen einfach dabei, Steuern und Zölle zu vermeiden, und erledigen den Papierkram, damit sie das Registrierungsverfahren durchlaufen können. Und was denkst du?", fragte er. „Bestehen wir die Cashflow-Anforderungen, um in die Horde aufgenommen zu werden?"

Ich nickte. „Scheiße, ja. Ihr Jungs habt das im Griff. Wir müssen uns nur noch um die undichte Stelle mit dem Geld kümmern. Das ist euer einziges Problem."

„Das und alle an Bord zu holen." Tate setzte sich seinen Helm auf.

Ja, das war ein großes Problem.

„Wann kommen sie zurück?", fragte ich. Den Präsidenten des Clubs ganz für mich allein zu haben und mich nicht mit der Clubpolitik herumschlagen zu müssen, hatte die Sache verdammt einfach gemacht. Aber die Jungs mussten mit dem Patch-Over einverstanden sein, sonst war der Deal im Eimer. Langsam wurde mir ein wenig mulmig, dass sie immer noch auf der Tour waren.

„In ein paar Tagen." Er setzte sich auf sein Motorrad. „Sie liefern einige Fahrzeuge an einen neuen Kunden in Portland aus. Die Abgas-Gesetze in Oregon sind etwas komplizierter. Ich wollte die Jungs vor Ort haben, falls die Autos nicht durch die Zulassungsstelle kommen."

„Hey, willst du Krista nach dem fehlenden Geld fragen? Um zu sehen, wie sie darauf reagiert?" Es brachte mich ganz schön durcheinander, überhaupt zuzugeben, dass ich es gestern Abend beim Essen getan hatte. „Ich habe ein bisschen mit ihr darüber gesprochen, aber sie schien sauber zu sein."

Tate zuckte erneut mit den Achseln. „Wenn ich sie das nächste Mal sehe, werde ich es ansprechen. Ich glaube nicht, dass sie etwas damit zu tun hat, du etwa?"

„Nein." Ich fischte die Adresse, die sie mir gegeben hatte, aus meiner Tasche und reichte sie Tate. „Weißt du, wo das ist?"

Er nickte. „Ja, ich habe eine ungefähre Vorstellung. Ein Haufen schäbiger Häuser liegen in diesem Viertel. Ich hoffe, du brauchst keinen Stoff." Er hob eine Augenbraue.

Fuck. Ich starrte zurück. Nur eine kleine Herausforderung. Die Demon Horde konnte eine fiese Bande von Arschlöchern sein, mich eingeschlossen. Aber es war eine bekannte Voraussetzung, dass man sauber sein musste. Gras wurde akzeptiert, doch nichts Härteres. Wir wurden Drogentests unterzogen, um zu beweisen, dass wir clean waren.

„Ich werde Kristas Ex einen Besuch abstatten. Er hat sie ein bisschen aufgemischt.“

Tate stieß einen Atemzug aus. „Sie ist also deine Old Lady? Übernimmst du für sie die Verantwortung?“

Ja.

Nein.

Fuck.

„Sie ist eine Freundin. Ich will ihr helfen.“ Das war das Einzige, was mir einfiel. Mit einem Ruck setzte ich meinen Helm auf und hockte mich auf mein Motorrad. „Kommst du mit? Falls ich auf dem Weg zu einer großen Drogenhöhle sein sollte, wäre ich für Verstärkung wirklich dankbar.“

Tate reichte mir den Zettel zurück und startete seinen Motor. „Denk daran, mein Sohn, wenn die anderen sehen, dass du dich wie ihr Mann verhältst, und du sie dann wegwirfst, wird es hässlich werden. Du musst dich entscheiden. Aber ich gebe dir Rückendeckung. Der Wichser braucht noch eine Tracht Prügel.“

Das Haus war nicht weit von der Autowerkstatt entfernt. Tate folgte mir die Treppe hinauf und ich klopfte an die Tür.

Robby öffnete. So high wie ein verdammter Wolkenkratzer. „Na, halloooo! Hast du mein Geld?"

Das würde einfach werden. Ich packte ihn vorne am Shirt und zerrte ihn die Treppe hinunter. Ich hatte schon genug Cracksüchtige vermöbelt, um zu wissen, dass man sie immer nach draußen bringen sollte. Wer wusste, was für einen Scheiß man sich in ihrem Loch einhandelte.

„Warum erpresst du Krista um Geld?" Ich ließ meine Hände locker an den Seiten, falls er sich entschließen sollte, einen Schlag zu versuchen. Aber das Arschloch war zu sehr am Tanzen interessiert.

„Sie schuldet mir was." Er breitete seine Arme aus und begann, sich im Kreis zu drehen. „Ich habe ihre verdammte Miete bezahlt, als sie fett wurde und ein Kind bekam. Sie sagte: ‚Er liebt mich um meiner selbst willen.'" Er erhob seine Stimme und wedelte mit den Händen über seinem Kopf. „Ich will mein Geeeeeld."

Ich rammte ihm meine Faust in den Bauch. Er war zu high, um vernünftig mit ihm zu reden, und ich hatte es satt, mir seinen Scheiß anzuhören. Ich schlug ihm noch ein paar Mal ins Gesicht, damit er sich daran erinnerte, wenn er wieder nüchtern war. Dann hob ich ihn an einer Handvoll seines T-Shirts hoch.

„Halte dich von ihr fern. Hast du mich verstanden? Bitte sie nicht um Geld und versuche nicht, Becky zu sehen. Halt dich einfach aus ihrem Leben raus."

Seine Augen rollten in seinem Kopf zurück. „Er liebt mich um meiner selbst willeeeeen", sang er.

Ich ließ ihn auf den Rasen fallen und ließ ihn dort liegen.

Er liebt mich um meiner selbst willen.

Auf dem Heimweg und später im Bett, während ich an die Decke starrte, ging mir dieser Satz weiterhin durch den Kopf. Hatte Krista das gesagt? Hatte sie Robby gesagt, dass ich sie liebe?

Liebte ich sie?

Als ich das erste Mal auf dem Motorrad meines Vaters gesessen hatte, hatte er immer gesagt: *„Schau nicht auf etwas, wenn du es nicht anfahren willst."* Wenn man auf etwas am Straßenrand blickte, lenkte man automatisch in diese Richtung. Der beste Weg, einen Unfall zu vermeiden, war also, immer geradeaus zu sehen. Augen auf die Straße.

Ich konnte nicht aufhören, Krista anzuschauen. Ich hatte es versucht, aber ich schaffte es einfach nicht.

Tate hatte Recht. Ich musste mir über meinen Scheiß klar werden, und zwar schnell. Ich konnte versuchen, es eine Weile vor Tate zu verbergen, aber nicht vor einem ganzen Motorradclub. Wenn ich wie ihr Mann handeln wollte, musste ich mich festlegen. Ich musste Krista hinten auf mein Motorrad setzen, damit ich meine Augen auf der verdammten Straße lassen konnte.

Kapitel 13

Es war mitten in der Nacht, und der Rest der Welt schlief, aber für mich war an Schlaf nicht zu denken – ich war es immer noch nicht gewohnt, tagsüber zu arbeiten. Ich hatte mich bereits auf jede einzelne Stellenausschreibung beworben, die ich finden konnte, und jetzt saß ich einfach auf einem Küchenstuhl auf meiner Veranda mit einer Tube Klebstoff und versuchte, einen Blumentopf zu reparieren. Ein Auto fuhr auf den Parkplatz des Wohnungsgebäudes. Zwei Scheinwerfer – ich hatte auf einen gehofft.

Ich war erbärmlich. Ich saß hier und zählte Scheinwerfer. Und worauf genau hoffte ich? Dass ein Biker um zwei Uhr nachts vorbeikam? Dass er meinen Ex verprügelte, wie ich es verlangt hatte, und dann direkt zu mir kam, um mir seine Liebe zu gestehen?

Schade, dass ich keinen Alkohol in der Wohnung hatte. Ich wollte mein Leben für eine Weile vergessen.

Die beiden Scheinwerfer entpuppten sich als Wagen von Janice, die von ihrer Schicht nach Hause kam. Sie trug noch ihr Outfit aus dem Club, ein kleines schwarzes Paillettenkleid und hohe Absätze. Ihr Haar war wie immer bis in die Haarspitzen auftoupiert, und ihr Make-up war perfekt. Selbst als ich dort gestrippt hatte, hatte ich nie verstanden, wie sie nach einer Nacht voller Arbeit so gut aussehen konnte.

„Krista, Schatz. Solltest du nicht im Bett sein?" Ihre dicken Acrylabsätze hallten auf der Treppe wider. „Wartest du darauf, dass dein Ritter in Leder auftaucht?"

Ich rollte mit den Augen. „Nein, ich habe eine Tagesschicht gearbeitet. Die Jungs sind auf einem Run."

Janice lehnte sich gegen das Geländer und ignorierte ihr schickes Kleid und die hohen Schuhe. Sie schien sich in ihren Outfits immer so wohlzufühlen. „Wenn du mitkommen und Getränke servieren willst oder so, während die Jungs weg sind, kannst du das. Wir sind unterbesetzt. Hast du Interesse?"

Ich hatte in dem Club schon oft als Aushilfe gekellnert und gestrippt. Vor zwei Wochen hätte ich die Chance noch ergriffen.

„Nein danke." Ich lächelte. „Im Moment geht es uns gut. Ich weiß einfach, dass ich einen der Jobs, für die ich mich beworben habe, bekommen werde."

„Du willst ihn. Sitz nicht herum und warte auf ihn. Lass dich nicht von deiner Angst aufhalten."

Unter dem Neonlicht konnte ich die Krähenfüße sehen, die Janice' Eyeliner entgangen waren. Die winzigen Lachfalten, die ihre glänzenden Lippen einrahmten. Mir wurde klar, dass sie alt geworden war. Und müde.

„Hast du dich jemals von deiner Angst beirren

lassen?", fragte ich.

Janice zog ihre Absätze aus. „Jeden Tag." Sie warf mir eine Kusshand zu, während sie wegging.

* * *

Ich brachte Becky zur Schule und erledigte ein paar Einkäufe, bevor ich zum Club kam. Ehrlich gesagt, hatte ich keine Ahnung, was ich noch zu putzen hatte. Küche, Zimmer, Billardtische, alles war blitzblank. Die Jungs waren schon lange weg. Heute sollte eigentlich mein freier Tag sein, doch ich konnte das zusätzliche Geld gut gebrauchen. Außerdem hätte ich Colt vermisst. Er war erst seit ein paar Tagen hier, aber ich konnte mich nicht mehr erinnern, wie es ohne ihn gewesen war.

Die ungeöffneten Flaschen bewahrten wir in den Regalen unter der Theke auf. Ich hockte mich hin und begutachtete die Spirituosen. Zeit, Ordnung zu schaffen. Absinth auf der linken Seite, Whiskey auf der rechten. Ich setzte mich auf den Boden und begann, alles alphabetisch zu organisieren. Ich bemühte mich, konzentriert zu arbeiten, aber ich konnte meine Gedanken einfach nicht abschalten.

Ich hatte Colt so oft weggestoßen, dass die Wahrscheinlichkeit groß war, dass er mich nicht mehr wollte. Aber ich musste es probieren. Ich konnte es nicht aufgeben. Ich musste ihm zeigen, dass ich fest entschlossen war, zu versuchen, dass es zwischen uns funktionierte.

Ich musste ihn zu einer Verabredung einladen.

Meine Aufgabe war es, Männer zu fragen, ob sie Sex haben wollen, und dann den Preis auszuhandeln. Jemanden zu einem Date einzuladen, sollte doch simpel sein, oder?

Ich dachte zurück an die High School. Ich hatte nie einen Mann gefragt, ob er mit mir ausgehen wollte. Robby hatte einfach angenommen, dass wir zusammen waren, und so war es dann auch. Nach ihm fing ich an, meinen Körper zu verkaufen, und es gab keine Verabredungen mehr.

Alles, was ich tun musste, war zu fragen. Das konnte doch nicht so schwer sein.

Ich saß immer noch auf dem Betonboden, als ich hörte, wie die Tür geöffnet wurde und Schritte zur Bar hinübergingen.

„Gut, also. Sag Hawkeye, er soll mich anrufen, wenn er zurückkommt."

Colt telefonierte.

„Ja, diese Typen sehen echt aus. Alles, was der Präsident gesagt hat, hat sich bis jetzt bestätigt."

Scheiße. Club-Geschäft. Ich erhob mich und stellte eine Flasche auf die Bar in die Nähe seines Ellbogens. Ich wollte nichts hören, was ich nicht hören sollte. So hatten sie die letzte Frau verloren, die an meiner Stelle gewesen war.

Er nickte mir zu und beendete sein Gespräch.

„Tut mir leid, ich habe unter der Bar gearbeitet. Ich hatte nicht vor, zu lauschen."

Er lächelte. „Kein Problem, okay? Hey, ich wollte mit dir über etwas reden."

„Ah, gut, danke." Ich krümmte mich innerlich.

Das war die falsche Antwort. Ich flirtete ständig mit Männern und das war das Beste, was mir einfiel? Wenn ich Janice' Rat befolgen und ihm nachstellen wollte, musste ich mir etwas Besseres einfallen lassen.

Dann sah ich seine Fingerknöchel, und alle Gedanken an einen Flirt waren wie weggeblasen. Sie waren zerkratzt; er war in einen Kampf verwickelt gewesen. Unsere Blicke trafen sich und ich wusste es. Er war zu Robby gegangen. „Willst du etwas Salbe?"

„Gerne." Er zog einen Barhocker heran. „Ich weiß nicht, ob ich zu ihm durchgedrungen bin." Er runzelte die Stirn. „Er war total zugedröhnt und ich bezweifle, dass er sich an viel erinnern wird."

Das war ziemlich normal für Robby. Ich konzentrierte mich darauf, Colts Hand zu halten und seine Knöchel mit Salbe zu betupfen. „Ich weiß es zu schätzen, dass du mit ihm gesprochen hast."

Er drückte meine Finger. „Es tut mir leid, dass du dich mit diesem Arschloch herumschlagen musst. Ich kann heute Abend noch einmal hingehen. Mal sehen, ob er nüchtern ist."

Ich schüttelte den Kopf. „Robby wird nicht nüchtern sein, es hat keinen Sinn." Ich holte tief Luft. Jetzt oder nie. „Du könntest heute Abend zum Essen kommen. Ich mache einen Auflauf mit Hühnchen, Nudeln, Milch, Butter und Käse."

Ich merkte, dass ich die Liste der Zutaten herunterrasselte, also versuchte ich es noch einmal. „Ich dachte, wir könnten zu Abend essen und uns *Der*

Zauberer von Oz ansehen. Becky hat danach gefragt." Ach, Mist. Vielleicht wollte er nicht die ganze Nacht mit einem Kind abhängen. „Ich meine, sie wird wahrscheinlich bald einschlafen, und du kannst früher gehen, wenn du willst."

Colt zog die Augenbrauen hoch und ich hielt den Mund. Das war schwieriger, wenn man den Kerl wirklich mochte. Seine Fingerknöchel glitzerten von zu viel Salbe. Ich ließ seine Hände fallen und legte den Verband und die Tube zurück in den Verbandskasten.

Als ich versuchte, den Deckel zuzuschlagen, griff Colt nach meinen Fingern. „Krista?"

Ich hatte Angst, aufzuschauen. Ich hatte ihm gerade mein Auflaufrezept verraten und ihn eingeladen, sich mit meiner Tochter einen Kinderfilm anzusehen. Der Abend klang schrecklich, sogar für meine Ohren.

„Fragst du mich, ob ich mit dir ausgehen will?"

Sein Blick war intensiv, als ob er in mein Herz sehen könnte. Ich konnte es nicht ertragen, den Mund zu öffnen und wieder etwas Dummes von mir zu geben, also nickte ich nur.

„Was hat sich geändert?" Er drückte meine Finger ein paar Mal. „Neulich hast du mich von dir gestoßen, als ich dich berühren wollte. Wenn wir anfangen, uns zu verabreden, werde ich das irgendwann wieder tun wollen. Du musst ehrlich zu mir sein. Hat dir jemand wehgetan? Robby?"

Er fragte mich, ob ich vergewaltigt worden war. Dachte er deshalb, ich hätte ihn weggeschubst?

Ich schüttelte den Kopf. „Oh, nein, nein. Nichts dergleichen."

Er lockerte seinen Griff um meine Hände und wartete.

Colt verdiente eine Erklärung. Ich hatte es mir anders überlegt und ihn seit Tagen hingehalten. Ich musste etwas sagen, die Wahrheit.

„Gestern Abend ist mir klar geworden, dass ich mehr Angst davor habe, eine Chance mit dir zu verpassen, als davor, meinen Job zu verlieren oder mein Leben zu ändern." Ich suchte nach den Worten, aber das einzige, woran ich denken konnte, war das Haus meiner Großmutter. „Ich habe mehr Angst, meine Träume nicht zu verwirklichen, als das zu verlieren, was ich mir aufgebaut habe."

Colt löste unsere Finger und fuhr sich mit der Hand über seinen Bürstenhaarschnitt. Er sah mich stirnrunzelnd an.

Mein Plan, ihn um ein Date zu bitten, hatte sich in einem Schwall ungefiltert ausgesprochener Gedanken aufgelöst. Ich seufzte.

„Ich muss mich dumm anhören. Ich dachte nur, wir würden uns einen schönen Abend machen." Ich nahm einen Lappen in die Hand und begann, die saubere Bar abzuwischen. „Sechs Uhr, falls du deine Meinung änderst."

Kapitel 14

Nachdem ich Krista an diesem Nachmittag verlassen hatte, während sie die Bar polierte, war ich mir nicht sicher gewesen, ob ich dort auftauchen würde. Aber jetzt war ich froh, dass ich es getan hatte.

Becky plapperte weiter und erzählte mir alles über *Der Zauberer von Oz*. Sie war so ähnlich wie mein Neffe. Ich musste mich nur für das interessieren, was sie interessierte, und wir kamen gut miteinander aus.

Sie hatte die neuen Tanzschritte sofort verinnerlicht. Als das Lied im Film lief, sprang sie auf und begann zu üben. Krista half ihr dabei und die beiden zogen eine Show ab. Krista hätte auch eine Tänzerin sein können. Es war offensichtlich, woher ihr Kind sein Talent hatte.

Nach der kleinen Einlage setzten sich die Mädels hin und sahen sich den Film an. Becky bekam Angst und kuschelte sich bei den Apfelbäumen an mich. Als wir die Smaragdstadt verließen, war sie bereits eingeschlafen.

Es war die beste Nacht, die ich je mit einer Frau verbracht hatte.

Ich war ein Teil der Familie. Ich war derjenige, der bei Beckys Auftritt klatschte, der lachte, als Krista Becky ein Stück Eiscreme auf die Nase tupfte, und ich war es, der das Lied der Munchkins im

Film nachmachte.

Meine Kutte hing über der Lehne eines Küchenstuhls, und ich hatte meine Stiefel schon vor einer Weile ausgezogen und auf das Linoleum bei der Tür gestellt. Verdammt, ich wollte jeden Abend nach Hause in diese Wohnung kommen.

Krista war anders als Tina. Tina und ich hatten mit einer Party angefangen, und nie damit aufgehört. Dann hatte sie begonnen, Pläne zu schmieden, wie sie mich betrügen konnte. Wie sie unsere Beziehung für Geld ausnutzen konnte. Sie gab Geheimnisse über mich an die verdammte Rauschgiftbehörde weiter. Bei Tina war alles vorgetäuscht, nur eine Möglichkeit für sie, mich auszunutzen. Aber mit Krista war es echt. Es gab keinen Alkoholnebel, dank dessen ich davon überzeugt war, dass sie ein guter Mensch war. Krista war es einfach.

Ich ging ziemlich schnell vor, allerdings nur, weil ich nicht so viel Zeit hatte. An unserem zweiten gemeinsamen Abend hatte ich Krista gefragt, ob sie mit mir zusammen sein wollte, und sie damit wahrscheinlich zu Tode erschreckt. Sie gab mir eine zweite Chance, und jetzt saß ich auf ihrer Couch, als ob ich verdammt noch mal hierhergehörte.

Schade, dass Krista nicht wusste, was sie wollte. Ich musste aufstehen und diese gottverdammte Fantasie beenden, bevor ich mich noch tiefer in eine Grube aus zerbrochenen Träumen stürzte.

„Willst du mir helfen, sie ins Bett zu bringen?",

flüsterte Krista. Ich nickte. Das konnte ich tun. „Kannst du sie hochheben? Ich würde gerne versuchen, sie ins Bett zu bringen, ohne sie zu wecken."

Ich lehnte mich auf die andere Seite und hob Becky hoch. Zuerst war es etwas unangenehm, wie wenn man eine Tüte Munition von unten aufhebt – sie breitete sich aus und war schwer zusammenzuhalten. Ich verlagerte das Kind ein wenig, bis ich sie sicherer halten konnte.

Krista griff nach der kleinen Decke, die über ihr gelegen hatte. „Ihr Zimmer ist da hinten."

Ich legte Becky auf ihr Bett und Krista zog ihre Steppschuhe aus. Wir deckten sie beide zu. Sie war so unschuldig. Sie war ein Kind, unverdorben und frisch. Das Leben hatte sie noch nicht verkorkst. Ich lehnte mich gegen den Türrahmen und sah ihr beim Schlafen zu.

Etwas Leichtes streifte meinen Arm. Kristas Finger. Es war wohl Zeit für mich, zu gehen. Ich drehte mich um und fand Krista nur wenige Zentimeter von mir entfernt.

Sie stand vor mir, barfuß und im Pyjama. Ähnlich wie in der Nacht, als ich ihren Ex verprügelt und sie hinten auf mein Motorrad gesetzt hatte. Die Nacht, in der ich gewusst hatte, dass ich sie wollte.

Es war drei Jahre her, dass ich mit einer Frau zusammen gewesen war. Es war nicht wie beim Fahrradfahren, wo man sich sofort erinnerte. Ich entdeckte das Glück wieder, die Lust – alles kam auf einmal und fühlte sich zu frisch an, so neu. Als hätte ich es noch nie gefühlt, und ich wollte mehr. Ich wollte alles.

Sie trat einen Schritt näher. Selbst mit zwei Lagen Kleidung zwischen uns konnte ich spüren, wie ihre Brustwarzen an meinem Oberkörper rieben.

Aber wir waren schon einmal so weit gewesen. Ich hatte einen Vorstoß unternommen und sie hatte mich weggestoßen, also geduldete ich mich. Wie ein gottverdammter Teenager. Ich wartete, als sie sich auf die Zehenspitzen erhob, um meine Lippen zu erreichen.

Weich und prall, perfekt an meinem Mund. Ich wollte mehr, aber sie küsste mich nicht zurück. Unsere Lippen schienen sich zufällig hier auf dem Korridor zu berühren. Fuck, ich wollte sie zu meinem Schwanz ziehen und diese Folter beenden. Stattdessen saugte ich an ihrer Unterlippe, in der Hoffnung, sie würde mir den Mund öffnen. Sie hatte damit angefangen, doch jetzt war sie wie erstarrt. Ich wollte meine Zunge auf ihr, in ihr. Ich wollte alles. Aber sie blieb weiterhin steif.

Ich legte die Arme um sie. Sie wurde nachgiebiger und ich spürte, wie sie die Lippen öffnete. Endlich küsste sie mich auch. Sie wimmerte ein wenig und drückte mich weg. Sofort ließ ich sie los und trat einen Schritt zurück.

Fuck. Sie war diejenige gewesen, die mich zuerst geküsst hatte. Ich wollte keine weitere Szene wie beim letzten Mal, also hob ich die Hände und schüttelte den Kopf. „Ich wollte nicht, dass das passiert. Ich werde jetzt gehen."

Ich schob mich an ihr vorbei zur Eingangstür. Es war Zeit abzuhauen. Ich hatte mein Versprechen gebrochen und sollte gehen. Je länger ich hierblieb, desto schlimmer würde es werden.

„Warte!"

Ich hielt nicht an. Es machte keinen Sinn. Wenn ich stoppte, gäbe es kein gutes Ende für diese Situation, also konnte ich genauso gut einfach abhauen. Fuck, ich wollte nicht, dass diese Halluzination aufhörte. Die bedingungslose Liebe, das Lachen, die schöne Frau, die vor mir stand. Ich wollte nichts davon aufgeben.

Sie schob sich im Wohnzimmer an mir vorbei und blieb stehen. „Gelb."

Warum nannte sie eine beliebige Farbe? War das eine Art Spiel, das ich nicht verstand?

„Du hast gestern Abend gesagt, du würdest vielleicht nicht meine Lieblingsfarbe, aber mich kennen." Krista holte tief Luft. „Meine Lieblingsfarbe ist gelb."

„Warum erzählst du mir das?" Ich zog meine Jacke an und ging zur Tür.

„Darf ich meine Meinung nicht ändern?"

Meine Hand blieb auf dem Türknauf liegen. Sie wollte mich verarschen, ein grausames Spiel spielen. Ich hatte schon eine Menge Scheiße überlebt. Gefängnis, Drogendeals, Schlägereien, Morde und den Verrat durch meine Frau. Aber ich schwor mir, wenn sie mich aufs Kreuz legen wollte, würde ich Tacoma verlassen und die Strafe auf mich nehmen, die mein Club für angemessen hielt. Sie würden mich wahrscheinlich blutig prügeln, doch das war besser, als sich mit einer weiteren verlogenen Frau herumzuschlagen.

Ich suchte in ihrem Blick nach diesem Funken. Diesem winzigen bisschen Wissen und Verzweiflung, das bedeutete, dass sie versuchte, mit mir zu spielen.

Es war nicht da. In ihren Augen standen nur Tränen und Lust. Ich kannte das Gefühl.

Kapitel 15

Krista

Ich schlang die Arme um Colts Hals und küsste ihn. Es gab keine Einleitung. Er wollte mich, ich wollte ihn. Aber er riss mich von sich.

„Sag mir, dass du eine Beziehung willst, oder das hört hier und jetzt auf. Ich habe bereits erklärt, was ich will", sagte er, genau wie beim letzten Mal. „Ich kann nicht immer wieder damit anfangen und wieder aufhören."

Ich nickte. Ich war bereit. Das war es, was ich wollte.

„So etwas habe ich schon lange nicht mehr empfunden." Ich schluckte und versuchte zu überlegen, was ich als nächstes sagen sollte. „Ich möchte es versuchen."

Der Kuss heute Abend war persönlicher gewesen als jede Berührung durch einen anderen Mann. Die Art und Weise, wie er es langsam angehen ließ, wie er die Dinge austestete, zeigte, dass er mehr wollte als nur Sex. Er hatte mir gesagt, dass ich ihm etwas bedeutete. Es war, als würde er meine Seele berühren. Ich wollte es wieder spüren.

Ich schlang erneut die Arme um seinen Nacken und er küsste mich. Unsere Zungen kämpften um die Vorherrschaft in meinem Mund. Während wir uns bewegten, kratzte sein Bart an meinem Kinn. Das war es, was ich wollte. Hier war er ungeschützt, roh.

Endlich war ich frei, den Körper zu erkunden, den ich in den letzten Tagen bewundert hatte. Er stöhnte auf, als ich seinen Hals streichelte und meine Hände über seine lederbedeckten Schultern bewegte. Während ich meine Finger unter sein T-Shirt schob, spürte ich seine Brust, hart und warm. Ich wollte mich an ihn kuscheln, nachdem wir fertig waren.

Ich *wollte*. Heilige Scheiße. Ich konzentrierte mich nicht auf ihn oder seine Bedürfnisse und Wünsche, wie ich es bei meinen Kunden tat. Ich genoss einfach den Moment und das Zusammensein mit ihm.

Seine Hand glitt von meiner Taille zu meiner Brust. Ich keuchte. Ich trug immer noch meinen BH, aber seine Finger fanden meine Brustwarze durch den Satin hindurch und er drückte zu. Die Hitze zwischen meinen Beinen verstärkte sich, als wüsste mein Körper, dass ein Orgasmus kurz bevorstand.

Er riss seine Lippen von meinen. Ich wollte protestieren, aber dann begann er, meinen Hals zu küssen und meinen Hintern zu massieren, und es war mir egal.

„Ich möchte, dass sich heute Abend alles um dich dreht", flüsterte er an meiner Haut. „Ich habe darauf gewartet, meinen Mund auf deine Klit zu legen, seit ich dich auf meinem Motorrad sitzen sah."

Seine Hand wanderte nach vorne, und er umfasste mich. Ich war heiß und bereit. Wir gingen ein paar Schritte zurück und er lehnte mich gegen die

Couch.

Er fuhr mit seiner Nasespitze an meiner Wange entlang. „Kannst du still sein, Babe? Ich will deine Pussy genau hier, genau jetzt. Kannst du das für mich tun?“

Seine Hände wanderten über meine Brüste und er massierte sie, während er auf seine Antwort wartete. Ich war atemlos, ich konnte nicht mehr sprechen, also nickte ich nur.

Er küsste mich erneut, als er meine Pyjamahose herunterzog und mich entblößte. Ich stöhnte auf, während er mit seinem Finger meine Spalte nachzeichnete.

Sofort ging er in die Knie und hängte sich mein Bein über die Schulter, so dass ich ganz offen vor ihm stand.

Ich war daran gewöhnt, dass Männer mich nackt sahen – das gehörte zu meinem Job. Aber mich so nah und erregt zu sehen, das war eine andere Geschichte. Ich versuchte, mich mit der Hand zu bedecken, doch er zog sie weg.

„Es darf nichts zwischen uns sein. Keine Lügen, keine Geheimnisse, nichts.“

Dann leckte er. Es war nur ein winziges Schnippen seiner Zunge über meine Schamlippen, aber ich schmolz dahin. Eine Hand auf der Couch, eine auf seinem Kopf, kämpfte ich darum, mein Gleichgewicht zu halten.

Er drückte meine Schenkel ein wenig weiter auseinander und begann, Liebe mit mir zu machen.

Es gab keinen anderen Ausdruck, der es beschreiben konnte. Es war kein Ficken, kein Flachlegen, es war Liebe machen – mit seinem Mund. Jedes Lecken, jedes Saugen war göttlich. Ich konnte nicht ruhig bleiben, das Stöhnen entkam meinen Lippen, während er mich kennenlernte. Er lernte, was ich mochte, wie ich es mochte. Er fuhr mit seinen Zähnen über meine Klitoris, als er saugte, und der Orgasmus kam, hart und schnell.

Ich versuchte, sein Haar zu packen, aber es war zu kurz. Stattdessen drückte ich seinen Kopf an meinen Körper und ritt auf seinem Gesicht. Eine Welle nach der anderen traf mich, und ich zerschellte.

Sobald ich die Welt wieder sehen konnte, hob er mich hoch und ging zurück in mein Schlafzimmer. Er ließ das Licht aus, als er mich auf das Bett legte. Ich war dankbar dafür, denn ich wusste, dass die Realität zurückkommen würde, und ich wollte alles haben, bevor die Nacht zu Ende war.

Er entledigte sich seiner Jacke und seiner Kutte und dann seines T-Shirts. Ich konnte seine Umrisse im Mondlicht sehen. Kräftig, gut gebaut. Ich wollte mit meinen Fingern über jeden Zentimeter streichen.

„Gefällt dir das?" Er ließ die Muskeln spielen und lachte dann. Ich lachte auch.

Er streifte seine Jeans ab und legte sich neben mich. Seine Finger fuhren über mein Pyjama-Oberteil, und er begann, es aufzuknöpfen. „Bist du sicher, dass du das tun willst? Ich will nicht, dass du morgen aufwachst und es bereust."

Ich streichelte über die Bartstoppeln auf seiner Wange. Sie waren feucht – von mir. „Ich will dich, heute Nacht."

Das war alles, was ich sagen konnte. Mein Gehirn war nur noch auf Sex fokussiert und ich brauchte ihn jetzt. Ich kämpfte mich aus meinem Shirt und er zog mich an sich. Sein Schwanz war hart und heiß an mir, und ich stöhnte auf.

Mein ganzer Körper war ein Knäuel aus Verlangen. Ich hatte eine Kostprobe von ihm auf der Couch erhalten, aber ich wollte mehr. Ich wollte alles, was er zu geben hatte. Ich wollte es unbedingt.

„Babe, ich will dich so sehr, dass es vielleicht ein bisschen schnell geht", stöhnte er.

„Ich will nur, dass du aufhörst zu reden."

Ich schlang meine Beine um seine Taille und er stieß hinein. Es gab keinen Schmerz, kein gewaltsames Eindringen, nur das geschmeidige Gleiten von Haut auf Haut. Ich wollte es, ich wollte ihn, und mein Körper wollte es auch. Als er ganz in mir war, hielt er inne und küsste mich. Er war nicht sanft oder wild wie zuvor, sondern irgendwo in der Mitte. Zuversichtlich. Das war richtig, wir wussten es beide.

Er zog sich heraus und stieß wieder hinein. Es war so viel. Ich wollte so viel. Ich wollte, dass es auch für ihn gut wurde.

„Ist das in Ordnung?", fragte ich. „Willst du etwas anderes?"

Ich war mir nicht sicher, was er wollte. Bei Freiern erkundigte ich mich, bevor wir anfingen. Wenn sie irgendwelche speziellen Wünsche hatten, war es besser, das vorher zu wissen. Aber bei Colt war ich zu sehr damit beschäftigt gewesen, einen Orgasmus auf der Couch zu haben. Ich hatte nur an mich gedacht, nicht daran, wie ich ihn befriedigen konnte.

Er küsste meinen Hals und stieß erneut zu. „Babe, ich will nur, dass du es genießt."

Ich nickte. Er bewegte sich jetzt schneller, und ich konnte mich nur noch bemühen, ruhig zu bleiben. Als ich es nicht mehr aushielt, entkam mir ein Stöhnen.

„Entspann dich einfach", keuchte er. „Genieße es."

Er hatte Recht. Das sollte ich tun und aufhören zu denken, dass ich einen Job erledigte. Ich verdrängte alles aus meinen Gedanken und konzentrierte mich auf ihn. Seine Rückenmuskeln spannten sich an meinen Beinen. Ich erkundete seine Brust und Bauchmuskeln mit den Fingerspitzen, während mein Orgasmus in mir zu schwelen begann.

Ich umklammerte seinen Nacken, als ich angesichts der Wucht anfing zu zittern. War es immer so? Oder war es etwas Besonderes, weil es Colt war?

Er knurrte und dann spürte ich es. Mein Körper wurde mit Hitze überflutet, als Colt zwei letzte harte Stöße abgab. Wir hatten das Kondom vergessen.

Wir ritten beide durch die Nachbeben des Orgasmus zurück in die Realität. Ich kuschelte mich ins Bett und legte meinen Kopf auf seine Schulter.

„Babe? Wo bist du hin? Ich dachte, ich hätte dich am Ende verloren", flüsterte er in mein Haar.

Es hatte keinen Sinn, etwas zu verbergen. Nach dem atemberaubenden Sex waren wir beide nackt – ich konnte nichts vor ihm verstecken, selbst wenn ich es versucht hätte.

„Wir haben das Kondom vergessen. Aber ich weiß, dass ich sauber bin", beruhigte ich ihn. Es schien ihn überhaupt nicht zu erschüttern, dass er gerade ungeschützten Sex mit einer Nutte gehabt hatte, doch ich wollte nicht, dass er sich Sorgen machte.

Er lächelte und strich mir über die Wange. „Ich bin auch sauber. Alles gut."

„Und ich nehme die Pille, also ist es okay, denke ich." Ich erschauderte. Ich wusste, ich sollte aufhören zu reden, aber ich musste ihn einfach beruhigen. „Ich habe nicht mehr mit jemandem Liebe gemacht, seit …"

Er legte seine Fingerspitzen auf meine Lippen.

„Pssst." Er bewegte seine Finger und küsste mich. „Hier geht es nur um uns. Um niemanden sonst, okay?"

Er neigte mein Gesicht zu seinem und berührte mit seinen Lippen meine. Colt hatte wahrscheinlich recht. Ich sollte die Arbeit und mein Privatleben nicht vermischen.

Sein Kuss war so unglaublich süß. Ich erforschte seinen Mund mit meiner Zunge, etwas, das ich vorher nicht getan hatte. Er entspannte sich und ließ mich ihn küssen. Erlaubte mir, den nächsten Schritt zu bestimmen.

Manche Kunden wollten den Aggressor spielen, andere, dass ich die Führung übernahm. Während eines Jobs konzentrierte ich mich immer auf die Bedürfnisse des Mannes, wie ich ihn am besten zum Orgasmus bringen konnte. Doch heute Abend ging es um mich, um mein Verlangen. Colt wollte mich befriedigen, nicht nur auf seine Kosten kommen.

Wir küssten uns nicht mehr; er hatte sich zurückgezogen. Ich wollte etwas sagen, aber er kam mir zuvor. „Willst du mir erzählen, woran du denkst? Denn ich bin es nicht.“

In seiner Stimme lag keine Härte, nur Neugierde. Er drückte mich.

Ich schüttelte den Kopf. Das Letzte, was ich tun wollte, war, Colt zu berichten, woran ich gedacht hatte. Er mochte ja damit einverstanden sein, dass ich meinen Körper verkaufte, aber mit einem Freier verglichen zu werden, war nichts, was ich mit ihm teilen wollte.

Er drückte mich noch einmal. „Lass uns unter die Decke schlüpfen, ich glaube, dir wird kalt.“

Nach einer Weile des Manövrierens kuschelten wir uns unter das Laken. Ich hatte nicht wirklich erwartet, dass er mir folgen würde, denn das würde bedeuten, dass er übernachten würde. Er redete, als wären wir bereits ein Paar, aber eine gemeinsame Nacht ergab noch keine Beziehung.

Ich rollte mich von ihm weg. Ich wollte ihn nicht gehen sehen, nachdem wir mit dem Gespräch fertig waren. „Bleibst du heute Nacht?“

„Ja. Ist das okay für dich?“

Ich drehte mich wieder um und sah ihn an. „Was wird morgen früh passieren?“

Ich erkundigte mich nicht nur, ob er mir Frühstück machen oder abhauen würde, bevor ich wach wurde, und er wusste das. Ich fragte nach *uns*. Was geschehen würde, wenn wir aufwachten, war das Leben. Ich wollte wissen, wie er sein Leben mit mir beschreiben würde.

Er küsste mich auf die Nase. „Ich werde aufstehen, für dich und Becky Frühstück machen, und dann bringen wir sie zur Schule. Du bleibst hier, während sie dein Auto reparieren. Ich muss mich tagsüber um einige Clubangelegenheiten kümmern, aber wir treffen uns am Abend wieder im Club, wenn du deine Schicht beginnst. Ich möchte dich morgen Nacht ganz für mich allein haben – kann Becky zu einem Babysitter gehen?“

Ich nickte. Er fügte sich in mein Leben wie ein Puzzlestück. Die Ecken und Kanten passten alle perfekt. Das war es, was ich hören wollte, aber es schien alles zu schön, um wahr zu sein. In ein paar Tagen würden wir aus diesem Traum aufwachen und die Realität würde uns einholen.

Es würde wahrscheinlich genau zu der Zeit sein, wenn die Jungs von dem Run nach Hause kamen. Colt konnte jetzt so tun, als würde ihn mein Job nicht stören, aber was würde er machen, sobald ich das erste Mal mit Skeeter, Bear oder Rip nach oben verschwand? Würde er mich immer noch wollen, wenn ich mich in meine alten Stripperinnenklamotten warf und mich von den Jungs befummeln ließ, während ich an der Stange tanzte?

Mein Job war mir zuvor nie so übel vorgekommen. Die Männer behandelten mich gut. Einige von ihnen brachten mir kleine Souvenirs von ihren Runs mit. Sie waren sehr darauf bedacht, mir nicht zu viel Aufmerksamkeit zu schenken, und ich war genauso umsichtig, mit allen zu flirten und sie gleich zu behandeln. Der Sex zwischen mir und den Jungs war immer eine Transaktion, unpersönlich, wie eine Art Turnübung. Wann war es obszön geworden?

Wahrscheinlich genau zu dem Zeitpunkt, als ich mich verliebt hatte.

Liebte er mich? Liebte er mich oder seine Vorstellung von mir? Neulich Abend auf der Veranda hatte er gesagt, er kenne mich. Und das tat er auch. Er kannte mich. Das Ich, das in meiner Seele existierte, nicht das Ich, das im Clubhaus ihren Körper verkaufte. Das musste doch etwas bedeuten.

Es war nicht zu leugnen. Ich wollte dieses Leben, das Colt mir versprach. Wir kannten uns erst ein paar Tage und ich sollte noch nicht bereit sein, ihn zu lieben, aber ich war es. Das Einzige, was mir im Weg stand, war mein Job.

„Colt, willst du, dass ich meinen Job kündige?"

Ich wollte, dass er Ja sagte. Dass er mich nie wieder mit einem anderen Mann teilen wollte. Es war nicht fair, aber ich wollte jetzt all diese Versprechen. Im Voraus.

Er schnaubte. Scheiße, er musste eingeschlafen sein.

„Babe, was immer dich glücklich macht. Du kannst weiter im Club arbeiten oder zu Hause bleiben, dir einen anderen Job suchen, es ist mir egal. Solange du nicht deinen Körper verkaufst, bin ich glücklich.“

Er drückte mich, lehnte sich dann zurück und begann zu schnarchen.

Mein Herz blieb stehen. Er wusste es nicht.

Er wusste nicht, dass ich eine Prostituierte war.

Kapitel 16

Ich strich an ihrem Körper auf und ab. Ja, sie für Sex zu wecken, war eine beschissene Sache, besonders zu dieser frühen Stunde. Aber sie war heiß und lag nackt in meinen Armen. Außerdem war ich hart wie die Hölle und die einzige Frau, die ich wollte, war sie.

Während ich meinen Schwanz an ihrem Arsch rieb, berührte ich ihren Kitzler. An einem anderen Tag würde ich sie mit meinem Mund aufwecken, aber heute Morgen musste es ein Quickie sein. Tate hatte mir bereits eine SMS geschickt. Die Jungs waren zurück und ich wollte ein letztes Mal mit Tate reden, bevor die Männer mich kennenlernten. Ich musste mich bald auf den Weg machen, aber ich konnte auch noch ein bisschen länger bleiben.

Als sie stöhnte und begann, ihre Beine zu spreizen, wusste ich, dass ich einen Volltreffer gelandet hatte. Ihre Muschi wurde feucht, während sie aufwachte. Ich streichelte sie fester und flüsterte ihr ins Ohr. „Komm schon, Babe. Ich will sehen, wie deine Brüste hüpfen, wenn du mich reitest."

Sie schüttelte den Kopf und öffnete ihre Beine weiter, um schneller kommen zu können. Ich hörte sie keuchen, während ich meinen Finger in ihre Pussy schob. Sie war eng, aber bereit. Ich rieb meine Handfläche an ihrer Klitoris, fickte sie mit meinem Finger und genoss ihr leises Stöhnen. Doch ich wollte spüren, wie sie um meinen Schwanz herumkam. Ich wollte ihr Gesicht sehen, wenn sie zum Orgasmus kam und meinen Namen schrie …

Meinen Namen *flüsterte*. Die Kleine schlief noch.

Schön langsam zog ich meinen Finger aus ihr. „Hoch mit dir, Babe."

Sie drehte sich zu mir um, und ich nahm sie mit, als ich mich auf den Rücken rollte. Sie setzte sich auf und hatte meinen Schwanz fest an ihren Arsch gepresst. Verdammt. Es war ein wunderschöner Anblick. Ihr herrliches blondes Haar war um ihre Schultern gelegt, und ihre blauen Augen waren schläfrig und nur halb geöffnet, als sie sich aufrichtete, so dass ich ihre feuchte Pussy an meinem Schaft spüren konnte. Zentimeter für Zentimeter glitt sie nach unten. Fuck, war das ein gutes Gefühl. Als ich in Lompoc gewesen war, hätte ich diese Erinnerung genutzt, um mir jede verdammte Nacht einen runterzuholen. Ich hatte in meinem ganzen Leben noch nie etwas gesehen, das so sexy war.

„Ich will, dass deine hübsche kleine Pussy zuerst kommt, Babe."

Sie nickte und machte sich an die Arbeit. Bald ritt sie auf meinem Schwanz und neigte mich so, dass ich ihren G-Punkt traf. Jedes Mal nahm sie mich so tief, wie sie konnte, und ihre Titten wippten im Rhythmus. Ich stützte meine Hände auf ihre Hüften. Ich wollte sie nicht lenken und ihren Takt stören, ich wollte es nur spüren. Ich wollte fühlen, wie sie mit meinem Glied in ihr das Becken kreisen ließ.

Schließlich spannte sich ihr Körper an und verkrampfte. Ihre Pussy zog sich um mich zusammen, so dass ich mich nicht mehr halten konnte. Sie riss mich mit sich, als wir beide über die Kante stürzten. Sie sank auf meine Brust und wir lagen da und schnappten nach Luft.

„Das ist viel besser als Kaffee", sagte ich in ihr Haar.

Sie kicherte, rollte sich ab und sah mich an. „Hey, es gibt etwas, worüber wir reden müssen."

Fuck. Ihre Augen waren groß und blau und besorgt. Verdammt noch mal. Meine perfekte Frau war kurz davor, mir zu sagen, dass ich mich verpissen sollte. Oder vielleicht dass sie nur meinen Schwanz wollte. Ich war mir nicht sicher, was schlimmer war. Ich wollte es auch nicht hören.

Diese Beziehung entwickelte sich wie ein verfluchtes Geschoss. Heiß, direkt aus dem Lauf. Sie musste entweder an Schwung verlieren und fallen oder in die Brusthöhle von jemandem krachen, wahrscheinlich in meine. Ich wollte nur einen verfickten Tag lang in sie verliebt sein.

Sie wollte mich sanft fallen lassen, wie neulich auf der Veranda. Und weil ich ein verdammter Feigling war, wollte ich es nicht hören.

„Wir reden heute Abend, Babe. Ich muss los. Ich muss früh im Club etwas erledigen."

* * *

Ich traf mich mit Tate auf einen Kaffee in einer Imbissbude um die Ecke des Clubhauses. Es war voll von großen, stämmigen Männern in wasserdichter Kleidung. Hafenarbeiter, vermutete ich. Als wir uns an einen Tisch setzten, zuckte niemand mit der Wimper.

„Ein bisschen früh für ein Treffen." Ich nippte an meinem Kaffee und starrte ihn über den Rand hinweg an. Er sah müde, aber wach aus. Fast so, als wäre er letzte Nacht nicht schlafen gegangen. Interessant.

„Ich dachte, du hast so viel Pussy gehabt, dass du eine Pause brauchst."

Ich kniff die Augen zusammen. Krista war nicht nur eine Pussy und ich würde nie genug von ihr bekommen. Aber Tate verstand das nicht. In unserer Welt war es üblich, dass ein Mann eine Frau benutzte und sie dann wegwarf, wenn er gelangweilt war. Doch Krista war anders. Ich war anders. Sie war nicht die Art von Frau, die einem auf der Herrentoilette für einen Zwanziger einen bließ.

„Was gibt's?", fragte ich.

Er wollte gerade etwas erwidern, als die Kellnerin vorbeikam, um unsere Tassen nachzufüllen. „Soll ich die Kanne stehen lassen, Darling?"

„Nein, wir sind bald wieder weg."

Sie schenkte mir nach und ging zurück hinter den Tresen.

„Alle sind wieder da. Ich möchte dich heute Nachmittag in der Kirche vorstellen."

Ich hob eine Augenbraue. Mein Club war nicht so

formell. Wenn ein Mitglied eines anderen Clubs hereinkam, mischte er sich einfach unter die Menge. Wir ließen die Leute sich ihre eigene Meinung bilden. „Gibt es einen Grund dafür? Ist jemand unzufrieden mit dem Patch-Over?"

Shit. Das war nicht gut. Wenn irgendjemand nervös war und dieser Patch-Over nicht stattfand, wusste ich nicht, was Hawkeye und Volk mit mir anstellen würden. Sie verließen sich darauf, dass ich den Club integrieren würde. Das zusätzliche Einkommen könnte uns auf landesweiter Ebene viel bringen. Ich könnte Krista und Becky in einem Haus in Berdoo unterbringen und wir würden alle unter der kalifornischen Sonne leben. Aber nicht, wenn dieser Patch-Over nicht zustande käme.

„Um ehrlich zu sein, ist keiner der Jungs wirklich begeistert. Sie hassen die Idee nicht, mögen allerdings ihre Freiheit mehr. Sie sehen deinen Club als eine Bedrohung an. Als ob sich unsere Bruderschaft auflösen würde, wenn wir euch beitreten."

Ich traute meinen Ohren nicht. Sprachen wir gerade wirklich über verdammte emotionale Biker?

„Hier ist der Deal. Dein Vizepräsident ist weg, du traust dem Kerl nicht, der an seiner Stelle handelt, und du wirst langsam alt, Tate. Deine Geschäfte gehen den Bach runter, und sobald die anderen Clubs das merken, wird dein kleiner unabhängiger Club keine Möglichkeit haben, dein gottverdammtes Gebiet zu verteidigen. Also müssen sie entweder mit ein bisschen Hilfe der Horde an Bord kommen oder einen Weg finden, um nach der Auflösung der Storm Kings ihren Lebensunterhalt zu verdienen, denn das ist die Zukunft."

Ich lehnte mich auf dem Sitz zurück. Er hätte mir das verdammt noch mal an dem Tag sagen können, an dem ich hier angekommen war. Stattdessen hatte er gewartet, bis alle Mitglieder seines Clubs in der Stadt waren und er mit dem Rücken zur Wand stand. Ich wusste nicht, ob das Strategie oder schlechte Führung war.

Ein Patch-Over musste einstimmig beschlossen werden. Wenn die Jungs sich nicht sicher waren, hatte ich eine Menge Arbeit vor mir.

„Ich bin hier, um sie zu überzeugen, richtig? Ich muss es ihnen nur ein wenig schmackhaft machen. Sie müssen Teil der Bruderschaft der Demon Horde werden wollen. Hilf mir einfach, es ihnen zu verkaufen."

Schließlich nickte Tate. Ich knackte mit den Fingerknöcheln. Zeit, anzufangen.

* * *

Das Clubhaus war ruhig, als ich ankam. Zehn Motorräder waren auf dem Parkplatz geparkt, alle perfekt aufgereiht. Eine solche Präzision konnte man nur erreichen, wenn man viel zusammen fuhr. Es war meine Aufgabe, sie davon zu überzeugen, dass sie mit meinem Club eine ganz neue Bruderschaft gründen würden. Das würde nicht leicht werden.

Als ich angekommen war, schliefen noch alle. Ich

setzte mich an die Bar und trank Kaffee. Irgendwann mussten sie aufwachen, und dann wollte ich da sein.

„Wer zum Teufel bist du?"

Es war ein Typ in Flanellhosen und mit einem unglaublich ausgeprägten Südstaatenakzent. Sein Haar war lang und auf eine Seite gegelt. Er blickte finster drein.

„Colt, von der Demon Horde, Kalifornien." Ich streckte die Hand aus.

Es war ein gutes Händeschütteln. Fest. Der Druck war nicht intensiv genug, um eine Herausforderung zu signalisieren, reichte aber, um Stärke zu zeigen. Er schien anständig zu sein.

„Wenn es noch Kaffee gibt, könntest du der verfickte General Sherman sein und es wäre mir scheißegal."

Ich nahm einen Schluck von meinem Kaffee, um mein Lächeln zu verbergen. Ich mochte diesen Kerl.

Er ging direkt zur Kaffeekanne hinter der Bar. „Ich bin Skeeter. Du bist also hier, um mir das Evangelium der Horde zu predigen, was? Damit ich dich Bruder nenne?"

Ich zuckte mit den Achseln. Der lauwarme Empfang war besser, als ich erwartet hatte. „Fangen wir damit an, dass du mich einen Freund nennst."

Der Mann nickte und kippte ein paar Zuckerpäckchen in seinen Kaffee. „Erzähl mir von dir. Ich möchte gerne wissen, wer meine Freunde sind."

Scheiße, ich hatte keine Rede vorbereitet oder so.

Aber es würde Sinn machen, dass die Jungs es wissen wollten.

„Ich bin in der Horde aufgewachsen. Mein Vater war Mitglied, und als ich fünfzehn war, habe ich als Prospect angefangen. Vor einer Weile war ich wegen Waffen in Lompoc. Ich denke, das war's."

Biker tratschten mehr als kleine alte Kirchenfrauen, und es war gut möglich, dass sie alle meine Schande kannten, dass meine verdammte Old Lady mich und die Hälfte des Clubs für fast ein Jahr ins Gefängnis geschickt hatte.

„Scheiße gelaufen." Skeeter spülte seine Tasse in der Spüle und wandte sich dann an mich. „Räum hinter dir auf. Krista muss nicht die ganze Nacht Geschirr abwaschen. Das sind die Hausregeln. Ich gehe jetzt duschen. Wir sehen uns in der Kirche."

Skeeters Warnung überraschte mich. Die Jungs in meinem Club würden ihren Mist überall liegen lassen, wenn wir jemanden wie Krista hätten, der hinter uns aufräumte.

Einer nach dem anderen strömten die Männer herein und versammelten sich in der Bar, um auf die Kirche zu warten. Ich traf Charlie, Mule, Clint und einige andere Jungs, deren Namen ich vergaß. Es gab ein paar „Schön, dich zu sehen", während sie mich abschätzten.

Zehn Minuten vor der Kirche tauchte Bear auf. Ich erkannte ihn bereits, bevor wir einander vorgestellt wurden. Er hatte einen wilden Bart und jede Menge lockiges Haar. Er war der Einzige, der diesen Straßennamen tragen konnte.

Er suchte mich sofort auf. Er beäugte den Raum, und als er mich sah, ging er direkt auf mich zu. Ein paar Jungs versuchten, seine Aufmerksamkeit zu erregen, aber er war fokussiert. Auf mich.

„Bear, VP." Er streckte seine Hand aus.

„Colt, Horde."

Wir schüttelten die Hände. Oder ich schüttelte; er drückte zu. Fest. Ich mochte groß sein, doch Bear war riesig. Ich konnte zwar mithalten, aber einen Quetschwettbewerb um die verdammte Vorherrschaft abzuhalten, war kindisch. Bear war allerdings gut darin. Also saß ich mit einem Lächeln auf meinem verfluchten Gesicht da und ließ ihn versuchen, meine Hand zu brechen. Als er merkte, dass ich nicht mitspielen würde, grinste er.

Er beugte sich vor, als wolle er mich männlich umarmen. Er klopfte mir auf den Rücken und flüsterte: „Fick dich und deinen Club."

Nun, ich schätzte, dass er mein Problem sein würde. Ich musste mir überlegen, wie ich das angehen wollte. Sollte ich ihn zu Fall oder ihn dazu bringen, mich zu mögen? Vielleicht wäre es das Beste, die Dinge noch ein wenig in der Schwebe zu lassen, bis ich mich entschieden hatte.

Gegen Mittag ging Tate durch das Zimmer und wir alle folgten ihm in die Kapelle. Es war ein großer Raum mit einem ovalen Tisch für die Offiziere und Stühlen, die rundherum aufgestellt waren. Ich saß in einem davon, der an der Rückwand lehnte.

Fünfzehn Leute drängten sich um den Tisch, und drei Anwärter hingen mit mir im Hintergrund ab.

Die Kings waren mehr, als ich erwartet hatte. Normalerweise hatten diese unabhängigen Clubs nur zehn Mitglieder oder so insgesamt. Die Kings waren groß, fast groß genug, um ein eigenes Chapter als Unterstützung zu haben. Das wäre ein guter Zusammenschluss für die Horde. Die zusätzliche Hilfe und der Geldfluss wären gut. Ich musste einfach dafür sorgen, dass es klappte.

Jemand reichte einen Korb herum. Ich schaltete mein Handy auf lautlos und legte es zu den anderen. Es würde ein intensives Treffen werden. Ein Raum voller Biker konnte ziemlich laut sein, aber nicht die Kapelle. Sie war das Zimmer, in dem der Club seine monatlichen Zusammenkünfte abhielt. Unsere in San Bernardino war laut und voller Zigarrenrauch. In dieser hier war es still wie in einer Gruft. Wir warteten darauf, dass Tate sprechen würde.

„Willkommen. Ich freue mich, dass ihr heute alle gekommen seid. Lasst uns zuerst über die regulären Geschäfte sprechen. Bear, kannst du uns etwas über die letzte Lieferung erzählen?"

„Sogar dreihundert Riesen. Es ist alles gut gelaufen, Boss. Wir mussten ein paar Tage warten, weil die Corvette den Computer nicht austricksen konnte. Rip konnte das aber beheben. Danach lief es wie geschmiert."

Mit dem zwanzigprozentigen Anteil der Kings, der dann unter den Mitgliedern aufgeteilt wurde, war es eine anständige Beute mit minimalem Risiko.

Sie gingen die Gewinnabrechnungen des Casinos und anderer legaler Unternehmen durch. Mir gefiel die Tatsache, dass es keine Überraschungen gab; alles war genau so, wie ich es in ihren Büchern gelesen hatte.

Tate räusperte sich. „Und jetzt möchte ich euch unseren Freund vorstellen."

Alle Köpfe drehten sich zu mir um. Scheiße.

„Er ist ein Mitglied des Original-Chapters der Demon Horde in San Bernardino, Kalifornien." Tate nickte mir zu. „Ihr wisst alle, dass wir einen Zusammenschluss mit der Horde in Erwägung gezogen haben. Wir werden heute nicht darüber abstimmen, aber Colt ist hier, um zu sehen, wie wir arbeiten. Er wird eine Entscheidung treffen, um sicherzustellen, dass wir kompatibel sind. Habt ihr alle irgendwelche Fragen an ihn?"

„Müssen wir wieder als Prospect anfangen?" Diese Frage stellte ein Mann Mitte vierzig. Ich konnte seine Sorge verstehen. Ich wollte auch nie wieder in dieser Position sein.

„Nein. Es wird eine einjährige Probezeit geben, in der ihr nicht über nationale Angelegenheiten abstimmen dürft. Danach werdet ihr als Vollmitglieder aufgenommen. Wir haben nicht vor, euch die Latrinen schrubben oder in einem Lagerhaus Wache schieben zu lassen. Man wird euch den größten Respekt entgegenbringen."

Hawkeye hatte mir gesagt, ich solle diese Frage vorhersehen. Ein einzelner kleiner Club wie der ihre würde bald von den anderen, die nachrückten, geschluckt werden. Sie verstanden die Notwendigkeit, sich zu vereinigen, aber sie wollten auch nicht wieder die beschissenen Pflichten eines Anwärters auf sich nehmen.

Die Gruppe schien mit meiner Antwort zufrieden zu sein, und wir saßen alle einen Moment lang schweigend da, während jemand versuchte, sich die nächste Frage auszudenken, die er stellen könnte.

Stille. Minutenlanges verdammtes Schweigen. Keiner hatte weitere Anliegen, keiner wollte mit mir reden. Na toll.

Tate schlug den Hammer. „In Ordnung, Sitzung vertagt."

Kapitel 17

Die Jungs, die die Windschutzscheibe an meinem Auto austauschten, hatten ihre Sache gut im Griff, als hätten sie diese Routine seit Jahren geübt. Wahrscheinlich hatten sie das auch. Sie hatten die kleineren Scheiben in sechs Minuten und die Frontscheibe genauso schnell ausgetauscht.

Zum Glück war mein Auto repariert. Ich musste Becky nach der Schule abholen. Nach einem frühen Abendessen und ein paar Büchern würde sie die Nacht bei Señora Lopez verbringen, und ich würde in den Club gehen, um zu putzen und Colt zu sehen.

Ich würde ihm sagen müssen, dass ich eine Hure und ein Feigling war. Ich dachte, er wüsste es, aber nach seiner Bemerkung über meinen Job war es offensichtlich, dass er keine Ahnung hatte, und ich hatte ihn zur Tür hinausgehen lassen, ohne es ihm zu erklären. Ich würde es ihm heute Abend mitteilen.

In meinem Magen flatterte es. Ich bebte immer noch von letzter Nacht. Ich vögelte beruflich Männer und Orgasmen waren leicht zu bekommen, wenn ich sie wollte. Aber ich hatte sie seit über einem Jahr nicht mehr gewollt. Dann tauchte Colt auf und ich war unzählige Male gekommen. Er mochte mich und mein Kind. Es machte Spaß, mit ihm abzuhängen. Er riss lustige Witze, während er sich *Der Zauberer von Oz* angesehen hatte, und ich wollte mehr Zeit mit ihm verbringen.

Ein Job, der die Rechnungen bezahlte und genug für die Schule übrigließ, war schwer zu finden. Die Jungs waren auch ziemlich gut zu mir. Am Anfang war es ein bisschen unangenehm, meine Freier jeden Abend zu sehen. Nachdem wir uns jedoch alle aneinander gewöhnt hatten, war es ganz in Ordnung. Skeeter war mein Liebling. Als sie das letzte Mal einen Run nach Vegas gemacht hatten, hatte er mich umarmt, sobald er nach Hause gekommen war, und hatte mir ein Paar gezinkte Würfel mitgebracht. Charlie war auch ein toller Kerl. Er machte ab und zu Pfannkuchen in der Clubküche und sorgte stets dafür, dass ich genug für Becky mitnehmen konnte. Als ich angefangen hatte zu arbeiten, hatte ich kein Auto gehabt und war überall mit dem Bus hingefahren. Tate hatte mich nach Hause gefahren, wann immer er konnte. Jeder Job brachte jedoch seine Probleme mit sich. Der Club veranstaltete einmal im Monat einen Familienabend. Beim ersten Mal hatte Tate mich eingeladen. Ich hatte Becky nicht mitgebracht, sondern kam einfach allein. Es war mein erster und zugleich letzter Familienabend gewesen. Die Jungs mochten mich vielleicht, aber ich gehörte nicht zur Familie – zumindest betrachteten mich die Old Ladys nicht als solche.

Tates Old Lady, Bettes, war die freundlichste. Sie war überhaupt nicht zickig, als sie mir riet, es wäre das Beste, wenn ich nach Hause ginge. Sie kannte mich allerdings ein wenig. Als ich angefangen hatte, war sie diejenige gewesen, die mir gezeigt hatte, wie man ein Bier richtig einschenkte, ohne dass zu viel Schaum darauf war, und welche Clubs man anrufen musste, wenn man Mädchen für die Partys brauchte. Aber sobald die anderen Old Ladys da waren, hatte ich gehen müssen. Ich war ja schließlich die Nutte. Ich war die, an die sich ihre Ehemänner nach einem Streit wandten. Ich war die mit den perfekten Schenkeln und dem heißen Körper.

Aber diese Frauen sahen nicht mich – sie sahen nur meinen Job. Sie merkten nicht, dass ich während des Studiums Kniebeugen machte und die gleichen Dehnungsstreifen hatte wie sie. Oder dass mein Kind sich einen Monat lang geweigert hatte, etwas Grünes zu essen. Ihnen waren all diese Dinge nicht klar, weil sie nicht mehr hinschauten, nachdem ihnen bewusst geworden war, dass ich eine Hure war. Was würde passieren, sobald Colt es herausfand? Ich hatte ihn heute Morgen gehen lassen, weil ich nicht hatte sehen wollen, wie das Licht in seinen Augen erlosch. Würden all die Versprechen einer Beziehung noch gelten, wenn ich ihm von meinem Job erzählte?

Colt war ein toller Kerl, und er schien mich als seine Old Lady zu wollen, aber er hatte es nicht laut gesagt. Alles, was er mir wirklich versprochen hatte, waren hervorragender Sex und eine Art von Beziehung. Zur Hölle, er könnte einfach nur eine kostenlose Pussy wollen, während er in Tacoma war, und ich hatte sie ihm gegeben, zweimal.

Natürlich hatte ich es auch genossen. Er war gut im Bett und kümmerte sich um meine Bedürfnisse, das war ziemlich offensichtlich. Mit ihm zu schlafen war so anders als zu arbeiten, dass ich es nicht miteinander vergleichen konnte. Das mit Colt damit gleichzusetzen, wenn ich meinen Körper verkaufte, würde unsere ganze Beziehung herabwürdigen. Wir hatten vielleicht noch nicht „Ich liebe dich" gesagt, aber das hier war etwas Echtes.

Heute Abend würde ich ins Clubhaus gehen und meine Karten auf den Tisch legen. Ich würde ihm sagen, dass ich keine Barkeeperin war, sondern eine Hure. Ich würde ihm klarmachen, dass ich mehr als die Hälfte der Jungs im Club gefickt und Geld von ihnen genommen hatte. Dann wollte ich ihm sagen, dass ich keines von ihm nehmen würde, weil ich eine Beziehung wollte. Ich wollte, dass es etwas Echtes zwischen uns war.

* * *

„Danke, Señora! Bis dann, Süße!"

Ich winkte Becky zum Abschied durch die Fliegengittertür zu und machte mich auf den Weg zu meinem frisch reparierten Auto, um zur Arbeit zu fahren. Ich blickte auf mein Handy.

Party heute Abend. Ruf die Mädels an.

Es war Tate, und die SMS war vor ein paar Stunden gekommen, aber ich hatte sie bis jetzt übersehen. Die Jungs mussten zurück sein, wenn er wollte, dass ich die Mädchen aus dem Stripclub wegen einer Party anrief. Sie feierten immer gerne ausgelassen, nachdem sie von solchen Beutezügen zurückgekehrt waren.

Ich blieb stehen und meine Gedanken drehten sich wie in einem verdammten Hamsterrad. Wenn die Jungs wieder da waren und Colt bei ihnen war, dann hatte er vielleicht schon gehört, dass ich eine Nutte war.

Ich war mir sicher, dass das Einzige, was noch schlimmer war, als zu hören, dass deine Freundin eine Hure ist, war, es von jemandem zu hören, den sie gefickt hatte. Ich musste es ihm zuerst sagen.

Als er mich von der Werkstatt abgeholt hatte, hatte er mich seine Nummer in mein Handy einspeichern lassen, also wählte ich sie. Zweiunddreißig Mal.

Er nahm keinen einzigen Anruf entgegen.

Verdammte Scheiße. Er wusste es wahrscheinlich schon.

Ich sprintete zu meinem Auto und stellte einen Geschwindigkeitsrekord für die vier Meilen zwischen meiner Wohnung und dem Club auf.

Der Parkplatz war voll. Zwanzig Motorräder befanden sich auf ihren üblichen Plätzen, und Colts Maschine war etwas abseits geparkt. Überall standen Autos, vermutlich die Mädchen aus dem Club. Verdammt. Tate oder Bettes mussten schon angerufen haben. Wenn die Jungs zu sehr damit beschäftigt waren, die Stripperinnen anzubaggern, hatte ich vielleicht noch eine Chance.

Ich machte mir nicht die Mühe, einen Stellplatz zu suchen, und ließ mein Auto einfach mitten auf der Parkfläche stehen. Ich rannte den Asphalt entlang, brach durch die Metalltür und betrat die Bar.

Überall waren überwiegend nackte Frauen und Biker zu sehen. Das ganze Haus war ein gottverdammtes Meer aus Haut und Leder. Die Menge wirbelte und bewegte sich, während ich herumlief, verschwitzt und heiß. Als ich ihn entdeckte, stand er mit Skeeter und Russ in einer Ecke.

Der Versuch, zwischen den Menschen in der kleinen Bar Slalom zu laufen, war vergebens, also schlängelte ich mich durch die Menge.

„Hey, Baby, wir sind wieder da!" Skeeter umarmte mich wie immer. Er packte mich um die Taille, beugte sich nach hinten und zog mich auf seine Brust. Ich legte die Arme um seinen Nacken, hauptsächlich aus Gewohnheit, aber auch ein bisschen, damit ich nicht das Gleichgewicht verlor. Die Zeit blieb stehen, als Skeeter mich an seinen Körper drückte. Ich hoffte nur, er würde mir nicht an den Hintern fassen.

„Du siehst heute Abend overdressed aus, Baby. Wo ist das freche Krankenschwestern-Outfit, das ich so sehr mag?"

Er ließ mich an seiner Brust hinuntergleiten, bis meine Füße den Boden berührten. Dann drückte er

meinen Hintern. Ich wollte etwas sagen, aber Skeeter schnitt mir das Wort ab.

„Oh, hey, Mann, lass mich dir mein Lieblings-
mädchen vorstellen. Das ist Krista. Hey, Baby, warum gehst du heute Abend nicht in Colts Zimmer?
Das wird mein Willkommensgeschenk sein.“

Kapitel 18

Colt

Skeeter wollte mir heute Abend meine Frau als Willkommensgeschenk auf mein Zimmer schicken? Ich ballte die Faust und überlegte, ob ich ihm auf die Nase oder den Mund schlagen sollte oder nicht. Der Mund würde mehr wehtun, aber die Nase könnte ihn für den Rest seines verdammten Lebens verunstalten.

Die Nase. Ich wollte, dass er sich das merkte.

„Ihre Gebühr geht heute Abend auf mich." Skeeter konnte sein Maul einfach nicht halten.

Meine Wut wechselte von heiß zu kalt – tödlich kalt.

Ich sah Krista an. „Du hast Gebühren?"

Wenn man am Seil eines Rasenmähermotors zieht, gibt es eine Pause. Das ist nur eine halbe Sekunde oder so, ehe der Motor anspringt und loslegt. Mein Gehirn wartete diese halbe Sekunde ab, bevor es sich umdrehte, und dann sprang der Motor an und ich begriff, wovon er gesprochen hatte.

Krista hatte Gebühren. Sie nahm von Männern Geld für Sex. Sie war eine verdammte Hure. Keine Barkeeperin, sondern eine verfluchte Nutte. Sie hatte mich angelogen, und ich war darauf reingefallen.

Ich erstarrte. Ich war nur ein weiterer Schwanz, den sie ausnutzen konnte. In ihren Augen war ich nur eine fette Brieftasche. Hübsche Titten und ein prächtiger Arsch hatten mich wieder zum Trottel gemacht. Der einzige Unterschied zwischen ihr und Tina war, dass Krista mich noch nicht in den Knast gesteckt hatte.

Ich wollte gegen die Welt wettern. Ich hatte endlich eine wunderbare Frau gefunden, mit der ich zusammen sein wollte, und dann fand ich heraus, dass sie mit mir gespielt hat. Ich holte tief Luft und versuchte, einen kühlen Kopf zu bewahren. Ich konnte dem Rest des Clubs nicht verraten, dass ich getäuscht worden war. Ich war hier, um ihre Probleme zu lösen, nicht um ihnen meine zu zeigen.

Sie streckte die Hand aus, um meinen Arm zu berühren, aber ich riss ihn aus ihrer Reichweite. Ich konnte es nicht ertragen, dass sie mich berührte – denn es könnte mir gefallen. Die letzte Nacht war fantastisch gewesen, und ich konnte leicht wieder auf ihren Scheiß hereinfallen.

„Colt, wir sollten reden.“

Sie war den Tränen nahe. Ihre Stimme zitterte und ihr Kinn bebte, aber das war mir verdammt egal. Ich dachte, was wir hatten, war anders, etwas Besonderes. Doch ich war nur ein weiterer Freier. Sie verlangte von mir keinen Vorschuss für den Sex, also spielte sie vielleicht auf Zeit. Möglicherweise hoffte sie, dass ich ihr Sugardaddy sein würde, und das wäre ich wahrscheinlich auch geworden. Ich war verflucht traurig.

Egal. Es war mir scheißegal. Ich war fertig.

„Danke für das Angebot, Skeeter. Aber Krista

und ich haben uns bereits getroffen, und ich habe genug von ihr gehabt." Ich schaute ihr direkt in die großen blauen, feuchten Augen. „Ihre Gebühr war allerdings sehr angemessen. Sie ist eine gute Nutte."

Ich nickte Skeeter zu und kippte mein Bier hinunter. Ich konnte nicht mehr in Kristas Nähe sein. Sie konnte wahrscheinlich riechen, dass ich in sie verliebt war, so wie ein Hai Blut im Wasser roch. Ich musste verschwinden.

Um mich abzulenken, unterhielt ich mich mit jedem der Jungs im Raum, begutachtete sie, während sie mich abschätzten. Mein Handy summte in meiner Tasche, daher überprüfte ich meine Nachrichten. Keine einzige Sprachnachricht, aber zweiunddreißig verpasste Anrufe. Alle von Krista. Sie musste gewusst haben, dass ihre Lüge aufgedeckt werden würde. Ich schüttelte den Kopf und schob mein Handy zurück.

Ich wechselte von Bier zu Whiskey und ein paar Mädchen hielten mein Glas stets voll. Dann drapierten sie sich abwechselnd auf meinem Schoß und hofften, ich würde ihren Köder schlucken. Aber ich musste immer wieder an Krista und die letzte Nacht denken.

Als wir beide gekommen waren, hatten wir uns in die Augen geschaut. Ich hatte gedacht, wir hätten eine Verbindung. Sie war mein.

Es war eine verdammt gute Nacht gewesen. Ich hatte es geliebt, wie sie auf meinem Gesicht geritten war und das Gefühl, als mein Schwanz in ihr gewesen war. Es hatte sich noch nie so richtig angefühlt. Als ob sie nur für mich gemacht wäre. Ihre Pussy war warm und eng und die Erinnerung daran machte mich hart. Zu schade, dass die Schlampe auf meinem Schoß dachte, sie sei der Grund dafür.

„Hey, Süßer." Die Brünette drückte meinen Schwanz durch meine Jeans. Bekleidet mit winzigen Jeansshorts und einem schwarzen BH, war ihr Körper umwerfend. Ich streichelte ihr braungebranntes Bein. „Willst du nach oben gehen?"

Ihre Augen waren glasig und unkonzentriert; wahrscheinlich war sie wegen irgendeines Stoffs high. Aber sie war direkt und kam auf den Punkt. Das gefiel mir. Ja, ich wollte nach oben gehen.

Ich wollte, dass jemand meinen Schwanz lutschte, damit ich ihn nicht selbst wichsen musste. Meine Erektion mit der eigenen Hand loszuwerden, während ich an die Decke starrte und über Krista und meine eigene Dummheit nachdachte, war nicht annähernd so einladend.

„Ja. Aber erst will ich einen Whiskey."

Ja, ich würde ein verdammtes Arschloch erster Güte sein. Die Hure und ich gingen an die Bar. Ich wollte, dass Krista mich mit dieser Schlampe sah. Dass sie merkte, was sie verloren hatte. Ich wusste, dass Krista mich nicht liebte. Aber ich wollte, dass sie wenigstens die Enttäuschung spürte, dass sie mit mir gespielt und verloren hatte. Ihr war meine verfluchte Brieftasche entgangen, und ich wollte es ihr unter die Nase reiben.

Krista stand in der Nähe des Ausschanks, als wir ankamen. Sie trug immer noch ihr graues Sweatshirt und die Jeans, und ihr Haar war zu einem Pferdeschwanz hochgebunden. Die Frau, die an mir hing und mir den Bauch massierte, sah im Vergleich zu Krista wie ein Troll aus.

„Whiskey. Einen Doppelten." Ich wandte mich an die Brünette und wartete auf ihre Bestellung.

Die Frau lächelte. „Wenn du zahlst, nehme ich auch einen doppelten."

Krista sah mich nicht an, während sie uns den Whiskey einschenkte. Ihre Hände zitterten, während sie die Flasche hielt.

Scheiße. Sie wollte, dass ich etwas sagte, und ich hatte keine Ahnung, was aus meinem verdammten Mund kommen sollte. Als Tina mich verraten hatte, wusste ich genau, was ich hatte schreien wollen. Aber Krista war nicht so angepisst wie Tina. Ich hatte erwartet, dass Krista wütend sein würde, weil ihr dummer kleiner Plan nicht funktioniert hatte.

Doch sie war überhaupt nicht sauer. Sie war traurig, gebrochen. Wenn ich sie erklären ließe, würde ich sie vermutlich einfach zurücknehmen und ihr eine weitere Chance geben, mit mir zu spielen. Ich konnte es nicht tun. Ich war hier, um zu arbeiten, und stattdessen hatte ich mich verdammt noch mal verliebt. Ich musste meinen Kopf aus dem Arsch ziehen und meinen Job erledigen.

Als ich nach meinem Getränk griff, schloss sich ihre Hand um meine. „Bitte." Ihre Augen waren rot und geschwollen, als ob sie die ganze Nacht geweint hätte. Gut, verflucht. „Lass es mich erklären.“

„Ich bin sicher, er weiß, wie das läuft, Süße.“ Die Brünette hatte ihren geistigen Nebel durchbrochen und grinste Krista an.

Krista zuckte bei der Bemerkung der Frau zusammen und riss ihre Hand weg. Sie starrte mich abwartend an.

„Es gibt nichts mehr zu erklären.“ Ich zuckte mit den Achseln. „Es ist einfach nichts mehr da. Komm schon, Liebes.“ Ich sprach diese Worte abschätzig aus, als ich sie zu der Brünetten sagte. „Lass uns gehen.“

Ich führte die dunkelhaarige Schlampe die Treppe hinauf und in mein Zimmer. Es war nicht viel, ein Doppelbett und eine einzelne Kommode, aber es würde reichen.

Ich verhandelte nicht einmal, als die Hure ihren Preis nannte. Das war mir scheißegal. Ich wollte nur nicht allein sein und an Krista denken. Ich zog meine Kutte aus und legte sie über einen Stuhl. Auf dem Bett sitzend, ließ ich mir von der Brünetten einen Lapdance verpassen.

Für einen Mann war so ziemlich jeder Versuch einer heißen Frau, ihn zu verführen, verflucht sexy. Aber nicht dieses Mädchen, denn sie war nicht Krista. Scheiße.

Die Brünette rieb ihre Titten an meinem Schwanz und leckte ihre eigenen verdammten Nippel, doch ich verlor schnell das Interesse. „Hast du zu viel

Whiskey getrunken, Süßer?"

„Ja, Baby. Vielleicht kann dein Mund das für mich richten?"

Das letzte Mal, dass ich einen Whiskey-Schwanz gehabt hatte, war vor meinem Highschool-Abschluss gewesen. Der Grund dafür, dass ich praktisch schlaff war, stand unten und servierte Getränke an einen Haufen geiler Biker, die ficken wollten.

Die Hure knöpfte meine Hose auf und machte sich mit dem Mund an die Arbeit. Ich schloss die Augen und es war einfacher, mir einen blonden Pferdeschwanz vorzustellen, der auf und ab wippte. Ich fantasierte, wie ich sie am Nacken packte und ihr das Tempo vorgab, während sie zu mir aufschaute und ihr die Tränen über die Wangen liefen.

Fuck.

Ich stieß die Brünette von meinem Schwanz.

„Ich kann das nicht. Tut mir leid." Ich stopfte meinen Schwanz wieder in die Hose und reichte ihr ein Bündel Geld. „Schau, es ist alles hier. Erzähl es nur niemandem, okay?"

Sie nickte und steckte die Scheine in ihren BH. „Klar, Süßer. Was immer du willst. Stört es dich, wenn ich mich hier eine Weile hinlege?"

Kapitel 19

Krista

Ich schob einen Plastikbecher und einen Pappteller in die Mülltüte, als ich Schritte auf der Treppe hörte. Es war nicht das leise Knallen von Stiefeln auf der Holztreppe, sondern das harte Klicken von Absätzen. Acryl-Absätzen.

Asia. Zumindest nannte sie sich so. Ihr Name sollte Iowa sein. Ihr Haar war schwarz gefärbt, aber ihr Akzent kam direkt aus dem Mittleren Westen. Ich erinnerte mich daran, mit ihr im Stripclub gearbeitet zu haben.

Sie war mit Colt verschwunden, während ich versucht hatte, mich hinter der Bar zusammenzureißen. Das war vor vier Stunden gewesen, und jetzt waren ihre Haare an einer Seite platt gedrückt und ihr Augen-Make-up war total verschmiert. Sie hatte in Colts Bett geschlafen.

„Hey, Krista, ist mein Taxi schon da?" Sie schniefte und rieb sich die Nase. Sie war immer noch auf Koks.

„Ich habe niemanden hupen hören." Ich zuckte mit den Achseln und fuhr mit dem Putzen fort.

Asia ließ sich auf eines der Sofas fallen und zog ihre Stöckelschuhe aus. Ich fühlte mit ihr. Ich zog oft meine hohen Schuhe aus, wenn ich hinter der Bar stand. Natürlich erinnerte ich mich dann daran, dass sie gerade mit Colt gefickt hatte. Immerhin hatte er sie bezahlt, und ich wusste, dass das nichts zu bedeuten hatte. Ich würde immer diese eine Nacht mit ihm haben, unbezahlt.

„Er hat nicht gewusst, dass du deinen Körper verkaufst, was?“

Ich zuckte erneut mit den Schultern. Es hatte keinen Sinn, die Dumme zu spielen. „Schätze, das spielt jetzt keine Rolle mehr, oder?“

Ein Taxi hupte. Gott sei Dank fuhr sie weg. Das Allerletzte, was ich heute Abend tun wollte, war, mit der Frau zu reden, die gerade meinen Mann gevögelt hatte. Das Universum war grausam. Der Mann, den ich liebte, wollte eine Hure, aber nicht mich. Er mochte ein verdammter Heuchler sein, doch ich wollte ihn trotzdem.

„Es könnte immer noch funktionieren, weißt du. Du und er.“

Ich wollte Asia fragen, woher sie das wusste. Hatte er etwas gesagt, als sie zusammen gewesen waren? Hatte er nach mir gefragt? Hatte er meinen Namen geschrien, während sie ihn zum Kommen gebracht hatte?

Sie zog ihre Schuhe an und stand auf. „Du hast es vermasselt, aber ihr könnt es wieder hinbekommen. Carries Typ lässt sie immer noch ihren Körper verkaufen – er behält nur einen kleinen Teil des Gewinns.“

Ich rollte mit den Augen. „Er ist nicht mein Zuhälter.“ Ich schob wieder Becher mit abgestandenem Bier in meine schwarze Plastiktüte. „Dein Taxi wartet. Du gehst besser, bevor dein Fahrer die Jungs aufweckt.“

Eine Autohupe ertönte lange, und Asia wandte sich zum Gehen.

Die Jungs sprachen immer über Vertrauen. Auf ihrem Logo stand etwas Lateinisches von wegen „Verrate niemals das Vertrauen eines Bruders". Ich war noch nicht lange in der Bikerwelt, aber ich wusste, dass Colt genauso dachte. Verrat bedeutete Tod, und ich hatte gerade unsere aufkeimende Beziehung zerstört. Dann hatte er aufgegeben und mich verraten. Das, was wir hatten.

Ich war mit dem Putzen fertig. Es war Zeit, nach Hause zu gehen, mein Kind zu sehen. Dieser Job als Nutte war nur vorübergehend. Ich gehörte nicht hierher, und ich gehörte ganz sicher nicht zu Colt oder sonst jemandem, der eine schwarze Lederkutte trug.

Ich hatte vor, etwas aus mir zu machen. Ich brauchte diesen Scheiß nicht. Ich hatte etwas Geld gebunkert. Becky und ich würden es eine Weile schaffen.

Ich schnappte mir ein leeres Blatt Papier aus Tates Drucker, schrieb ihm eine Notiz und legte sie auf den großen Besprechungstisch.

Tate,
Ich kündige. Die zweiwöchige Kündigungsfrist beginnt heute. Ich kann das nicht mehr tun.
Krista

Tate wusste, dass ich vorhatte zu gehen, also war diese Frist für ihn keine große Belastung. Er konnte leicht jemand anderen finden.

Mein Auto war kalt. Der eisige Vinylsitz fühlte sich gut an, als ich meine Stirn auf das Lenkrad legte. Ich hatte ein bisschen Geld auf der Bank, genug für Becky und mich, um ein paar Monate ohne Arbeit zu überstehen. Wir würden zurechtkommen. Ich würde die Tanzstunden absagen müssen, aber wir würden überleben. Ich hatte jetzt meinen Abschluss, ich konnte einen Job finden. Es wurde Zeit, die Suche zu intensivieren.

Ich hatte im Club geweint. Jedes Mal, wenn ich mich hatte davonstehlen können, war ich im Lagerraum gelandet, wo ich so verdammt heftig geheult hatte, dass ich nach Luft schnappen musste. Dann hatte ich ein paar tiefe Atemzüge genommen und war zurück in die Bar gegangen. Die Jungs hatten alle gedacht, ich hätte eine fiese Allergie. Ja, ich war allergisch dagegen, abserviert zu werden.

Keiner hat mich je so fühlen lassen wie Colt. Ich wollte mit ihm zusammen sein, nicht nur um noch mehr tollen Sex zu haben, sondern auch um mit ihm zu Abend zu essen oder Beckys Mittagessen zu kochen. Ich wollte das winzige Haus meiner Oma mit ihm teilen. Es wäre perfekt gewesen.

Nur hatte ich mein perfektes Leben vermasselt, bevor es überhaupt angefangen hatte.

* * *

Becky und ich gingen wie immer zur Schule. Es goss in Strömen, also hielten wir nicht an, um die Würmer zu retten. Das mussten sie selbst tun, während wir durch die Pfützen rannten, um pünktlich zu sein.

Sobald Becky dort war, ging ich zur Bank. Die Miete war fällig, und es war immer einfacher, mit einem Barscheck zu bezahlen. So wusste ich, dass das Geld bereits abgehoben war, und ich musste nicht warten, bis der Scheck freigegeben wurde. Ich stellte mich in der Schlange an, bis ich am Schalter an der Reihe war.

„Es tut mir leid, Miss, auf beiden Konten ist nichts."

Die Kassiererin musste neu sein. Ich schrieb meine Kontonummer noch einmal auf und gab sie ihr auf einem Zettel.

„Es ist dieses Konto. Es gibt ein Sparkonto und ein Girokonto."

„Ja, Miss." Die Frau war beunruhigend höflich. „Ich habe das Konto aufgerufen und es sieht so aus, als hätte Mr. Tracten gestern das gesamte Bargeld abgehoben."

Mein Herz blieb sprichwörtlich stehen. Keiner nannte Robby „Mr. Tracten".

„Das Konto läuft auf zwei Namen, Ihren und seinen. Es war seine Entscheidung, gestern das gesamte Geld abzuheben."

Ich hielt mich an der Theke fest, um nicht umzufallen. Als wir uns getrennt hatten, hatte ich ihm seine Girokarte gestohlen, damit er mich nicht ausnehmen konnte. Ich hatte nicht daran gedacht, seinen Namen von den Kontoinhabern entfernen zu lassen. So ein Mist.

„Ich habe kein Geld." Mein Herz pochte heftig. „Wie bekomme ich es zurück?"

Die Kassiererin blinzelte und antwortete dann: „Sein Name befand sich als Kontoinhaber in unseren Dateien. Er durfte legal so viel abheben, wie er wollte."

Irgendwie stolperte ich von der Bank zu meinem Auto. Ich rieb mir die Hände über die schmerzenden Augen und versuchte zu überlegen, was ich tun sollte. Mist. Ich konnte Robby nicht auffordern, das Geld zurückzugeben. In was für eine Scheiße er auch verwickelt war, es würde ihn umbringen. Ich wollte nicht, dass es mich ebenfalls tötete.

Ich hatte keine Wahl – es gab nur eine Möglichkeit. Ich würde meinen Körper verkaufen müssen, bis meine zwei Wochen um waren.

Gestern Abend hatte ich beschlossen, dass ich es nicht mehr tun konnte, und das lag nicht daran, dass mein Hintern zu dick wurde oder ich Falten bekam. Es tat einfach weh, Sex für Geld zu haben. Ich wollte Sex aus Liebe haben.

Sex und Liebe und Fürsorge, das alles zusammen. Colt mochte mich hassen, aber vor zwei Nächten hatte er es nicht getan, und wir hatten uns geliebt. Es war kein Sex, es war kein schneller Fick gewesen. Es war der körperliche Akt der Liebe gewesen.

Die Welt war so verdammt ungerecht. Nachdem

ich verheiratet gewesen war, ein Kind hatte und eine Hure war, wusste ich endlich, was es hieß, zu lieben und geliebt zu werden und Liebe zu machen. Aber jetzt musste ich zu Quickies im Hinterzimmer zurückkehren, obwohl ich Liebe und Sex nicht mehr trennen konnte.

Ich ließ den Honda an und fuhr nach Hause. Ich stierte in meinen Kleiderschrank und plante meine Kleidung für die Arbeit. Becky war weg, also weinte ich noch etwas und starrte auf das verdammte Domina-Outfit, das ich mir zurechtgelegt hatte. Ich wollte das verfluchte Ding zerreißen. Ich wollte nicht die Fantasie von jemandem sein – ich wollte die Realität von jemandem sein.

Ich konnte das blöde Lackkleid nicht zerfetzen, weil ich es für die Arbeit brauchte, also warf ich es. Gegen die Wand, gegen die Kommode, gegen die Schranktür, zurück an die Wand. Das Kleid machte viele Reisen quer durch das Schlafzimmer, die jeweils mit einem lauten Knall endeten, wenn das Vinyl und die Ösen auf die Wand trafen.

Nachdem ich Becky abgeholt hatte, übten wir ihre Tanznummer. Wir lasen ein paar Bücher und aßen Erdnussbutter-Gelee-Sandwiches zum Abendessen. Es war ein ganz normaler Abend, doch innerlich fühlte ich mich wie in einem Wirbelsturm. Der Wind, der Regen und die Blitze wehten meine Gefühle wild durcheinander. Becky war sechs, also bemerkte sie es nicht wirklich. Ich konnte meine Mimik unter Kontrolle halten, während wir spielten, aber in mir war ich eine Katastrophe der

Sturmkategorie vier.

Nachdem unser Abend zu Ende war, ging ich mit Becky zu Señora Lopez. Ich hätte der älteren Frau sagen sollen, dass sich unsere Vereinbarung bald ändern würde, aber ich hatte einfach nicht den Mut dazu. Ich brauchte jedes Quäntchen Entschlossenheit und Selbstvertrauen für heute Abend, denn ich musste Geld verdienen.

Schnell.

Kapitel 20

Krista

Ich stand vor dem Ganzkörperspiegel in meinem kleinen Zimmer im Clubhaus. Der Rock meines roten Lackkleides stand seltsam zur Seite ab, wahrscheinlich weil ich es vorhin durch den Raum geworfen hatte. Ich durchstöberte die Kommode nach einem anderen Kleidungsstück.

Genau genommen trödelte ich. Ich wollte nicht auf die Party gehen und schon gar nicht mit jemandem Sex haben. Nun, mit niemandem außer Colt.

Mein Spiegelbild sah wie immer aus, aber innerlich hatte ich mich verändert.

Würde es wieder so sein wie bei meinem ersten Mal? Das erste Mal, als ich meinen Körper verkauft hatte, war ziemlich furchtbar gewesen. Auf halbem Weg hatte ich angefangen zu weinen, doch es stellte sich heraus, dass der Typ das mochte. Er war mit dem Wissen, dass ich nicht dort hatte sein wollen, sogar schneller gekommen. Ich erschauderte.

Mit Colt war alles ganz anders gewesen. Er hatte mit mir zusammen sein wollen, und nicht nur mit dem Ich, das ich der Welt in meinen nuttigen Klamotten präsentierte. Er hatte mit mir reden *und* Sex mit mir haben wollen. Er hatte mich lieben wollen.

Zumindest hatte er das, bevor er entdeckt hatte, dass ich eine Nutte war.

Scheiß auf ihn. Ich straffte meine Schultern. Wenn er nicht mit der Wahrheit umgehen konnte, dann war er nicht besser als die anderen Freier. Ich war immer noch ich, egal, wer zwischen meinen Beinen gewesen war.

Ich betrachtete mich ein letztes Mal im Spiegel und nickte. Das Rot wäre in Ordnung. Ich könnte das schaffen.

Jemand klopfte an meine Tür.

Clint stand im Flur. „Hey, Baby." Ich lächelte und lehnte mich an den Türrahmen. „Suchst du ein Date für heute Abend?"

Clint war kein regulärer Kunde, doch er war schon ein paar Mal hier gewesen. So oft, dass ich gelernt hatte, was er mochte. Ich ließ mich nicht von ihm küssen, aber er mochte es, wenn ich so tat, als wäre ich in ihn verliebt und mich amüsierte.

Wir verhandelten ein wenig über den Preis und einigten uns schließlich auf eine Summe knapp über dem üblichen.

„Hast du ein Zimmer für die Nacht?", fragte ich und strich über seinen Körper.

Nichts, ich spürte nichts. Wenn ich mit meiner Hand über Colts Körper gefahren wäre, hätte ich reagiert. Aber mir war kalt. Doch ich benötigte keine Erregung, um Sex zu haben. Ich hatte etwas Gleitmittel und war bereit, loszulegen.

Er schüttelte den Kopf und flüsterte: „Ich dachte, wir könnten es hier machen. Im Flur?"

Verdammt! Öffentliche Räume waren normaler-weise teurer. Wenn die Jungs den Billardtisch oder die Couch unten haben wollten, mussten sie für das Privileg bezahlen. Ich biss mir auf die Lippe. Ich glaubte nicht, dass er sich darauf einlassen würde, wenn ich jetzt den Preis erhöhte, und ich konnte es mir nicht leisten, das Geld zu verlieren.

Ich sah mich um. Der Korridor war leer. Wenigstens konnte ich es schnell machen. Es würde kein "So tun, als ob" geben; ich würde nicht vorgeben müssen, dass ich ihn liebte.

„In Ordnung." Ich nickte und schlang meine Arme um seine Schultern.

Wir stießen uns ein wenig an der Wand, bevor wir zu einem winzigen Tisch hinübergingen, auf dem normalerweise zusätzliche Handtücher lagen. In Wirklichkeit war es aber mein Sextisch. Es war verdammt schwer, Sex an der Wand zu haben, und diese kleine Stütze unter meinem Hintern machte es einfacher. Ich hatte ein paar Tische für genau diesen Zweck im Clubhaus verteilt.

Als er bereit war, reichte ich ihm ein Kondom. Ich hatte mich in meinem Zimmer mit Gleitgel eingeschmiert, wie die Pfadfinderversion für eine Prostituierte: Allzeit vorbereitet. Er steckte seinen Schwanz in mich und legte los.

Business as usual. Ich konnte das.

Ich stöhnte ein paar Mal und streichelte Clints Hals und Brust. „Gefällt dir das?", fragte er.

„Oh ja", log ich. „So sehr, Baby."

Nein, es gefiel mir nicht. Ich wollte schreien. Ich wollte, dass seine Hände, sein Mund, sein Schwanz einem anderen Mann gehörten. Ich wollte Colt. Ich wollte mich so fühlen wie in der letzten gemeinsamen Nacht – geliebt. Geschätzt. Gewollt.

Ich hörte ein leises Klicken in der Ferne. Clint hatte die Augen geschlossen, während er weiterpumpte, also suchte ich den Flur ab. Wenn wir einen Beobachter hätten, könnte ich später einen anderen Kunden bekommen.

Jemand stand in einer Tür und sah zu. Colt.

Unsere Blicke trafen sich und meine Welt drehte sich. Es war Colt, der in dem beschissenen Flur des Clubhauses in mich pumpte. Seine grauen Augen hielten die meinen fest, während er in meinen Körper immer wieder hineinstieß. Kleine Feuerfetzen schossen zwischen meinen Beinen hoch bis zu meinem unteren Rücken.

Ich riss den Blick von ihm los, lehnte den Kopf an die Wand und ließ meinen Orgasmus aufsteigen. Er griff nach oben und kniff mir in die Brustwarze. Meine Lider flogen wieder auf und Colt erwiderte meinen Blick, als ich losließ. Er zuckte an mir, als wir beide über die Klippe in den Höhepunkt stürzten.

Ich hörte auf zu keuchen, drehte den Kopf und suchte nach ihm. Aber er war weg.

Die Tür zu seinem Zimmer war geschlossen und ich saß mit Clint auf dem kleinen Tisch im Flur.

Ich setzte mich auf, rückte meinen Rock zurecht und sah den Gang auf und ab. War Colt wirklich dort gewesen? Oder hatte ich ihn mir nur eingebildet, um den Fick mit Clint zu überstehen? Ich war mir nicht sicher.

Clint stopfte seinen nun schlaffen Schwanz zurück in die Hose und lehnte sich gegen die Wand. „Hey, bekomme ich einen Rabatt, weil es dir so gut gefallen hat?"

Ich rollte mit den Augen. Das hatte ich schon zig Mal gehört; ich war ziemlich gut darin, einen Orgasmus vorzutäuschen. Nur war dieser nicht vorgetäuscht gewesen. In meinem verwirrten Hirn war ich mit Colt zusammen gewesen und mein Körper hatte darauf reagiert.

„Tut mir leid, Baby." Ich streckte die Hand nach dem Geld aus.

Clint grinste. „Ich musste es versuchen."

Ich zählte die Scheine und stopfte sie in meinen BH. Clint verabschiedete sich und ging die Treppe hinunter. Ich blieb auf dem kleinen Tisch sitzen. Später kletterte ich herab und trat hinüber zu Colts Zimmer. Die Tür war geschlossen und das Licht ausgeschaltet.

War er hier gewesen? Ich hob die Hand zum Türknauf. Wollte ich es wirklich wissen?

Wenn ich mit einem anderen Mann in mir gekommen wäre, während Colt zugesehen hätte, würde er mich noch mehr hassen.

Ich ließ die Hand fallen und trat zurück. Es war besser, die Sache ruhen zu lassen. Die wenigen glücklichen Erinnerungen, die ich an ihn hatte, einfach zu behalten.

Ich kehrte in mein Zimmer zurück. Ich brauchte eine Dusche.

Kapitel 21

Colt

Ich starrte an die Decke und massierte meinen Schwanz. Krista hatte diesen Typen gevögelt und ich hatte den Blick nicht abwenden können. Er hatte sie an der Wand genommen, aber in meinem Kopf wurde das alles zu einer einzigen beschissenen Fantasie. Einer Fantasie, in der mein Glied in sie eindrang und ihr lustvolles Stöhnen nur für mich bestimmt war. Allein für mich.

Ich hätte mich wenigstens wegdrehen sollen, um ihr etwas Privatsphäre zu geben. Aber wie ein gottverdammter Perverser hatte ich mir das Ganze angesehen. Und es hatte mir gefallen.

Mir selbst einen runterzuholen, war nicht hilfreich. Ich war verflucht hart und leider nicht kurz davor zu kommen. Es war, als ob mein Körper wusste, was er wollte, und etwas anderes würde nicht funktionieren.

Ich rollte mich aus dem Bett und zog meine Sachen an. Ich verstaute meinen Schwanz in meiner Hose und schaute in den Spiegel. Mein Shirt hing tief genug, dass es vermutlich niemandem auffallen würde. Unten war eine Party im Gange, mit viel Alkohol. Ein schöner langer Schluck von einer Flasche Whiskey würde das alles wieder in Ordnung bringen.

Hoffte ich.

Als ich auf den Flur trat, sah ich den kleinen Metalltisch. Es war der, den sie für das Gleichgewicht benutzt hatte. Ich ließ die Finger über die kühle Metallplatte gleiten. Wessen Gesicht hatte sie sich vorgestellt, als sie die Augen geschlossen hatte, um zu kommen? Hatte sie mich in den Schatten sehen können, in denen ich gelauert hatte?

Sie konnte eine Lügnerin und Diebin sein, aber meinem Körper war das egal. Ich brauchte sie jetzt. Obwohl es verdammt dumm war, ging ich zu ihrer Tür und hob die Hand, um zu klopfen. Ich konnte hören, dass Wasser lief, wahrscheinlich die Dusche. Ich versuchte es mit dem Knauf und er gab nach.

Mein Instinkt sagte mir, dass ich nicht dort sein sollte. Es war ihr Raum, weit weg von all ihren Freiern. Es war der Ort, an dem sie ihre Tochter sicher untergebracht hatte, als ihr Ex vorbeigekommen war. Ich sollte mich umdrehen und abhauen, aber ich tat es nicht. Ich wartete.

Die Badezimmertür öffnete sich und sie kam mit einem Handtuch bekleidet heraus.

„Colt." Sie flüsterte meinen Namen, ihre Augen waren groß und rund. „Warum bist du hier?"

Ihre Stimme zitterte. Es musste verdammt unheimlich sein, jemanden unerwartet in ihrem Zimmer zu sehen.

Ich durchquerte den Raum mit einem Schritt und stand vor ihr. „Ich will dich." Ich legte die Hand an ihre Wange. „Ich glaube, du willst mich auch."

Sie ließ das Handtuch los und es fiel zu unseren Füßen.

Ich musste sie brandmarken, ihr zeigen, dass sie mir gehörte. Ich zog sie an mich und presste die Lippen auf die ihren. Ich stieß meine Zunge in ihren Mund, dann riss ich mich von ihr los und hielt ihre Schultern fest.

„Hast du ihn geküsst?" Ich sah sie suchend an. „Sag es mir."

Sie schüttelte den Kopf. „Nein", flüsterte sie. „Ich küsse keine Kunden."

„Küss mich", knurrte ich. Das war eine verdammte Aufforderung. „Zeig mir, dass ich kein Kunde bin."

Ich drückte sie an mich, schloss die Augen und wartete. Sie stellte sich auf die Zehenspitzen und berührte mit ihren Lippen die meinen. Sie begann in der Mitte und drückte dann kleine Küsse auf meine Mundwinkel. Ich öffnete den Mund, um zu sehen, was sie als nächstes tun würde. Sie saugte an meiner Unterlippe und fuhr mit ihrer Zunge hin und her. Schließlich ließ sie sie in meinen Mund gleiten.

Sie verschmolz regelrecht mit mir und ich drückte meinen Schwanz gegen ihren Bauch. Sie rieb ihn durch meine Jeans. „Jetzt", flehte sie.

Ich schaute in den Flur. Ich musste es verdammt noch mal tun. Ich brauchte das. Ich musste die Erinnerung an sie und den anderen Kerl auslöschen.

„Warte hier." Ich zeigte auf die Stelle, an der sie stand, und riss dann die Tür auf.

Da war er, der blöde Tisch. Ich schnappte ihn mir

und schleppte ihn in ihr Zimmer. Ich musste meine dumme Fantasie wahr machen.

Sie schaute auf das Möbelstück und dann wieder zu mir.

„Warum?" Sie verschränkte die Arme vor der Brust und ging zur Seite.

Ich hatte sie verloren.

Sie schüttelte den Kopf und fragte: „Was willst du beweisen? Willst du mich bestrafen?"

Kapitel 22

Krista

Oh Gott, er wollte es auf dem kleinen Tisch machen. Dem Tisch, auf dem ich Clint vor weniger als einer Stunde gefickt hatte.

„Keine Strafe." Er streckte die Hand aus. „Ich muss wissen, dass ich es war."

„Es ist beschissen, dass du das fragst", flüsterte ich. Ich konnte mir nicht helfen – ich legte die Finger in seine.

Sie schlossen sich um meine, warm und stark. „Ich weiß. Aber ich muss wissen, dass du wegen mir gekommen bist, nicht wegen ihm. Ich muss dich spüren."

Verdammt, er wusste es. Er hatte die ganze Sache gesehen und wusste, was ich getan hatte. Eine dumme Hure, die von ihrem Ritter in glänzender Rüstung fantasierte, während ein anderer Kerl es mit ihr trieb.

„Ich bin deinetwegen gekommen", gab ich zu. „Du warst es die ganze Zeit."

Ich brauchte es auch auf dem verdammten Tisch. Ich musste ihn, den echten, in mir spüren. Ich setzte mich auf die Platte, die kalte Kante grub sich in meinen Hintern.

Ich spreizte die Beine und wartete darauf, dass er zu mir kam.

Das tat er.

Er beugte sich vor und küsste mich, während er

meine Beine um sich schlang. Ich drückte ihn an mich. Das war es, was ich wollte. Ich wollte ihn und mich, ohne Ablenkungen. So war es am besten zwischen uns: wenn sich die Außenwelt verdammt noch mal fernhielt.

„Du bist so schön", murmelte er und küsste meinen Hals.

Er beugte sich vor, berührte meine Brust, hob sie an und ließ sie in seiner Hand ruhen.

Dann nahm er meinen Nippel zwischen seine Finger und drückte zu. Ich schrie auf, als die Lust durch meinen Körper schoss.

„Colt, ich will dich jetzt."

Er zog ein Kondom aus seiner Gesäßtasche. Er war darauf vorbereitet.

Ich drehte das kleine Folienpäckchen um und studierte es. Ich bestand bei jedem Freier auf Kondome. Keine Ausnahmen.

„Kein Kondom." Ich schaute ihm in die Augen. „Ich möchte nicht, dass du dich so fühlst, wie sie es tun."

Er küsste mich erneut und ich ließ das Plastikpäckchen auf den Boden fallen. Er hielt meinen Blick fest, während er sich in mich hineinschob. Es war Haut auf Haut, das leicht klebrige Gefühl eines Mannes ohne Kondom. Da war nichts zwischen uns.

„Du bist so feucht für mich." Er grinste und zog seinen Schwanz heraus, bis nur noch die Spitze in mir steckte. „Ist das Gleitmittel?"

Ich schüttelte den Kopf. „Ich brauche kein Gleitmittel bei dir." Ich schloss die Augen und dachte an uns in meiner Wohnung. „Niemals bei dir."

Er packte meinen Hintern, zog mich zu sich und vergrub sich ganz in mir. Wir hielten einen Augenblick inne und ich hörte, wie sein Herz in seiner Brust schnell schlug. Oder war es meins? Er zog sich zurück und versenkte sich wieder in mir.

Ich wölbte den Rücken. Es fühlte sich zu gut an, um still zu halten. Bald hatten wir unseren Rhythmus gefunden und mein Körper näherte sich schnell dem Rand der Verzweiflung.

„Du gehörst mir, Krista." Unsere Blicke trafen sich. „Verstehst du das?"

Gott steh mir bei, genau das wollte ich hören. Zwischen diesen Worten und seinem Schwanz stieg mein Orgasmus auf und explodierte. Er knurrte und ich spürte die heiße Flüssigkeit, als er sich in mich ergoss.

Als er langsamer wurde, keuchten wir in den Armen des jeweils anderen. Er schob seine Hände unter meinen Hintern, hob mich zu sich hoch und ging zum Bett.

Es war ein Doppelbett, also war es ein bisschen schwierig, uns zu arrangieren. Am Ende lag ich auf seiner Brust und lauschte seinem Herzschlag.

„Wie ist es passiert?", fragte er. „Dass du mit Männern für Geld schläfst."

Als ob ich eine Erklärung bräuchte, was er meinte. Ich zuckte nur mit den Achseln.

„Es fing mit Strippen an. Das Geld war gut, daher konnte ich Robby verlassen." Ich fuhr mit den Fingern über seine Brust. Das war eine Zeit voller Spaß in meinem Leben gewesen. Becky war noch so jung gewesen, dass sie nicht wirklich gewusst hatte, was vor sich ging. Ich hatte es geschafft, auszuziehen und eine Wohnung für uns beide zu finden. Robby war auf einer Sauftour gewesen und hatte uns allein gelassen.

„Ich hatte einen Stammkunden, für den ich jeden Abend getanzt habe." Ich spürte, wie Colt sich versteifte, und lächelte. Trotz all seines Blödsinns war er eifersüchtig. „Ich dachte, er wäre in mich verliebt. Eines Nachts führte eines zum anderen und ich blies ihm einen. Als er mich bezahlen wollte, lehnte ich das Geld ab. Er lachte nur und sagte: ,Du bist eine Hure.'"

Ich wischte mir die nassen Wangen ab. „Jedenfalls hat er stattdessen Janice beim Rausgehen bezahlt, und ich habe ihn nie wieder gesehen. Der nächste Typ war einfacher. Ich habe einfach die Augen geschlossen und so getan, als ob nichts passieren würde. Das mache ich oft." Ich zeichnete ein Muster auf seiner Brustwarze. Ich wollte nicht wirklich über meine Vergangenheit sprechen, also wechselte ich das Thema. „Warum bist du hier?"

„Warum liege ich in deinem Bett oder warum bin ich in Tacoma?", fragte er.

Ich wusste, dass ich keine Fragen stellen sollte. Der Club war in alles Mögliche verwickelt und ich wollte es nicht wissen. So konnte ich es glaubhaft abstreiten, falls die Bullen jemals auftauchen würden. Die Jungs verrieten nichts und ich fragte nicht. Bis jetzt.

„Beides.“

Seine Brust hob und senkte sich, als er seufzte. „Ich liege in deinem Bett, weil ich nicht anders kann.“

Sein Herzschlag pochte unter meinem Ohr. Ich kannte das Gefühl. Die Vorstellung, nicht bei ihm zu sein, war einfach nicht richtig. Fremd. Wir waren erst seit kurzem zusammen, aber als ich gestern Abend nach Hause kam, hatte ich seine Stiefel an der Tür gesucht. Becky hatte wissen wollen, wann er zum Abendessen kommen würde. In nur kurzer Zeit war er ein Teil meines Lebens geworden.

„Ich bin hier in Tacoma, weil ich vor einiger Zeit einen Fehler gemacht habe, und jetzt muss mein Club wissen, ob er mir noch vertrauen kann.“

„Und, hast du dich schon bewährt?“, fragte ich.

„Noch nicht.“ Er löste sich von mir und zog sich an. „Ich habe die Angewohnheit, den falschen Frauen zu vertrauen.“

Die Tür schloss sich hinter ihm. Er schlug sie nicht zu, sondern ließ sie einfach zufallen und mich mit der Frage zurück, ob ich die falsche Frau war.

Kapitel 23

Colt

Die Begegnung mit Krista gestern Nachmittag hatte gezeigt, wie erbärmlich ich mich in ihrer Nähe aufführte. Ich war froh, dass niemand sonst meinen beschissenen Versuch gesehen hatte, die Erinnerung an sie mit einem anderen Kerl auszulöschen. Heute wollte ich mich darauf konzentrieren, den Dieb zu finden und die ganze Scheiße mit Krista aus meinem Kopf zu verbannen.

Ich traf mich mit Tate zum Frühstück in seinem Lieblingsrestaurant nahe des Clubhauses und erzählte ihm von meiner Idee. „Wir müssen das Geld eine Weile aufbewahren. Wenn jemand aus dem Club es abschöpft, wird derjenige anfangen, daran herumzuschnüffeln. Wir erzählen irgendeinen Blödsinn darüber, dass das Casino warten muss, bevor sie das Geld waschen können, und dann werden wir sehen, wer sich danach erkundigt. Wir lassen den Verräter zu uns kommen."

Die Kellnerin schenkte Tate noch etwas Kaffee ein. Wir aßen Steak und Eier, während er über meinen Plan nachdachte.

„Erzähl mir mehr", sagte er schließlich.

„Wir könnten es in einem Lagerhaus mit Überwachungskameras aufbewahren", erklärte ich. „Es wäre einfacher, den Zugang zu kontrollieren, als wenn es im Club gelagert würde. Wir sehen, wer vorbeikommt. Wir könnten es aufzeichnen und den Jungs zeigen. Schön und sauber."

Tate rieb sich das Kinn. „Ich kenne einen Typen, der repariert die Spielautomaten im Casino. Er hat ein Lagerhaus auf der anderen Seite der Bucht. Wir könnten das Zeug dort lagern." Er aß seine Eier zu Ende. „Also gut. Lass uns über Verdächtige reden."

„Wir haben nichts Konkretes über Bear. Keine Zeugen, keine Informationen. Alles was wir wissen, ist, dass er die Möglichkeit hat." Ich nahm einen Schluck von meinem Kaffee. „Könnte es jemand anderes sein?" Ich stocherte in meinen Eiern herum, nicht sicher, ob ich die Antwort hören wollte.

Tate hob eine Augenbraue. „Hast du eine Idee? Ich bin ganz Ohr."

Verdammt. Das Steak lag schwer in meinem Magen. „Krista?"

Tate warf mir einen langen Blick zu. „Hör zu, ich habe neulich nicht mit den Jungs gefeiert, aber ich weiß, was in meinem Club vor sich geht. Nur weil du Scheuklappen aufhattest, heißt das nicht, dass sie ein schlechter Mensch ist." Tate leerte den letzten Schluck seines Kaffees. „Aber ich verstehe, dass du jede Möglichkeit untersuchen musst. Sie ist gut darin, die Geheimnisse des Clubs zu bewahren und war bisher eine vorbildliche Mitarbeiterin."

Wir starrten beide in unseren Kaffee. Sie war in einer Sache nicht ehrlich gewesen; es könnte noch andere Dinge geben, die sie nicht mit mir teilte. Ich könnte mit dem Dieb geschlafen haben. Verdammt. Mein Gefühl sagte mir, nein, sie war es nicht. Aber ich musste für alle Möglichkeiten offen sein.

Ich stocherte in meinem Steak herum. Wir würden den Wichser fangen, der den Kings das Geld klaute, sie würden das Patch-Over zur Horde hinter sich bringen, ich würde nach Kalifornien zurückkehren, und mein Leben würde wieder zur Normalität zurückkehren, verdammt.

Dann passierte die Szene gestern. Der Blick in ihrem Gesicht, als sie ihren Höhepunkt erreicht hatte ... Ich hatte gewusst, dass sie an mich dachte – auf dem Schwanz eines anderen Mannes. Ich musste das auslöschen, sie zu der meinen machen. Aber sie war nicht mein, weil ich sie nicht wollte. Nicht wahr? Ich hatte es vergessen. Fuck.

Ich trank meinen Kaffee aus und kam wieder zur Sache. „Das mit den Überwachungskameras kann ich erledigen. Es gibt hier in der Nähe bestimmt ein Pfandhaus oder so etwas, wo man welche kaufen kann."

Tate nickte. „Du wirst einen Van brauchen. Es ist einfacher, das Geld zu waschen, wenn es Eindollarscheine sind, also ist es viel zu viel für deine Satteltaschen. Ich werde Skeeter bitten, dir zu helfen. Er ist mein Sergeant at Arms und der Einzige, dem ich wirklich vertraue."

Das Einbeziehen einer weiteren Person in diese Operation würde die Dinge verkomplizieren, hatte aber auch Vorteile. „Ein weiterer Bruder auf unserer Seite wird gut sein. Dann wird es für den Rest des Clubs leichter sein, die Tatsache zu akzeptieren, dass einer ihrer Brüder den Club ausnimmt."

Skeeter mitzunehmen war ein guter Schachzug. Ich musste die Jungs dazu bringen, dass sie bereit waren, dem Patch-Over zuzustimmen. Das war mein ultimatives Ziel. Dann konnte ich einpacken und aus Tacoma verschwinden.

* * *

Ich traf Skeeter gegen vierzehn Uhr auf dem Parkplatz der Kings. „Hey."

Er und ich schüttelten uns die Hände und starrten uns gegenseitig an. Skeeter schüttelte den Kopf. „Tate hat mich aufgeklärt, Mann. Ziemlich heftiger Scheiß. Ich hätte nicht gedacht, dass Bear so etwas tun würde. Ich mag ihn nicht – er ist ein verdammtes Arschloch. Aber ich dachte immer, er sei ein ehrliches Arschloch."

Scheiße. Keine Ahnung, was Tate ihm genau gesagt hatte, aber das war nicht gut. Diese Operation musste neutraler sein, kein gottverdammter Lynchmob, der Bear aus dem Club vertreiben wollte.

„Wir wissen nicht, ob es Bear ist." Zeit für Schadensbegrenzung. „Wir müssen nur herausfinden, wer es ist. Wir können noch kein Urteil fällen. Zumindest nicht, bis wir diesen Wichser mittels Kamera überführt haben."

Skeeter nickte. „In Ordnung, lass uns etwas Geld bewegen."

In der Kapelle waren sechs verschlossene Kisten. Ich griff nach einer und ließ sie fast fallen. „Was zum Teufel ist da drin? Ich dachte, es wäre nur Bargeld."

Er grinste. „Nun, das ist ganz unten. Oben sind die Bücher."

Ich zog einen der Kartons auf und sah eine Reihe von Romanen.

„Wir bewahren es in alten Büchern auf", erklärte Skeeter. „So kann niemand auf den ersten Blick erkennen, dass es Bargeld ist."

Ich schloss die Box. „Okay, auch egal. Lass uns das einfach aufladen."

Es dauerte nicht lange, den Lieferwagen zu beladen und sich auf den Weg zu machen. Das Lagerhaus, dessen Benutzung Tate arrangiert hatte, war zwanzig Minuten entfernt.

„Also, äh, hey. Tut mir leid wegen neulich Abend, Mann. Ich wusste nicht, dass da was zwischen euch beiden läuft."

Fuck. Skeeter war ein guter Kerl, doch ich wünschte, er würde sein gottverdammtes Maul halten. Ich zuckte mit den Schultern. „Ja, nun, es ist vorbei. Magst du die Seattle Seahawks?"

Die verfluchten Seahawks waren mir scheißegal, aber ich hoffte, dass Skeeter ein Fan war.

„Also, die Sache mit Krista ist, dass sie nicht wie andere Nutten ist." Er sollte verdammt noch mal die Klappe halten. Wenn er weiterreden wollte, sollte er sich wenigstens winden.

„Heißt das, sie fickt keine Männer für Geld? Denn ich bin mir ziemlich sicher, dass sie dich gefickt hat und du sie bezahlt hast."

Wir fuhren eine Meile lang in seliger Stille. Ich dachte, das wäre das Ende der Geschichte. Aber Skeeter, der Dr. Phil der Bikerwelt, hatte noch mehr zu sagen.

„Also … ja. Ich habe sie für Geld gefickt. Sehr oft. Sie ist gut. Ist es das, was du hören willst? Ich versuche, mich zu entschuldigen, Arschloch. Die Scheiße wieder gutzumachen. Lass mich das einfach hinter mich bringen, okay?"

Ich wollte Tate erschießen, weil er mich mit diesem Typen zusammengebracht hatte. Wir transportierten eine Ladung gefälschter Geldscheine und er wollte über meine Beziehungsprobleme reden.

„Gut. Sag es, aber mach schnell."

„Sie ist ein guter Mensch. Sie hat nie versucht, einen von uns zu überzeugen, dass sie verliebt ist, oder mehr Geld von uns zu bekommen. Sie stiehlt nicht und lügt nicht. Ich weiß nicht, wie du darauf kommst, dass sie keine Nutte wäre, aber das war nicht ihre Schuld. So ist es doch gewesen, oder? Du wusstest nicht, dass sie eine ist. Krista würde nie jemanden auf diese Weise betrügen. Sie ist immer fair gewesen. Deshalb hat sie auch so lange durchgehalten. Über ein Jahr, und sie war großartig. Es ist, als hätte ich meine kleine Schwester im Clubhaus."

„Du fickst deine kleine Schwester nicht“, knurrte ich.

Er hörte auf zu reden. Ziemlich schlau, wenn man bedachte, dass ich ihn schlagen wollte, wenn er weitermachen würde. Ich wollte mich auch selbst verprügeln.

Vor zwei Tagen hätte ich noch zugestimmt, dass sie ein guter Mensch war. Es stimmte, dass sie eine gute Mutter war, dass es Spaß machte, mit ihr zusammen zu sein, und dass sie definitiv eine gute Liebhaberin war. Aber jetzt war sie eine Nutte. Es war mir scheißegal, ob sie mit zehn oder zehntausend Typen zusammen gewesen war – sie benutzte Männer. Und genau das war das Problem. Egal, was Skeeter sagte, Krista war eine Hure, und das bedeutete, dass sie jeden Typ im Raum als eine Gelegenheit ansah. Vielleicht sogar mich.

Wir erreichten das Lagerhaus schweigend, doch als er den Wagen parkte, legte er wieder los. „Fick dich. Ich weiß nicht, was zwischen euch beiden vorgefallen ist, aber du hast sie gestern Abend verletzt. Wir haben es alle gesehen, verdammt. Krista hat in jeden gottverdammten Whiskey geheult, den sie eingeschenkt hat, und dann hast du es ihr noch unter die Nase gerieben, bevor du die Schlampe nach oben mitgenommen hast. Irgendwas ist schief gelaufen zwischen euch beiden, aber geh damit um wie ein Mann. Sie mag eine Nutte sein, aber sie hat nicht verdient, was du ihr angetan hast. Ich will so einen Scheiß nicht noch mal sehen. Hast du das verstanden?“

Er wandte sich ab und stieg aus dem Wagen. Das wollte ich auf keinen Fall auf sich beruhen lassen.

Ich sprang heraus und holte ihn ein. „Willst du mir drohen?"

Skeeter blieb stehen und sah mich an. Er war jung, aber ich konnte sehen, dass seine Miene hart war – er hatte schon viel Scheiße gesehen. Wir musterten uns gegenseitig auf dem schmutzigen Parkplatz vor dem kleinen Lagerhaus.

Er nickte. „Ja. Das tue ich. Bring sie nicht wieder so zum Weinen."

„Warum? Willst du etwa nicht, dass sie deine Eier feucht macht, wenn sie an mich denkt?"

Dieses Bild traf mich unvorbereitet. Krista, die weinte, während sie einem anderen einen blies, weil ich ein Arschloch gewesen war. Gott, ich war ein verdammter Wichser. Ich hatte mich so sehr auf meine eigenen Gefühle konzentriert, dass ich nicht an ihre gedacht hatte.

Skeeters linker Haken erwischte mich ebenfalls unvorbereitet und Blut rann über mein Kinn. Es ging los. Ich traf ihn mit meiner Rechten. Zwei weitere Schläge für jeden von uns, bevor ich ihm die Schulter gegen die Brust rammte.

Wir wälzten uns im Dreck und schlugen uns gegenseitig. Ziemlich bald hörte ich auf, mich zu wehren. Es war gut, einfach nur den Schmerz zu spüren. Es war meine eigene Art, Buße zu tun, weil ich Krista wehgetan hatte. Ich erlaubte Skeeter, die Scheiße aus mir herauszuprügeln.

Schließlich hörte er auf und setzte sich auf meine

Brust. „Waren das genug Ave Maria als Buße?"

Ich nickte und er rollte sich ab. Wir lagen beide voller Schmutz, blauer Flecken und Blut auf dem Boden. Aber er hatte Recht. Sie hatte nicht verdient, was ich getan hatte. Ich war das verdammte Arschloch.

Skeeter drehte den Kopf und sah mich an. „Wenn du etwas Richtiges mit ihr haben willst, nur zu. Niemand wird sich dir in den Weg stellen. Wenn du sie bezahlen willst, dann ist das ihre Entscheidung. Aber es muss fair bleiben. Tu ihr nicht weh, nur weil du nicht wusstest, was Sache ist. Das hat sie nicht verdient, und das werde ich nicht zulassen."

Regentropfen spritzten auf mein Gesicht. Verdammter Washington State.

Skeeter hob die Arme zum Himmel und rief: „Der Segen der Heiligen Maria!"

Wir lachten beide. Ich reichte ihm die Hand und wir machten uns an die Arbeit, den Lieferwagen zu entladen. Wir waren völlig durchnässt, als alles im Lagerhaus war. Skeeter war ein verrückter Kerl, aber ein guter. Er war ein hervorragender Kämpfer und auch ziemlich lustig. Das Einrichten der Überwachungskameras klappte schnell, dann kehrten wir zurück nach Hause.

Die Fahrt zurück zum Clubhaus verging wie im Flug. Ich mochte Skeeter. Ich mochte ihn sogar noch mehr, weil er mir die Scheiße aus dem Leib geprügelt hatte.

„Danke, dass du mir in den Arsch getreten hast.

Ich habe es gebraucht.“

Skeeter grinste. „Wenn du eine weitere Tracht Prügel brauchst, kommst du einfach zu mir. Ich bin dein Mann.“

Ich lachte. Ja, ich mochte dieses Arschloch. „Wie wär's, wenn wir ein Bier trinken gehen? Nach einer Dusche.“

Krista stand nicht hinter der Bar, als wir das Clubhaus betraten. Ich blickte mich um, doch sie war nirgends zu sehen. Ich hatte ihr Auto auf dem Weg hierher bemerkt, aber sie war nicht da. Scheiße.

Ich ging unter die Dusche. Ich würde später mit ihr reden.

Kapitel 24

Colt

Verdammt, ich war mir nicht sicher, was ich sagen wollte. Ich wusste, dass ich ihr mitteilen wollte, dass es mir leid tat, was ich gestern Abend für einen Mist gebaut hatte. Aber ich wollte nicht da weitermachen, wo wir aufgehört hatten. Ich konnte nicht mit einer Frau zusammen sein, die die ganze Zeit andere Typen vögelte. Ich musste der einzige Schwanz in ihrem Leben sein. Ich konnte sie bitten, aufzuhören, aber sie sollte es ebenfalls wollen.

Bei Tina hatte ich nicht das ganze Bild gesehen, sondern nur das, was sie darstellte. Ich hatte die Person geliebt, von der ich wollte, dass sie es war, und nicht die Person, die sie wirklich war. Ich wollte Krista für das lieben, was sie war, aber sie war eine Nutte.

Als ich aus der Dusche kam, hörte ich etwas. Es war eine Frau, die aufschrie.

„Nein, nein!"

Die Schreie waren leise, aber immer noch da. Fuck. Ich wickelte mir das Handtuch um die Taille und rannte auf den Flur hinaus. Ich lauschte an ein paar Türen, bevor ich die richtige fand.

„Nein, nein! Bitte, nein!"

Es war Krista. Sie bettelte. Verdammt! Ich versuchte, die Tür zu öffnen, aber sie war verschlossen. Ich ging ein paar Schritte zurück und warf mich dagegen. Das Schloss sprang auf und die Tür flog auf. Ich folgte dem Schwung direkt auf den Boden des Schlafzimmers, während mein Handtuch irgendwo im Flur verloren ging.

„Colt? Was zum Teufel …", kreischte Krista.

Sie lag ausgestreckt auf dem Bett und trug nur ein schwarzes Spitzenhöschen und sonst nichts. Ihre Handgelenke und Füße waren jeweils an einen Bettpfosten gefesselt. Einer der Brüder, die ich in der Kirche kennengelernt hatte, Russ, stand splitternackt da und hielt eine Peitsche und seinen Schwanz in der Hand.

„Was soll der Scheiß, Mann?", schrie Russ. „Warte, bis du dran bist, verdammt!"

„Bist du okay?", fragte ich sie. Ich musste es von ihr hören. „Ich habe dich schreien gehört. Tut er dir weh?"

Sie winkte mit einer Hand. „Mir geht es gut. Wir … arbeiten."

Ich deckte sie mit einer kleinen Decke zu, die über einem Stuhl hing. Sie wurde nicht vergewaltigt, sondern war gerade dabei, eine Dienstleistung zu erbringen, genau wie gestern. Nur heute war es anders. Es war nicht nur ein Quickie im Flur, bei dem ich wusste, dass sie an mich dachte. Das hier war intim. Ihre schönen Titten waren für das verdammte Arschloch, das nackt in der Ecke stand, zur Schau gestellt. Sie gehörte eine Stunde lang ihm, auch wenn ihr Körper mit verblassenden Knutschflecken von mir bedeckt war. Sie war mein, aber sie ließ sich von diesem Wichser für Geld anfassen.

„Hör zu, wir reden später, okay?“ Sie errötete.

Wir hatten nie wirklich Zeit für mehr als ein kurzes Wälzen zwischen den Laken gehabt – ich war total neidisch auf die Stunde, die Russ mit ihr hatte. Sie war schön, sie war klug, sie gehörte mir … aber diese schwarzen Höschen waren nicht für mich bestimmt.

Bilder von ihr flimmerten durch mein Gehirn. Ihr Gesicht beim Orgasmus, während sie meinen Schwanz ritt oder ich an ihrer Klitoris saugte.

Fuck, mein ganzes Blut rauschte zu meinem Glied und ich war verdammt noch mal nackt. Ich bedeckte meinen Schritt mit der Hand. „Sorry.“

Ich drehte mich um, um zu gehen, und sah Bear und ein paar andere Jungs im Flur stehen.

„Was für einen Scheiß macht ihr denn da?“ Bear verschränkte seine Arme vor der Brust. „Wir haben ein großes Krachen gehört.“

Die Männer genossen das Spektakel. Scheiße. Ich hatte vorgehabt, mich bei Krista zu entschuldigen, aber stattdessen würde sie die Zielscheibe jedes Witzes im Club sein.

„Ich hätte nicht gedacht, dass ihr Jungs euch für so etwas gut genug kennt“, meinte Bear.

Fuck. Russ und ich waren beide nackt, und Krista lag gefesselt auf dem Bett. Die Menge im Gang brach wieder in Gelächter aus.

Russ legte seine Peitsche nieder. „Binde sie einfach los. Ich denke, ich bin für heute Nachmittag fertig." Er drehte sich um und ging ins Bad. Zurück blieben nur ich, Krista und der ganze verdammte Club als Publikum.

Ich ließ meinen Schwanz lose schwingen und befreite sie. Sie setzte sich auf und ich legte ihr die Decke um die Schultern.

„Hey, Mann, willst du das?" Ein feuchtes Handtuch traf meinen Rücken. Jemand hatte es nach mir geworfen.

„Es tut mir leid", flüsterte ich. Ich wollte nicht, dass die ganze Menge mich hörte und es noch schlimmer machte.

Sie schüttelte nur den Kopf, stand auf und reichte mir mein Handtuch. „Schön, dass dir gefällt, was du gesehen hast." Das letzte Wort endete in einem Schluchzen, und sie ließ mich neben dem Bett stehen.

Sie wandte sich der Menge von Arschlöchern zu, die immer noch im Flur versammelt war. Ihr wunderschöner Hintern, bedeckt mit schwarzer Spitze, lugte unter der verdammten Decke hervor. Zur Hölle, ja, mir gefiel, was ich sah, und ich sah meine Frau.

„Krista, warte. Wir sollten reden."

Die Jungs auf dem Gang johlten. „Wir sollten reden", wiederholte jemand mit hoher Stimme.

Das war mir scheißegal. Sie konnten sich über mich lustig machen, so viel sie wollten, solange sie es nicht über sie taten.

Skeeter trat aus der Menge heraus und legte seine Arme um sie. Er warf mir einen finsteren Blick über die Schulter zu und begleitete sie hinaus in den Flur. Bear und seine Kumpels teilten sich und ließen sie durch. Ich blieb splitternackt in Russ' Zimmer stehen. Fuck.

Kapitel 25

Meine Beine waren kalt, als ich auf meinem Bett saß. Skeeter hockte neben mir und legte seinen Arm um meine Schultern.

„Du bist der erste Kerl, der in meinem Zimmer ist", sagte ich.

Damit meinte ich, dass er der erste Kunde hier drin war. Colt zählte nicht. Nach dem Sex duschte ich normalerweise und nahm mir etwas Zeit für mich. Am Anfang hatte ich nach jedem Kerl geweint. Dieser Raum war mein Zufluchtsort, und jetzt saß einer meiner Freier hier bei mir.

„Willst du, dass ich gehe?" Er drückte meine Schultern und ich rutschte von ihm weg. Ich wusste, dass er es gut meinte. Er hatte nicht vor, mich zu vergewaltigen oder sonst etwas Unheimliches zu tun. Skeeter war ein guter Kerl, aber er war trotzdem in meinem persönlichen Bereich.

„Ja. Tut mir leid, Skeet, aber ich will allein sein."

Er nickte und stand auf. „Ich mag Colt. Ich hoffe, ihr zwei kriegt das hin."

Er drückte erneut meine Schulter und die Tür klickte hinter ihm ins Schloss.

Ich wollte es nicht „hinkriegen". Ich war fertig damit. Unsere gemeinsame Zeit hatte mich verändert. So sehr, dass ich nicht mehr wusste, wie ich mein eigenes Leben führen sollte. Ich hatte noch zwei Wochen von diesem alten Leben, und das würde mich verdammt noch mal umbringen.

Russ und ich hatten uns im letzten Jahr ein paar Mal getroffen. Er peitschte gerne, aber er zahlte extra – deshalb hatte ich ihn heute aufgesucht. Doch in dem Moment, als er mich gefesselt hatte, wurde mir schlecht. Ich konnte den Gedanken an einen anderen nicht ertragen, dass jemand anderes als Colt mich berührte. In mir war.

Ich rannte in mein winziges Badezimmer und musste kotzen. Das letzte Mal hatte ich mich übergeben, nachdem ein Vierer eine unerwartete Wendung genommen hatte. Sex mit Frauen war nicht meine Lieblingsbeschäftigung, aber er hinterließ bei mir keine emotionalen Narben. Männer zahlten viel, und Frauen waren normalerweise nicht bedrohlich. Doch dieser Vierer war mit drei Typen gewesen, und ich wurde benutzt. Ich war willig; der Preis, den sie boten, war mehr als ein Jahr Schulgeld. Ich habe nie Nein gesagt, kein einziges Mal währenddessen. Aber ich hätte es tun sollen.

Jemand klopfte an meine Tür. Das musste Colt sein. Alle anderen wussten, dass sie mich in Ruhe lassen sollten, wenn ich in meinem Zimmer war.

Ich antwortete nicht. Ich konnte seinen Blick nicht ertragen. Ich wollte ihn nicht sehen, wie er dastand, während mein Atem nach Kotze roch. Die traurige kleine Hure. Ich konnte es nicht mehr tun. Colt hatte mich ruiniert.

Er klopfte erneut.

Ich zog die Decke enger um mich herum, als ob

sie mich irgendwie vor der Scham schützen würde, die ich für mich selbst empfand.

Es herrschte lange Zeit Stille, dann hörte ich, wie
Stiefel den Flur hinunter stapften. Er war weg und
ich war froh.

Kapitel 26

Krista

Ich konnte nicht schlafen, also schaltete ich meinen alten Computer ein und schrieb so viele Bewerbungen, wie ich konnte. Nicht, dass ich viel an Inhalt hätte schreiben können. Die meisten Firmen interessierten sich nicht dafür, wie viele Jahre man mit dem Ficken von Bikern verbracht hatte. Meine bisherigen Erfahrungen – abgesehen vom Strippen – hatte ich in einem Burgerladen, einem Diner und einer Anwaltskanzlei gesammelt. In letzterer war ich am ersten Tag gefeuert worden, also konnte ich das nicht in meinen Lebenslauf schreiben. Offenbar wurden sie sehr empfindlich, wenn man etwas an die falsche Nummer faxte, vor allem, wenn es die des gegnerischen Anwalts war. Verdammt!

Morgen würde ich alle Bars der Stadt abklappern. Ich konnte ein paar anständige Drinks zubereiten und ein Fass anzapfen. Vielleicht hätte sogar der Spirituosenhändler, bei dem der Club seinen Whiskey kaufte, etwas. Ich würde Tate fragen, ob er für mich mit ihm reden konnte.

Der Regen prasselte auf unser gemeinsames Verandadach, als ich bei Sonnenaufgang an Janice' Tür klopfte. Sie antwortete nicht, also hinterließ ich einen Zettel. Es war nicht ideal, aber ich konnte Janice um einen Job im *Jiggles* bitten. Ich konnte zwar keine Lapdances geben oder an der Stange arbeiten, doch selbst als Barkeeperin oder Kellnerin könnte ich wahrscheinlich genug Geld verdienen, um Becky und mich durchzubringen.

Als es keine Jobs mehr gab, auf die ich mich hätte bewerben können, setzte ich Becky früh bei Señora Lopez ab. Ich wollte in diesen zwei Wochen so viele Stunden wie möglich arbeiten. Dasselbe galt für meine Freier. Ich beschloss, mir heute Abend frei zu nehmen, aber morgen war es Zeit, aufs Neue loszulegen. Die Miete war in zwei Tagen fällig und ich brauchte das Geld.

Ich wollte nie wieder einen Mann ansehen und versuchen herauszufinden, wie ich ihn dazu bringen konnte, mich ficken zu wollen. Ich wollte nie die Trigger eines Kerls herausfinden, damit er schneller kam. Ich wollte, dass er mit mir zusammen war, weil er mich liebte. Aber die Realität war, dass ich mir diesen Luxus nicht leisten konnte. Selbst wenn ich wieder nach jedem Sexakt weinen müsste, würde ich es trotzdem tun. Ich musste meine Miete bezahlen.

Um meine Familie zusammenzuhalten, würde ich jeden Job machen, der nötig war. Im Moment war das die Reinigung einer Toilette, die von mehreren Bikern benutzt wurde. Ich versuchte, die Toilette im Clubhaus jeden zweiten Tag zu reinigen, aber nach der gestrigen Blamage war ich überfällig. Ich tagträumte, während ich die eklige Toilettenschüssel schrubbte, die sich sechs Biker teilen. Stattdessen stellte ich mir vor, zu einem Vorstellungsgespräch zu gehen. Natürlich wäre es ein professioneller Job. Sie wären geblendet von meiner Hartnäckigkeit, meinen Abschluss in Buchhaltung zu machen und gleichzeitig meine hübsche Tochter großzuziehen

„Bitte erzählen Sie uns von Ihren Fähigkeiten."

Ich würde über Kreditoren- und Debitorenbuchhaltung und sogar über die Steuergesetze sprechen, die für Kapitalgesellschaften und kleine Unternehmen gelten. Ich würde dieses verdammte Interview rocken.

„Sie ist großartig bei Blowjobs und normalem Sex. Sie macht sogar anal, aber das kostet extra."

Das ertönte in Skeeters Stimme. Er hatte bereits den Ruin meines Privatlebens miterlebt, da konnte er genauso gut dabei sein, wenn ich mein Berufsleben versaute. Mein imaginärer Gesprächspartner runzelte die Stirn.

„Es tut mir leid, aber wir haben nichts, was Ihren Fähigkeiten entspricht."

Denn zu meinen Fähigkeiten gehörte es, zu wissen, welches Gleitmittel am besten für Sex geeignet war, wenn man nicht erregt war.

Ich legte die Klobürste weg und streckte mich. Ich brauchte eine Pause, mehr als nur eine Nacht. Vom Putzen, vom Sex, vom Leben. Schade, dass ich keine bekommen würde. Ich musste meine verdammte Miete bezahlen. Wenn ich keine Wohnung hätte, würde das Jugendamt reinschneien und Becky einfach mitnehmen. Ich könnte mir heute freinehmen, aber dann musste ich schnell an Geld kommen.

Jemand hämmerte an die Stahltür im Erdgeschoss. Normalerweise überließ ich den Jungs die Tür, aber ich war die Einzige im Clubhaus. Ich ignorierte es und machte weiter mit dem Putzen. Das Hämmern verstummte nicht, und ich musste nachsehen, was da los war.

Das Bullauge in der Stahltür war schmutzig – ich merkte mir, es später zu reinigen. Daher öffnete ich die Tür einen Spalt.

Es war Robby. Heilige Scheiße, was zum Teufel machte er hier?

Ich stieß die Tür weit auf. „Wo zum Teufel ist mein Geld?", wollte ich wissen.

„Äh …" Er hielt inne. Die Rädchen in Robbys Gehirn liefen nicht reibungslos, daher mussten sie doppelt so viel arbeiten, wenn es um etwas anderes ging als essen, schlafen, ficken oder rauchen. „Ich bin gekommen, um dir zu sagen, dass sich deine Investition in ein paar Tagen auszahlen wird. Ich werde dir einen Teil meines Anteils geben."

„Meine *Investition*?" Ich sah mich nach etwas um, das ich nach ihm werfen konnte. Auf einem kleinen Tisch standen ein paar leere Longdrink-Gläser. Ich schnappte sie mir beide. „Ich habe nichts investiert. Du hast mir jeden Cent gestohlen. Wie zum Teufel soll ich die Miete bezahlen?"

Ich warf ein Glas. Robby tanzte aus dem Weg und es zerschellte auf dem nassen Beton.

„Wie soll ich das Essen für meine Tochter bezahlen? *Unsere* Tochter? Denkst du jemals an sie, du

Stück Scheiße?" Ich schleuderte das andere Glas.

„Hör auf, Dinge zu werfen, du verrückte Schlampe!" Robby wich weiter zurück auf den Parkplatz. „Hör zu, ich besorge dein Geld, aber du musst mir dabei helfen. Ich brauche dazu nur deine Hilfe."

„Ich werde dir verdammt noch mal ins Grab helfen!" Mir flog die Spucke aus dem Mund. Es war nicht sehr damenhaft, aber ich hatte nichts mehr zu werfen.

Ich ging nach draußen. In meiner Ehe hatte ich schon oft eine Übernachtungstasche gepackt, Klebeband und ein großes Küchenmesser gekauft und geplant, ihm im Schlaf den Schwanz abzuschneiden. Aber am Ende hatte ich nur eine Schublade voller Fleischermesser besessen.

Heute war es anders.

Mein Blick schweifte zu ihm. Zu seinem schmierigen, hässlichen Gesicht voller Meth-Pocken. Ich ging geradewegs durch die Glasscherben auf ihn zu. Es waren keine Waffen in der Nähe, also würde ich einfach tun müssen, was ich konnte. Seine Wange war immer noch ein wenig geprellt an der Stelle, an der Colt ihn vor meiner Wohnung geschlagen hatte. Ich würde ihn dort zuerst treffen.

Irgendwie verwandelte sich mein Gehen in einen Lauf. Ich kurbelte meinen Arm und meine Schulter zurück, als ob ich in der Major League spielen würde, und ließ den Ball fliegen. Ich traf nicht. Mist. Das kleine Wiesel begann zu rennen und zu lachen. Es lachte über mich.

Es blieb mir nichts anderes übrig, als zu folgen.

Ich rannte. Er würde mir das Geld, das er gestohlen hatte, niemals zurückgeben. Zum Teufel, wahrscheinlich war es schon weg.

Etwa auf halber Strecke über den Parkplatz stolperte er, und ich war darauf vorbereitet. Ich zog meinen Arm wieder zurück und schlug zu. Diesmal erwischte ich seinen Rücken und ließ ihn mit dem Gesicht nach unten auf den Bürgersteig stürzen. Ich kniete mich hin und bereitete mich auf einen weiteren Schlag vor, als ich mich ebenfalls auf dem Boden wiederfand, mit einem schweren, lederbezogenen Gewicht auf mir.

Kapitel 27

Colt

Es war zu spät. Ich konnte den Kurs nicht mehr ändern; ich lief zu schnell und zu intensiv. Als der Typ stolperte, wusste ich, dass Krista nach Blut lechzen würde. Ihr Arm flog zurück und das Einzige, was ich tun konnte, war, sie zu rammen.

Der Aufprall auf den Boden war immer eine Überraschung, wenn man sich in einem Kampf befand. Das Blickfeld schrumpfte und man sah nur noch das Ziel. Man begann immer zu schwingen, doch dann wurde alles blutig und der Kampf wurde schnell zu einem Eislaufwettbewerb in Zeitlupe. Wer die bessere Balance besaß, gewann. Oft landete man am Ende auf dem Boden, hart.

Aber Krista hatte nicht das Gleichgewicht verloren, ich war in sie hineingekracht. Ich war nicht bereit, sie war es nicht – wir stießen einfach zusammen. Ich hätte versuchen sollen, ihren Sturz abzufangen, tat es jedoch nicht. Ich hatte keine Zeit zum Nachdenken, nur zum Handeln. Sie landete flach auf dem Bürgersteig, und ich auf ihrem weichen Körper und roch ihr Shampoo.

„Lass mich los!"

Ich rollte mich ab, behielt aber meine Hand auf ihr. Ich musste sie von dem Arschloch fernhalten, das sie gerade töten wollte. Sie versuchte nicht nur, den Kerl zu schlagen, ich konnte es in ihrem Gesicht ablesen. Sie war auf Blut aus, auf sehr viel Blut.

Der andere sah aus wie Robby, ihr Arschloch-Ex. Aber er bewegte sich schnell, und ich starrte nur auf seinen Rücken, als er seinen Arsch vom Parkplatz entfernte. Skeeter rannte ihm hinterher und beide verschwanden durch das Tor.

Sobald sie aufstand, versuchte sie, loszulaufen. Ich wusste nicht, was los war, aber Krista drehte wegen dieses Idioten auf einer öffentlichen Straße völlig durch. Egal, was geschehen war, das würde nicht gut ausgehen. Ich legte einen Arm um ihre Taille und zog sie an mich.

„Was ist passiert?", fragte ich. Ich wollte ihr Haar streicheln, aber sie wehrte sich. Sie krallte sich mit den Fingernägeln in meine Hände und trat gegen meine Schienbeine. Ich drückte sie einfach an mich und ließ sie strampeln.

Sie wand sich in meinem Griff. Ich würde sie auf keinen Fall loslassen. Sie war so wütend, dass ihr egal war, wen sie gerade verletzte. Sie würde keinen großen Schaden anrichten, aber sie würde sich schlecht fühlen, weil sie zugeschlagen hatte, wenn sich der rote Wutschleier lichtete.

„Lass mich los. Ich werde dieses verdammte Arschloch umbringen."

Ich fragte noch zweimal nach und erhielt die gleiche Antwort. Skeeter war weiterhin hinter dem Kerl her, also tat ich das Einzige, was mir einfiel.

Ich hob sie hoch, warf sie mir über die Schulter

und brachte sie in mein Zimmer.

„Lass mich runter!" Sie strampelte den ganzen Weg die Treppe hinauf. Aber nachdem sie sich fast den Kopf an einem Sprinklerrohr gestoßen hatte, hörte sie auf, sich gegen mich zu wehren.

Ich setzte sie auf die Kante der Matratze und stand an der Tür, während sie vor sich hin schmollte. So hatte ich mir unsere erste Begegnung in meinem Bett gar nicht vorgestellt.

„Ich habe … er hat alles genommen …" Sie stotterte und war nicht einmal in der Lage, einen Satz zu beenden.

„Skeeter ist ihm auf den Fersen. Was ist passiert?"

Sie sprang auf und fing an, frustriert auf und abzugehen, wie eine erwachsene Becky. „Das geht nur mich und Robby etwas an."

Sie stand direkt vor mir. So nah, dass ich mich einfach bücken und ihren wütenden, schmollenden Mund küssen könnte. Nur noch etwas näher …

„Geh mir aus dem Weg", sagte sie und versuchte, an mir vorbeizukommen.

Ich verschränkte die Arme. „Nein."

Sie drückte gegen meine Brust, aber ich packte sie bei den Handgelenken.

„Du musst dich beruhigen, Krista. Du hast verdammtes Glück, dass dieses Arschloch beschlossen hat, wegzulaufen und nicht zu kämpfen. Nach den Schlägen, die ich gesehen habe, warst du noch nie in einen Kampf verwickelt. Dein Ex ist kein guter

Kerl. Glaube nicht, dass er sich zurückhält, nur weil du eine Frau oder die Mutter seines Kindes bist. Solange du dich nicht beruhigt hast, kann ich dich zu deinem eigenen Besten nicht rauslassen. Skeeter holt ihn, und wir reden gemeinsam mit ihm, okay? Was auch immer los ist, wir können es in Ordnung bringen. Sag mir einfach, was passiert ist."

„Das geht dich einen Scheißdreck an! Jetzt lass mich raus!", schrie sie. „Wage es nicht, mit mir zu reden, als gäbe es ein ‚Wir'. Sag nicht ‚wir' und ‚gemeinsam'." Sie tippte auf meine Brust. „Ich werde die Dinge mit meinem Ex allein regeln. Du scherst dich einen Dreck um mich, also tu nicht so, als ob es dir wichtig wäre. Weißt du noch, was du Skeeter gesagt hast? ‚Ich habe genug von ihr gehabt'? Ja, nun, ich auch. Geh mir aus dem Weg, ich brauche deine Hilfe nicht, und ich brauche es ganz sicher nicht, dass du mich für kostenlosen Sex benutzt."

Sie schluchzte jetzt und ihre Worte wurden von ihrem Ringen nach Atem unterbrochen.

„Ich habe dich nicht für kostenlosen Sex benutzt." Ich versuchte, meine Arme um sie zu legen, aber sie stieß mich mit den Händen an meiner Brust von sich. „Du hast mich angelogen."

Ich wiederholte diesen Satz immer wieder in meinem Kopf. Sie war diejenige, die gelogen hatte. Oder? Ich hatte mir das schon so häufig über Tina gesagt, dass ich nicht länger wusste, ob es auch für

Krista galt. Hatte sie mich wirklich belogen? Hatte ich die beiden Frauen miteinander verwechselt?

Krista zog sich zurück und starrte mich an. Ihre Augen glänzten vor Tränen. „Ich habe dich nie angelogen. Ich dachte, du wüsstest es. Du hast auf meiner Veranda gestanden und mir gesagt, dass du weißt, wie es ist, eine Frau in einem Motorradclub zu sein. Du sagtest, du wüsstest es, und ich begann, mich in dich zu verlieben." Sie schüttelte erneut den Kopf. „Ich dachte, du interessierst dich für mich und nicht für das, was zwischen meinen verdammten Beinen ist. Ich dachte, du wolltest mich, weil ich ein anständiger, ehrlicher, fürsorglicher Mensch bin. Und jetzt, nachdem alles zwischen uns so beschissen geworden ist, will ich immer noch hören, dass du mich liebst."

Ich ließ ihre Handgelenke los und wir starrten einander an. Fuck. Sie wollte, dass ich etwas sagte, ihr meine Liebe erklärte. Vielleicht liebte ich sie wirklich, aber das Bild von ihr, wie sie für Russ auf dem Bett ausgestreckt gelegen hatte, geisterte mir immer noch lebhaft durch den Kopf. Ich rieb mir über das Kinn und spürte die Bartstoppeln vom Vortag.

So sehr ich sie auch in Sicherheit wissen und von Robby fernhalten wollte, sie hier in meinem Zimmer einzusperren, hätte sie nur noch weiter weggetrieben. Ich konnte ihr einfach nicht geben, was sie wollte.

Sie griff nach der Türklinke. Auf dem Weg nach

draußen drehte sie sich um.

„Das Schlimmste ist, dass ich dachte, du liebst mich auch.“

Sie wartete nicht und schlug die Tür hinter sich zu. Sie liebte mich verdammt noch mal. Mich.

Kapitel 28

Colt

Ich wollte diesen Wichser erwischen. Ich wollte ihn Krista auf einem Silbertablett servieren. Sie sollte ihn für alles, was er ihr angetan hatte, zur Rechenschaft ziehen. Das war das Mindeste, was ich für eine Frau, die mich liebte, tun konnte.

Wenn er Teil einer größeren Gruppe von Leuten war, die den Club bestahl, und dazu auch Krista gehörte, musste ich das wissen. Es konnte mir das Herz brechen, aber es musste sein.

Ich holte Skeeter auf dem Parkplatz ein. „Hast du ihn erwischt?"

Er schüttelte den Kopf. „Nein, er ist glitschig wie ein öliger Schraubenschlüssel. Ist in einen Pick-up gehüpft. Aber es gibt einen Typen in der Stadt, der alle Meth-Junkies kennt. Da können wir anfangen."

Skeeter und ich fuhren quer durch die Stadt, um ihn aufzuspüren. Es war später Nachmittag, und ich hoffte, dass Skeeters Mann wusste, wo Robby war. Es war zehnmal schwieriger, einen Meth-Süchtigen zu finden, wenn die Sonne unterging. Sie waren entweder total high oder in der Dunkelheit noch schwerer zu entdecken.

Wir hielten bei einem heruntergekommenen Wohnwagen, wo das Moos so verdammt dick war, dass Gras auf dem Dach wuchs. Er hatte einen kleinen Hof, aber der Rasen war hoch und nass vom strömenden Regen, so dass er kaum reizvoll zu nennen war.

Der deutliche Geruch von Katzenpisse konnte nur eines bedeuten: Meth-Labor. Kochhaus, Küche, Labor, wie auch immer sie es nannten, dieser Ort war gefährlich. Ein winziger Funke und das ganze Ding würde in die Luft fliegen.

Skeeter klopfte dreimal kräftig an die Tür. Der Typ, der öffnete, war verschwitzt und trug nur eine Unterhose. Sie war eher grau als weiß, aber wenigstens hatte er sie an. Er kochte wohl gerade Meth.

„Wir suchen nach Robby", erklärte Skeeter.

„Meth-Junkie, braunes Haar." Ich ging davon aus, dass der Typ wusste, wer Robby war, aber ich wollte sichergehen, dass er sich an ihn erinnerte.

Der Koch musterte mich von oben bis unten, als wolle er einschätzen, ob man mir trauen könne oder nicht. Um ihm zu helfen, sich eine positivere Meinung zu bilden, kramte ich fünfzig Dollar aus meiner Brieftasche hervor.

Da er das Geld nirgends verstauen konnte, zerknüllte er es einfach in seiner Faust. „Er pennt in der Fourteenth Street in Maras Haus. Sie hat immer Platz für einen mehr."

Wir wollten gerade gehen, als der Typ uns zurückhielt. „Warum kommt ihr alle und fragt mich? Ihr könntet doch einfach diesen einen Typen in eurem Club fragen. Er und Robby sind echt enge Kumpels."

Ich blieb wie erstarrt stehen. Robby war mit jemandem aus unserem Club eng befreundet?

„Was hast du gesagt?“

Ich ging über den Rasen zurück zu dem Kerl. Es gab keinen Grund für ein Mitglied der Kings, Robby wirklich nahe zu stehen, es sei denn, sie arbeiteten hinter dem Rücken des Clubs als Dealer oder waren Konsumenten.

Der Mann verschränkte die Arme. „Ja, der große, dicke Typ mit dem riesigen Bart.“

Skeeter und ich sahen uns an. Nur ein Bruder passte auf diese Beschreibung, also sagten wir den Namen gemeinsam. „Bear.“

Ich reichte dem Koch noch einen Fünfziger. „Hast du jemals eine Frau bei ihnen gesehen? Eine Blondine?“

Der Mann schüttelte den Kopf. „Nein, nur der Typ mit der Weste. Wie seine.“ Er zeigte auf Skeeter.

Ein großer Kerl mit Bart und Kings-Kutte konnte nur eine Person sein. Wenn wir Robbys Arschlochbaum kräftig genug rüttelten, würde Bear vielleicht herausfallen. Das war allerdings nicht mein Wunschergebnis. Es würde bedeuten, dass Krista eine sehr enge Verbindung zu Bear hatte.

Skeeter und ich gingen zurück zu unseren Motorrädern. „Das ist beschissen“, sagte er. „Wenn Robby und Bear darin verwickelt sind, denkst du, dass Krista auch darin verwickelt ist? Sie ist das einzige Bindeglied zwischen den beiden.“

Ich schnallte meinen Helm fest und wandte mich an ihn. „Krista wurde heute von Robbys Besuch überrascht." Dann wurde mir klar, wie das Ganze ablaufen würde. „Er hat Krista irgendwie verärgert. Sie war auf Blut aus. Robby wäre niemals im Clubhaus aufgetaucht, um nach ihr zu suchen. Er war auf der Suche nach jemand anderem. Ich denke, dass Robby mit Bear reden musste und dass Krista nichts davon weiß."

Skeeter sah nachdenklich aus. „Das ist ein Haufen Bauchgefühl und nicht viele Fakten." Er schüttelte den Kopf. „Willst du diese Entscheidung treffen?"

Ich rollte mit den Augen. „Hast du ein Problem mit meinem verdammten Urteilsvermögen?" Skeeter war ein guter Kerl, aber manchmal raubte er mir den letzten Nerv.

„Nun, es gibt drei Mitglieder deines eigenen Clubs, die wegen deiner Fehlentscheidung im Gefängnis saßen. Muss ich dich wirklich darauf hinweisen?", schoss er zurück.

Ich stöhnte auf. Verdammte Tina. Es kam immer wieder auf sie zurück. „Diese Geschichte hat es also ziemlich weit in den Norden geschafft?"

„Weit genug." Skeeter zuckte mit den Achseln. „Erzähl mir davon. Ich will wissen, was passiert ist."

Ich warf ihm einen bösen Blick zu, gab ihm aber eine kurze Zusammenfassung.

„Tina und ich lebten zusammen. Ich wachte auf, als die Drogenfahndung eine Razzia in meinem Haus durchführte. Sie durchsuchten alles, aber das Einzige, was sie fanden, waren zwei nicht registrierte Handfeuerwaffen."

Skeeter runzelte die Stirn. „Das war's? Sie haben dich wirklich für zwei nicht registrierte Waffen eingebuchtet? Das ist schon seltsam. Hast du den Richter verärgert?"

„Ja." Es war an der Zeit, reinen Tisch zu machen. Das war der Teil, den ich nur ungern zugab. „Sie versuchten, die Horde wegen Verschwörung anzuklagen. Der Richter musste die meisten Beweise verwerfen, weil Tina mit dem DEA-Agenten geschlafen hatte, aber ich konnte die beiden kleineren Waffenanklagen nicht abschütteln. Also brummte mir der verdammte Richter so viel Zeit im Gefängnis auf, wie er konnte."

Skeeter dachte eine Minute lang nach. „Dein Club ist also sauer und die Storm Kings sind deine Strafe. Gut zu wissen, dass sie uns als Brüder sehen."

Fuck. Das hatte ich nicht gemeint.

„Nein, das ist nicht der Fall." Ich musste das Gerücht stoppen, bevor es jemand anderes hörte. Die Kings mussten dem Patch-Over zustimmen. Wenn sie das nicht taten, war ich am Ende. „Die Kings sind meine letzte Chance. Ich muss das richtig machen oder ich bin raus. Falls ich etwas so Wichtiges versaue, bin ich raus aus dem Club. Also lass uns Robby suchen und sicherstellen, dass ich richtig liege."

* * *

Unser Ziel war ein weiterer Wohnwagen, aber dieser stand mitten in der Stadt, eingepfercht zwischen einer Ansammlung von anderen Anhängern. Die kleine wackelige Treppe, die zur Seitentür führte, sah nicht so aus, als würde sie viel Gewicht tragen können, also blieb Skeeter auf dem Kies stehen.

Ich dagegen hämmerte an die Tür des Caravans und schrie: „Robby, mach auf!"

Die Sperrholztür öffnete sich und eine Frau stand im Rahmen.

„Wenn du Robby suchst, bist du zu spät." Sie zuckte mit den Achseln und zündete sich eine Zigarette an. „Ich habe ihn gestern rausgeschmissen. Er hat keine Miete gezahlt." Sie lächelte und strich über den oberen Teil ihrer Brust. Einer ihrer Zähne fehlte. „Aber wenn du verkaufen willst, können wir vielleicht etwas aushandeln."

Da sie in einem Drecksloch wie diesem lebte, hatte sie kein Geld, um Drogen zu kaufen. Sie war bereit, einen Deal zu machen. Sie war eine Meth-Hure.

Es fühlte sich an, als ob mir jemand in den Magen geschlagen hätte. Das konnte leicht Krista sein. Jetzt war sie gesund und besaß Respekt, aber es würde nicht viel brauchen, damit sie zu dem abrutschte, was diese Frau geworden war.

Skeeter schlug mir auf den Arm. „Hey, wach auf. Er rennt!"

Ein Klappern kam von der Rückseite des Hauses, und wir konnten deutlich sehen, wie Robby zwischen zwei zurückgelassenen, verrosteten Fahrzeugen hindurch huschte.

Ich sprang über das Geländer und landete hart. Meine Füße rutschten auf dem feuchten Boden aus und ich fiel auf die Seite. Teilweise mit Schlamm bedeckt, schaffte ich es aufzustehen und sah mich nach Robby um. Der Mistkerl versuchte immer noch, seine Hose so weit hochzuziehen, dass er richtig laufen konnte, als Skeeter und ich ihn einholten. Ich scheuchte Skeeter zur Seite, und gemeinsam trieben wir Robby zu einer alten Heckklappe. Der Idiot tappte in die Falle und wir kamen näher.

Ich zog die Pistole, die in meinem hinteren Hosenbund steckte. Ich rammte sie seitlich gegen Robbys Kopf. „Was hast du mit Krista gemacht?", wollte ich wissen.

„Nichts, Mann, ich habe ihr nichts getan", jammerte Robby, dem eine Rotzfahne aus der Nase baumelte.

Ich drückte stärker gegen seine Schläfe. „Versuch es noch einmal", stieß ich hervor. „Sie wollte dich schlagen. So etwas tut sie nur, wenn sie wütend ist. Was hast du getan?"

„Woher weißt du das? Ist sie sauer auf dich?"

Ich boxte ihm in den Magen und er gab ein befriedigendes Zischen von sich, als er zur Seite klappte. Er hatte verdammt noch mal ins Schwarze getroffen. Ja, sie war wütend auf mich, aber das wollte ich diesem Arschloch nicht sagen. Ich bewegte den Lauf der Waffe zu seinem Nacken. Ich setzte ihn genau auf einen seiner Wirbel.

„Dann sag uns, was du im Clubhaus gemacht hast, wenn du deiner Ex keinen Besuch abstatten wolltest." Ich drückte fest auf den Knochen.

„Ich wusste nicht, dass sie da ist. Ich dachte, sie arbeitet nur nachts." Robby begann zu zittern. „Hör zu, lass mich das mit Krista allein klären, okay? Das ist nichts, womit du dich herumschlagen musst."

Robby log. Vielleicht nicht wegen Krista, aber er log, und ich wollte die Wahrheit wissen. Ich hatte die Nase voll von Lügen, Halbwahrheiten und Missverständnissen. Ich hatte es satt, nicht die ganze verdammte Geschichte zu kennen.

„Spürst du, wo die Pistole sitzt, an deinem Hals?" Ich klopfte mit dem Lauf, um meinen Standpunkt zu verdeutlichen. „Das ist die Stelle, an der deine Wirbelsäule am verletzlichsten ist. Ein Schuss und du wirst nicht sterben, aber du wirst es wollen. Weißt du, warum? Weil du gelähmt sein wirst. Deine Arme, deine Beine, sogar dein Schwanz, sie werden alle verdammt schlaff sein. Willst du den Rest deines Lebens damit verbringen, dir in die Hose zu scheißen?"

Robby schüttelte den Kopf. Jetzt kamen wir weiter.

„Erzähl mir alles. Warum warst du beim Clubhaus? Nach wem hast du gesucht?"

Robbys Zittern verwandelte sich in eine Vibration. Seine Zähne klapperten so laut, dass ich es hören konnte. „Oh, Mann, ich habe Bear gesucht. Ich wollte meine letzte Zahlung leisten. Ich werde es Krista zurückzahlen, ich schwöre. Sobald ich mein Labor zum Laufen gebracht habe, werde ich viel Geld verdienen und es ihr zurückzahlen und so."

„Erzähl mir von Bear", forderte ich.

„Er hat mir ein paar Scheine vorgestreckt, Mann." Robby zuckte mit den Achseln. „Damit habe ich mir einen netten kleinen Herd gekauft."

Ich rollte mit den Augen. Na toll. Bear verlieh Clubgeld an Meth-Junkies. Verdammtes Arschloch. „Ist sonst noch jemand beteiligt? Jemand anderes aus dem Club?" Ich schob den Lauf ein wenig weiter seinen Hals hinauf, direkt in die weiche Stelle unter seinem Kopf.

„Ich weiß nicht, Mann. Bear gibt mir Geld und er ist der Kerl, den ich bezahle. Es gibt sonst niemanden." Er hielt seine Hand hoch. „Ich schwöre!"

Jackpot.

„Bear leiht dir Geld?"

Robbys Kopf wippte auf und ab. „Er leiht vielen Leuten Geld. Du weißt schon. So was wie Investitionen? Ich bin nicht der Einzige, der ihm Geld schuldet, okay? Ich könnte dir Namen geben."

Robby fing an, eine Liste von Namen herunterzurasseln. Es hörte sich so an, als wäre Bear ein ziemlicher Kredithai. Als Robby anfing, sich zu wiederholen, hielt ich ihn auf.

„Wie viel schuldest du Krista?"

„Fünf Riesen."

Kein Wunder, dass sie bereit war, das Arschloch umzubringen. Krista hatte ein knappes Budget, und fünf Riesen zu verlieren, würde sie wahrscheinlich umbringen. Es sei denn, die fünf Riesen waren ihr Anteil von dem, was sie von den Lieferungen abgeschöpft hatte. Mist. Ich wünschte, ich wüsste es sicher.

„Vergibt sie auch Kredite? Wie Bear?"

Robby schüttelte den Kopf. „Auf keinen Fall, Mann, ich habe es ihr abgenommen. Sie hat mit dem Zeug nichts zu tun. Ich habe das Geld Bear gegeben. Ich habe nur noch einen Tausender."

Ich packte ihn bei den Haaren und riss seinen Kopf zurück, so dass er mich ansah. Ich drückte ihm die Waffe wieder an die Schläfe und starrte ihn an. „Wo ist das Geld, das du von Krista gestohlen hast?"

„Dreihundert Mäuse, rechte Tasche. Das ist alles, was ich noch habe. Ich habe Bear vier Riesen gegeben und den Rest geraucht."

Es fiel mir schwer, meinen Würgereflex zu kontrollieren, als ich in der Tasche des Mannes kramte. Wenigstens trug er keine Nadeln bei sich. Die dreihundert Dollar waren in Zwanzigern gebündelt. Ich stopfte das Geld in meine eigene Tasche und erlaubte ihm, auf dem Rasen zusammenzubrechen.

„Halt dich aus ihrem Leben raus."

Einen Junkie zu verprügeln, würde die Bullen nicht auf den Plan rufen, aber einen zu töten schon. Ich trat ihm ein paar Mal in die Nieren, um sicherzugehen, dass er meine Botschaft verstanden hatte, und wir fuhren los.

Ich hatte Kristas Geld zwar nicht komplett zurückbekommen, aber es war ein Anfang. Vielleicht konnte ich mir ihren Respekt verdienen.

Scheiße. Seit wann hatte Kristas Zustimmung Vorrang vor dem Club? Ich hatte ihr Geld gefunden und ich hatte Bears Verrat aufgedeckt. Was war wichtiger?

Kapitel 29

Ich floh aus dem Club, sobald Colt und Skeeter weg waren. Robby hatte mein Geld gestohlen, aber er war nicht wirklich mein Problem. *Colt* war mein Problem. Ich war in dieses Arschloch verliebt. Wir waren zu weit gegangen, und es gab kein Zurück mehr. Ich war fertig damit, eine Hure zu sein. Kein Sex mehr für Geld. Nichts weniger als Liebe.

Es gab noch andere Männer auf der Welt. Männer, die mich zum Lachen brachten, mit mir auf der Couch kuschelten, mit meinem Kind spielten und mir tolle Orgasmen bescherten. Oder? Ich könnte die Liebe mit jemand anderem finden. Aber im Moment musste ich mich darauf konzentrieren, einen verdammten Job zu bekommen.

Mein Auto ratterte über den Parkplatz vom *Jiggles's*. Ich wollte einfach die Möglichkeit nutzen, dass Janice eine Stelle als Kellnerin für mich frei hatte. Sobald ich einen Platz zwischen den Schlaglöchern und den zerbrochenen Träumen gefunden hatte, rückte ich mein Bustier zurecht. Ich mochte jetzt pleite sein, doch das würde nicht lange so bleiben. Scheiß auf Colt und den blöden Motorradklub. Ich brauchte ihre Heuchelei nicht. Ich war gut genug, um sie zu ficken, aber nicht so gut, dass sie sich etwas aus mir machten? Ich brauchte ihren

Scheiß nicht. Was ich im Moment brauchte, war Geld.

* * *

In meiner Pause zählte ich hinter der Bar mein Trinkgeld. Einhundert Dollar. Nicht schlecht dafür, dass ich zwei Stunden lang Drinks serviert hatte. Aber es reichte nicht für die Miete.

Janice trat hinter mich. „Krista, Schatz, was ist mit Colt passiert?"

Ich stopfte die Scheine in meine Schürze und drehte mich zu ihr um. Die Nacht hatte ihren Tribut gefordert. „Er wusste nicht, dass ich eine Hure bin."

Das letzte Wort kam etwas erstickt. Ich brachte es fast nicht heraus. So viel dazu, sich nichts aus Colt zu machen. Janice umarmte mich fest.

„Ich dachte, er wäre der Richtige, weißt du?" Ich versuchte, die Tränen zu unterdrücken, damit sich meine falschen Wimpern nicht lösten, aber es gelang mir nicht.

Janice drückte mich erneut. „Erzähl es mir. Ich werde dich nicht gehen lassen, bis du es mir sagst."

Ich berichtete ihr alles. Was in meiner Wohnung und dann später im Club passiert war.

„Oh, Krista, Schatz, er will dich immer noch." Janice rieb meinen Arm. „Du musst ihm nur etwas Zeit geben, um sich an den Gedanken zu gewöhnen, das ist alles. Er war nur ein bisschen überrascht.“

Ich starrte sie an. „Was? Er sagt mir, ich sei nicht gut genug für ihn, und dann geht er. Ist das nicht schlimm genug? Du willst, dass ich ihm Zeit gebe? Zeit für was? Noch mehr Demütigungen?“

„Zeit, damit er merkt, dass du mehr bist als nur eine Nutte. Er hat dich früher geliebt und liebt dich auch jetzt noch. Er gewöhnt sich gerade an den Gedanken, dass es Aspekte deines Lebens gibt, von denen er nichts wusste. Alle Beziehungen brauchen ein bisschen Arbeit.“

Ich konnte nicht glauben, was ich da hörte. Die Königin der Huren sagte mir, ich solle ihm noch eine Chance geben?

„Tut mir leid, Janice, aber es ist ja nicht so, als ob du in einer verdammten Beziehung wärst. Woher willst du wissen, ob ich ihm Zeit geben soll? Das Einzige, was passieren wird, ist, dass ich mich wegen ihm noch schlechter fühle. Ich kann ihm keine Zeit geben – ich muss meine Miete bezahlen und das kann ich jetzt nicht.“

„Alles klar, Schatz.“ Janice drückte mich erneut. „Serviere heute Abend nur die Drinks, okay? Danach können wir über Blowjobs und Lapdances reden.“

„Das ist es ja – ich bin fertig mit Blowjobs und Lapdances.“ Ich wischte mir die klebrigen Mascaraspuren von den Wangen. „Ich würde ihn betrügen.“

Meinen Körper einem anderen Mann zu verkaufen, fühlte sich an, als würde ich Colt hintergehen.

Oder vielleicht hatte ich das Gefühl, die Erinnerung an unsere gemeinsame Zeit zu verraten? Wahrscheinlich beides. Ich betrog ihn und mich. Jedes Mal, wenn ich von nun an Sex hatte, verglich ich diesen mit jener Nacht und starb innerlich ein wenig.

Ich hatte gerade zum ersten Mal in meinem Leben erwachsenen Sex erlebt. Es war verrückt zu denken, dass man Jungfrau *und* Nutte sein konnte, aber ich war es. Ich hatte nie zuvor ein solches Maß an Lust und Erregung empfunden. Meine Pussy hatte die Couch so feucht gemacht, dass ich es noch riechen konnte, wenn ich mich setzte. Mir wurde etwas klar: Vor dieser Nacht hatte ich nie einen richtigen Orgasmus erlebt. Ja, ich hatte Höhepunkte gehabt, aber einen lebensverändernden, weltbewegenden Orgasmus? Colt war mein erster gewesen.

Ich riss mich zusammen und machte mich auf den Weg zur Toilette. Ich musste mich frisch machen – eine Gruppe von Geschäftsleuten war gerade hereingekommen und sie würden ihre Drinks wollen. Ich konnte vielleicht keine Blowjobs geben, aber Bier und Martinis servieren.

Nachdem ich ihre Bestellungen aufgenommen hatte, trat ich zurück hinter die Bar, um mit dem Mixen zu beginnen.

„Es hat wohl nicht geklappt mit deinem Mann. Ich meine, wenn du hier arbeitest und so." Asia, die Nutte, die Colt vor meiner Nase gefickt hatte, stand direkt neben mir und schenkte einem ihrer

Stammgäste einen großzügig bemessenen Whiskey Sour ein.

Ich reichte ihr einen Messbecher. „Er ist nie mein Mann gewesen."

Sie zuckte mit den Achseln. „Ich glaube schon. Er hat ihn nicht hochbekommen, weißt du? Er hat es auf zu viel Whiskey geschoben, aber es war sein Kopf. Er hat an dich gedacht. Auf jeden Fall ließ er mich in seinem Bett schlafen."

Ich garnierte meinen Wodka Soda mit einer Limette und sah sie an. Dasselbe wilde schwarze Haar, die schmale Nase. Was wollte sie damit erreichen? Gott, ich hoffte, sie würde lügen, denn wenn sie die Wahrheit sagte, würde es noch mehr wehtun.

„Warum erzählst du mir das?"

„Du musst mir nicht glauben, aber ich dachte, du würdest es gerne wissen wollen. Sag es nur niemandem, okay? Er hat mir viel Geld gezahlt, damit ich es für mich behalte."

Asia schnappte sich ihr Tablett und ging zurück zu ihrem Tisch. Ein Mann, Jackett, Krawatte. Er lächelte zu ihr auf, als sie sein Getränk abstellte. Die Art und Weise, wie sie sich ansahen, war liebevoll, fast intim. Schauspielte Asia? Benutzte sie ihn nur, oder liebte sie ihn wirklich? Es war unmöglich zu sagen.

Ich lud meine Drinks auf ein Tablett und ging zurück zu meinem Tisch. Es war Zeit, Trinkgeld zu kassieren.

Kapitel 30

Colt

Der Parkplatz des Strip-Clubs würde meine verdammten Reifen zerstören. Schlaglöcher, die mit literweise Regen gefüllt waren, und riesige Schotterbrocken waren todsichere Wege, Löcher in das Profil zu reißen. Verflucht. Der Asphalt war nicht das Einzige, was in einem schlechten Zustand war. Der Leuchtreklame fehlten ein paar Buchstaben – Jiges oder so ähnlich. Es war ein typisches, gedrungenes, fensterloses Gebäude.

Ich hängte meinen Helm an den Lenker. Der letzte Ort, an dem ich sein wollte, war ein Club, in dem ich von einem Haufen Stripperinnen umgeben sein würde. Dank meiner Zeit mit Krista würde ich mich immer fragen, wer von ihnen Kinder zu Hause hatte oder wer versuchte, gerade einen Schulabschluss zu schaffen. Durch Krista sah ich so viel mehr.

Alles, was ich heute Abend tun wollte, war sie zu finden und ihr ihr Geld zurückzugeben. Leider konnte ich nirgendwo suchen. Nachdem ich Robby aufgemischt hatte, war ich direkt zu ihrer Wohnung gefahren. Sie war nicht zu Hause. Da ich annahm, dass sie noch im Club war, hatte ich mich auf den Weg dorthin gemacht. Dort war sie jedoch auch nicht. Ich hatte an der Bar auf sie gewartet, bis Skeeter mich entdeckt hatte. Er rief Rip und

Russ, und die drei schleppten mich in den Strip-Club.

„Beeil dich, Mann, die Damen werden nicht die ganze Nacht warten." Skeeter grinste.

Ich hatte mein Motorrad zusammen mit den anderen Jungs geparkt und wir gingen hinein. Überall gab es falschen roten Samt – auf dem Boden und an den Wänden. An den Teilen der Wände, an denen kein Teppich ausgelegt war, hingen dunkle, rauchige Spiegel.

Skeeter, Rip, Russ und ich setzten uns an einen Tisch und bestellten eine Runde Whiskey. Es gab drei Bühnen, aber zwei waren noch weiter gedimmt. Dienstage waren offenbar nicht besonders beliebte Abende. Das Licht wurde dunkler und eine Rothaarige mit einer riesigen Bienenstock-Frisur und einer Brille trat hervor. Der DJ legte etwas von Motown auf, und sie begann, an der Stange zu tanzen. Die Frau war heiß, das war nicht zu leugnen, aber die Einzige, die ich wollte, war Krista. Ich brauchte etwas Luft.

Ich beugte mich vor, um aufzustehen, doch eine schwere Hand auf meiner Schulter hielt mich zurück.

„Hallo, Jungs. Habt ihr heute Abend besondere Wünsche? Ich möchte, dass ihr euch wohlfühlt."

Eine schlanke blonde Frau zog einen Stuhl heran und setzte sich neben mich. Sie trug ein kurzes blaues Kleid mit Pailletten. Der Ausschnitt war so tief, dass ich überrascht war, ihren Bauchnabel nicht sehen zu können. Sie war etwas älter als die meisten Stripperinnen, die ich kennengelernt hatte, aber das tat ihrer Schönheit keinen Abbruch.

Sie warf ihr blondes Haar über eine Schulter. „Also, Skeeter, warum stellst du mich nicht deinen Freunden vor?"

Skeeter rutschte auf seinem Sitz hin und her, weil es ihm unangenehm war, dass sie ihn als Stammgast geoutet hatte, aber er stellte uns einander vor. Die Frau war Janice. Sie musste diejenige sein, die Tate in meiner ersten Nacht hier angerufen hatte. Kristas Nachbarin.

Janice fuhr mit einem Finger an meinem Nacken entlang. „Siehst du etwas, das dir gefällt?"

Sie blickte hinüber zu einem dunklen Tisch mit drei Studenten. Eine Kellnerin, die Getränke servierte, beugte sich so weit vor, dass ihr die Titten fast aus dem geschnürten Oberteil fielen.

Heilige Scheiße. Ich erkannte diese Brüste, diese großartigen, federnden Brüste. Die Kellnerin war Krista.

Sie lachte und flirtete mit der Gruppe von jungen Kerlen. Ihr Oberteil drohte jedes Mal zu verrutschen, wenn sie sich bückte, um ein Getränk zu servieren. Ich wollte mir ihr Getränketablett schnappen und jedem dieser Bastarde damit eins über den Schädel ziehen, und sie dann vielleicht in eine große, dicke Decke einwickeln.

„Ich dachte mir schon, dass sie dir gefallen könnte." Janice' Stimme klang heiß an meinem Ohr, und sie bewegte ihre Handfläche von meiner Brust hinunter zu meinem Schritt.

Als sich ihre Finger um meinen Schwanz schlossen, protestierte ich: „Nimm deine Hand weg!"

Ich konnte nicht glauben, dass ich einer Frau sagte, sie solle aufhören, mein Glied zu begrapschen, aber ich war hart, weil ich Krista bei der Arbeit zusah. Ihr wunderschöner Arsch schwang von einer Seite zur anderen, als sie eine weitere Runde drehte.

Janice rieb wieder meinen Schwanz. „Du weißt, dass sie nur bedient. Nicht im Champagnerraum, aber für dich kann ich sie fragen, ob sie eine Ausnahme machen will."

Meine Möglichkeiten waren begrenzt. Ich konnte sie nach der Arbeit in ihrer Wohnung treffen, doch das erforderte viel Willenskraft, um sie nicht wieder ins Bett zu zerren. Oder ich könnte warten, bis sie Feierabend hatte, und mich mit ihr in einer Gasse unterhalten. Im Vergleich zu meinen unmittelbaren Alternativen klang das Hinterzimmer eines Stripclubs gar nicht so schlecht. Wenigstens würde es keine quälenden Erinnerungen an die Zeit davor geben, als ich ein kolossales Arschloch gewesen war.

„Willst du sie natürlich, Baby? Oder hast du eine versteckte, dunkle Fantasie?"

„Meine einzige Fantasie ist, dass du deine Hand von meinem Schwanz nimmst, Lady." Ich schob ihre Finger weg und riss den Blick von Krista los. „Hör zu, ich will nur mit ihr reden, unter vier Augen. Okay? Sonst nichts."

Janice grinste. Sie war ein Raubtier, ein Jaguar im

Dschungel, und ich war das Affenbaby mit verletztem Bein. Leichte Beute.

Mit schwingenden Hüften stolzierte Janice über die Tanzfläche und flüsterte Krista etwas ins Ohr. Sie verschwanden hinter einem Vorhang im hinteren Bereich. Ich überlegte, ob ich ihnen folgen oder auf ihre Rückkehr warten sollte. An der Tür standen ein paar unangenehm aussehende Türsteher, und vermutlich würden sie es nicht gut finden, wenn ich den Frauen hinter einen Vorhang folgte, also blieb ich hier.

Die Jungs bestellten eine Runde Lapdances, und drei Mädels kamen rüber und begannen mit ihren Twerk-Jobs. Ich stierte zur Backstage-Tür und wartete darauf, dass entweder Krista oder der Jaguar zurückkamen.

„Soll ich dir diesmal zwei Doppelte bringen, Baby?" Die Kellnerin fragte nach meinem Getränk. Scheiße, wie viele hatte ich schon getrunken? Nervosität ließ mich immer den Überblick verlieren.

„Kein Whiskey mehr, okay? Nur etwas Wasser."

Sie hob die Augenbrauen und zuckte mit den Achseln. In Stripclubs bestellte nie jemand Wasser.

Was zum Teufel war hinter der Bühne los? Ich hatte zwei Flaschen Wasser getrunken, bevor der Jaguar zurückkehrte.

„Sie wird einen privaten Tanz in Zimmer zwei geben." Sie grinste und zeigte ein perfektes Gebiss, mit dem sie gewiss Menschenfleisch verschlang. „Folge mir."

Janice brachte mich in einen kleinen Raum, der

mit einem roten Teppich ausgelegt war. In der Mitte stand ein großer Sessel. Mit üppigen Armlehnen und Knöpfen, an denen sich die Mädchen festhalten konnten, während sie tanzten. Scheiße.

Ein massiger Türsteher hatte sich vor der Tür aufgebaut. Er war nicht groß, aber breit, seine Haut dunkelbraun. Wir schätzten uns gegenseitig ab. Die beste Zeit seines Lebens war vermutlich gewesen, als er in der Highschool Football gespielt hatte, wahrscheinlich in der Defence Line. Er sah hart aus, aber er war seit seinen glorreichen Tagen nachlässiger geworden und würde keine große Hilfe sein, wenn ein Mädchen tatsächlich angegriffen wurde. Ein Treffer gegen die Knie, um ihn zu Boden zu bringen, und ein Griff um seinen Hals, um ihm das bisschen Luft abzuschneiden, das er dann noch hatte, war alles, was es brauchen würde. Ich nickte ihm respektvoll zu, um ihn wissen zu lassen, dass ich keinen Ärger machen würde, und setzte mich auf den Sessel.

Jemand flüsterte auf dem Gang. Es hörte sich an, als ob sich zwei Leute in geringer Lautstärke stritten. Dann öffnete sich die Tür und Krista wurde hineingeschoben. Sie wisperte der Person im Flur etwas zu, das sich wie „Fick dich" anhörte, drehte sich schließlich um und sah mich an.

Als sie mich erkannte, verschwand jeglicher Ausdruck aus ihrem Gesicht. Verdammt. Das war eine sehr schlechte Idee.

„Du musst mir keinen Lapdance geben." Ich hob die Hände. „Ich bin nur zum Reden hier." Ich erhob mich von dem Stuhl. Es schien falsch zu sein, meinem Mädchen zu sagen, dass es mir leidtat, während ich auf einem Lapdance-Thron saß.

Der Türsteher trat ein paar Schritte von seinem Posten an der Tür vor. „Dieser Raum ist nicht für Gespräche gedacht. Kein Tanz, kein Zimmer. Wenn sie nicht tanzt, musst du wieder zurück in den Hauptraum.“

Krista sah zwischen uns beiden hin und her und legte ihre Hand auf den Arm des Dunkelhäutigen. „Okay, ich werde für ihn tanzen. Kannst du draußen warten, Danny?“

Der Türsteher schüttelte den Kopf. „Du kennst die Regeln.“

Danny, der abgewrackte Linebacker, der zusah, wie meine Freundin mir in dem Club, in dem sie arbeitete, einen Lapdance gab, war meine eigene Definition von Hölle.

„Nein.“ Ich ging auf die Tür zu, vorsichtig darauf bedacht, sie nicht zu berühren. Ich wollte kein böses Blut mit Danny. „Wir reden einfach nach deiner Schicht weiter. Okay?“

Krista packte mich am Kragen meiner Kutte. „Hör mal, ich bin sicher, dass das, was du zu sagen hast, nicht lange dauern wird. Und, na ja, ich bin nicht sehr gut in so was. Also lass es uns hinter uns bringen, okay?“

Sie gab mir einen kleinen Schubs zurück zum Stuhl. Ich wusste, dass das schief gehen würde, ich *wusste* es verdammt noch mal, aber ich musste mit ihr reden. Ich setzte mich.

Sie stand vor mir und rieb mit ihren Händen an ihren Seiten auf und ab. Für Stripperinnen-Verhältnisse war das ziemlich zahm. Doch Krista hatte einen fantastischen Körper und, nun ja, es war Krista. Meine Erektion kam mit aller Macht zurück. Ich versuchte verzweifelt, mich daran zu erinnern, warum ich hier war.

„Du wolltest etwas sagen?" Sie hörte auf, sich zu streicheln und sah mich an. Ich sollte eigentlich reden.

„Ähm, richtig. Ich wollte mich für neulich entschuldigen."

Sie hatte ihr Outfit gewechselt und trug nun nicht mehr ihr Bustier. Jetzt war es ein schwarzes Kleid, kombiniert mit schicken altmodischen Strümpfen mit Rückennaht. Sie stellte einen Fuß direkt vor meinen Schritt, beugte sich vor und begann, einen ihrer Strümpfe herunterzurollen. Dabei streichelte sie ihr eigenes Bein. Ich fragte mich, ob es sie anmachte.

„Du fängst besser an zu reden, sonst ist das hier ganz schnell zu Ende." Sie flüsterte es, aber ich konnte ihre Wut hören.

Ich schluckte. Verdammt. Ihre Brustwarzen lugten über den Ausschnitt ihres Kleides.

„Es tut mir leid, dass ich dich wie Scheiße behandelt habe, als ich herausfand, dass du eine Nutte bist. Das hast du nicht verdient."

Sie trat einen Schritt zurück und richtete sich auf, als ob sie Abstand zwischen uns bringen wollte.

Das war das Letzte, was ich wollte. Ich streckte die Hand aus und berührte ihre Finger.

Dannys Stimme dröhnte im Hintergrund. „Hände! Erste Warnung."

Verdammt. Ich ließ sie los und griff nach der Armlehne, um zu zeigen, dass ich mich fügte.

Danny verschränkte die Arme vor der Brust, setzte sich auf seinen Stuhl und nickte Krista zu. „Bring es zu Ende."

Sie legte ein Knie auf beide Seiten meiner Hüften. Scheiße. Sie war so nah, dass ich sie hätte küssen können, wenn ich mich zu ihr vorbeugte. Ich hatte sie nie so konzentriert gesehen. Sie starrte mich mit großen, ängstlichen Augen an. Ich hielt meine Hände im Zaum und sie begann sich an mir zu reiben. Langsam schob sie ihr schwarzes Kleid hoch und über den Kopf, bis nur noch ihr dunkler Tanga zwischen uns war.

Ihre Pussy glitt gegen meinen Schwanz und mein Gehirn erlitt einen Kurzschluss. Ich durfte mich nicht ablenken lassen. Ich musste es ihr sagen.

„Als ich hörte, dass du eine Hure bist, hatte ich Scheuklappen auf. Ich habe nichts anderes gesehen als den Job. Du bist mehr als das. Du bist ein guter Mensch und eine gute Mutter. Ich war ein verfluchtes Arschloch und es tut mir verdammt leid."

Sie beugte sich vor und ich spürte ihre feuchte Wange an meiner. „Danke."

Dann rutschte sie gegen meinen Schwanz, und ich verlor fast den Verstand. Wenn wir so weitermachten, würde mich der Türsteher rauswerfen. Ich musste das beenden. Ich war hier, um zu reden, und das war's.

Ich hob die Hände und berührte ihre Hüften. Nur eine leichte Liebkosung, aber es war genug.

Das Licht ging an und die ganze Welt veränderte sich.

Krista richtete sich auf und trat zurück. Sie zog ihr Kleid wieder herunter und zupfte es zurecht. „Ist das alles, was du zu sagen hast?"

Ihr Make-up war verschmiert, schwarze Spuren liefen über ihre Wangen.

Ich streckte die Hand aus und wischte ihr die Tränen weg. Es gab noch viel mehr zu sagen. *Ich liebe dich. Das ist verrückt, wir haben uns erst vor ein paar Tagen kennengelernt, aber ich glaube, ich möchte den Rest meines Lebens mit dir verbringen.*

Ich öffnete den Mund, um alles auszusprechen, doch Danny hielt Krista am Arm fest. „Nicht anfassen. Es ist vorbei."

Danny begleitete Krista aus dem Zimmer und schloss die Tür ab. Er überließ es mir, mich in dem grässlichen Lapdance-Raum abzukühlen, während ich gegen die Tür hämmerte. „Lass mich raus!"

Nach ein paar Minuten kam der Türsteher zurück und entschuldigte sich. „Tut mir leid, Mann. Ich muss erst die Mädels hinter die Bühne bringen, bevor ich dich rauslasse. Dafür sorgen, dass du sie nicht in der Halle angrapschst und so." Er zuckte mit den Achseln.

Dann schob er mich durch die Hintertür auf den Parkplatz hinaus. Ich war froh, da rauszukommen. Die kalte Luft war scharf in meinen Lungen nach dem stickigen Raum, in dem ich eingesperrt gewesen war.

Zwei uniformierte Beamte traten aus der Dunkelheit und gingen direkt auf mich zu. Verdammt. Ich streckte die Hände vor mir aus, um zu zeigen, dass ich keine Waffen hatte, aber einer der beiden packte mich an der Schulter und schleuderte mich gegen die Seite des Gebäudes. In weniger als zehn Sekunden hatten sie mich mit gespreizten Beinen gesichert und mit Handschellen gefesselt.

„Der schwer fassbare Berdoo“, knurrte einer von ihnen, während er mich in den Streifenwagen schob, der im Schatten geparkt war. „Wir suchen schon eine Weile nach dir. Anscheinend hast du vor ein paar Tagen einen Mann in einem Wohnkomplex überfallen. Schon komisch, da taucht jemand von der Demon Horde in unserer Stadt auf und ein Unschuldiger wird verletzt.“

Fuck. Robby.

Ich wollte etwas sagen, mich verteidigen. Aber ich war schon oft genug verhaftet worden, um zu wissen, dass mir das nichts bringen würde. Am besten hielt man den Mund und überließ das Reden seinem Anwalt.

* * *

Ich kooperierte bei der Verhaftung und der Abnahme der Fingerabdrücke. Während ich in der Zelle auf und ab ging, dachte ich kaum an die beschissene Anklage wegen Körperverletzung. Ich musste zu Krista, musste ihr sagen, dass ich sie liebte. Das hatte ich heute Abend verdammt schlecht gemacht. Ich hatte nicht einmal die Worte herausgebracht.

Je mehr ich auf und ab ging, desto kleiner wurde die Zelle. Ich spürte, wie mir der Schweiß zwischen den Schulterblättern herunterlief. Ich musste mit Krista reden. Zu oft hatte ich das Falsche oder gar nichts gesagt. Sie würde bestimmt auf mich warten, und ich würde verdammt noch mal nicht auftauchen.

Ich hatte die Zeit aus den Augen verloren, aber es war schon weit nach dem Mittagessen, als ein Mann auf meine Zelle zuging. Er trug ein zerknittertes Hemd und eine billige Krawatte. Entweder ein Pflichtverteidiger oder ein Polizist in Zivil. Er sagte nichts, wartete nur, bis der Gang frei war.

„Ich habe einen Anruf von Tate erhalten." Er holte einen Schlüsselbund heraus. Ein Polizist also, kein Anwalt. „Gut, dass sie dich auf dieser Seite untergebracht haben, wo noch nichts elektronisch ist."

Ich ging zur Tür hinüber und wartete, bis er sie öffnete. „Bin ich Ihnen etwas schuldig?"

Der Mann schüttelte den Kopf. „Nein, Tate hat sich darum gekümmert. Ich habe dafür gesorgt, dass die Vorwürfe fallen gelassen wurden, aber

Kalifornien wird informiert werden, dass du hier warst. Du hast wahrscheinlich ein paar Tage Zeit, bevor sie den Papierkram bearbeiten, aber das Verlassen des Staates ist ein Verstoß gegen die Bewährungsauflagen."

Scheiße. Ich nickte. Wenigstens war ich draußen. Ich musste Krista finden.

Kapitel 31

Krista

Colt hatte sich gestern Abend entschuldigt, und das war schön gewesen, das zu hören. Aber es hatte kein Gespräch über eine Zukunft gegeben. Keine Dates oder Abendessen. Es hatte nicht einmal ein „Bis später" gegeben. Ich war die halbe Nacht in meiner Wohnung aufgeblieben und hatte vergeblich darauf gewartet, dass er vorbeikam. Die ganze Nacht über hatte ich mir Versprechen, Blumen und romantische Küsse vorgestellt. Gegen sechs Uhr morgens hatte ich aufgegeben und war ins Bett gegangen. Der Traum war zu Ende.

Ich brauchte schnell Geld, und als Kellnerin im *Jiggles* würde ich nicht so viel verdienen, dass ich meinen Vermieter bezahlen könnte. Ich benötigte eine große Menge Kohle. Jetzt. Ich seufzte. Es gab nur einen Weg, das zu erreichen – meinen Körper verkaufen.

Ich setzte Becky in der Wohnung von Señora Lopez ab und fuhr zum Club hinüber.

Nachdem ich drei Stunden lang in meinen verdammten High Heels herumgelaufen war, war ich müde und immer noch pleite. Ich hatte mich mit meinem weißen Bustier, den Plateauschuhen und der kleinen Schwesternhaube ausstaffiert, aber kein einziger Typ hatte mir den ganzen Abend an den Hintern gefasst. Verdammt. Keiner wollte mich. Es war schwer zu übersehen, wenn einem ein kompletter Raum voller Männer die kalte Schulter zeigte. Ich war mir sicher, dass sie alle dachten, Colt würde dazwischen gehen und sie würden mit einem schönen Fall von schmerzenden Eiern enden, genau wie Russ.

Ich beschloss, eine Pause einzulegen, mein Make-up zu überprüfen und kurz aus diesen Schuhen zu steigen. Ich trottete mit meinen Absätzen die Treppe hinauf. Sobald die Jungs in der Kapelle waren, würde ich zum *Jiggles* rübergehen. Vielleicht würde mein Slum-Vermieter eine Ratenzahlung akzeptieren, anstatt mich ganz rauszuwerfen.

„Hey." Rip nickte mir auf dem Flur zu.

Ich lächelte. „Hi, Rip." Ich strich mit einem Finger über seine Brust. „Hast du Lust auf ein Date heute Abend?"

Seine Augen weiteten sich. „Was? Machst du Witze?" Er schaute die Treppe hinunter und wieder zu mir hoch. „Heilige Scheiße, Krista. Hast du einen der Jungs da unten gefragt, ob sie ein Date wollen?"

Ich nickte. „Ja. Es ist mein Job und ich muss meine Miete verdienen."

Rip packte mich am Arm. „Sie haben alle abgelehnt, weil du zu Colt gehörst."

Ich *wusste* es. Ich schob seine Hand weg. „Jemand muss *ihm* das sagen. Ich bin die Einzige, die verliebt ist. Wenn er mich wollte, wäre er gestern Abend aufgetaucht."

Ich zog die Schuhe aus und rannte die Treppe

hinunter. Ich konnte nicht glauben, dass ich Rip gerade mein Herz ausgeschüttet hatte. Wahrscheinlich würde er es allen erzählen und dann wüssten sie, dass ich eine dumme, liebeskranke Nutte war. Dass Colt mich liebte, war nur eine Fantasie. Daraus würde nie mehr werden.

Unten schmollte ich hinter der Bar und verfluchte Rip in Gedanken. Mir falsche Hoffnungen zu machen, war einfach grausam. Ich straffte die Schultern. Ich brauchte Geld. Zeit, die Party in Gang zu bringen. Ein bisschen Alk würde diese Crew aufmuntern. Der Club lieferte den Alkohol, also tranken die Mitglieder umsonst. Anwärter und Mitläufer mussten bezahlen. Später fand ein Treffen statt, daher waren heute Abend nur Mitglieder anwesend und es gab Freigetränke für alle. Ich schenkte zehn Tequila ein und lud sie auf ein Tablett.

Sobald die hochprozentigen Shots flossen, beruhigten sich die Jungs und entspannten sich ein wenig. Sie redeten und ich versuchte, nicht zuzuhören. Eine Hure machte es in einem Motorradclub nicht lange, wenn sie zu genau zuhörte oder Geschichten erzählte. Also ließ ich die Unterhaltung einfach über mich hinwegfließen, während ich flirtete.

Immer noch keine Abnehmer. Verdammt. Es war schon spät und es war verflucht klar, dass ich keine Kunden mehr bekommen würde, zumindest nicht vor der Kirche. Ich gab auf und ging hinter die Bar. In der Spüle stapelten sich eine Menge Schnapsgläser.

„Hey, Baby." Ich kannte diese Stimme – sie klang nach zu viel Whiskey und Zigaretten. Bear. Er lehnte sich über die Bar und grinste mich an.

Er mochte es gerne ein wenig rau. Er zahlte extra dafür, aber er war trotzdem nicht mein Lieblingskunde. Natürlich würde der Aufpreis für die Schläge dazu beitragen, meine Rechnungen zu bezahlen.

Der Morgen, den ich mit Colt verbracht hatte, war so nah und doch so weit weg. Ich wollte diesen Moment zurückerobern, mich schön und wertgeschätzt fühlen. Morgen früh würde ich mit Schmerzen und Wunden aufwachen. Aber meine Miete würde bezahlt sein.

„Einen auf Eis".

Er grinste und leckte sich über die Lippen, während ich ihm seinen Drink einschenkte. Nach dem ersten Mal hatte ich ihn abblitzen lassen. Aber diesmal wusste er, dass ich willig sein würde, er konnte meine Verzweiflung riechen. Ich würde mich heute Abend nicht wertgeschätzt fühlen; ich würde benutzt werden.

„Trink doch einen mit mir", meinte er rau.

Ich trank nicht bei der Arbeit, aber ich brauchte den Mut, um mit Bear zu schlafen. Betrunken zu sein, würde meinen Körper auch lockerer machen. Am Morgen danach würde ich weniger Schmerzen haben. Ich erschauderte. Ich versuchte nicht einmal, meine Abscheu zu verbergen – das war es, was ihn anregte. Ich kippte einen doppelten Patrón hinunter.

Nach heute Abend würde ich den größten Teil der Miete zusammenhaben. Ich konnte das.

„Ich habe dich in letzter Zeit gar nicht mehr gesehen. Hast du mich vermisst?"

Ich lächelte und rückte näher an ihn heran. Der übliche Tanz, den ich mit meinen Kunden machte. „Ich vermisse dich immer."

Wir unterhielten uns eine Zeit lang über nichts.

„Wollen wir nach der Kirche irgendwo hingehen, wo wir ungestört sind?" Er drückte meinen Oberschenkel gerade so fest, dass es ein wenig wehtat. Nicht so stark, dass ich protestieren konnte, aber doch so, dass ich zusammenzuckte. Bear brachte mich immer an meine Grenzen, sorgte dafür, dass ich ein bisschen weiter ging, als ich wollte.

„Ja, ähm, sicher. Heute Abend ist ein Gästezimmer frei."

Bear wohnte nicht im Club. Da wir nur Platz für sechs Bewohner hatten, versuchte ich, eines der Gästezimmer zu benutzen, wenn ein Mann Interesse hatte. Falls die Räume besetzt waren mit Bikern, die zu Besuch kamen, nahmen wir ein Büro im hinteren Bereich.

Wir sprachen noch ein wenig und handelten einen Preis aus. Seine Hand berührte meinen Rücken und wanderte tiefer. Meine Gänsehaut kam nicht von der Aufregung, sondern von der Angst, und er wusste es. Doch ich brauchte das Geld. Ich versuchte, mich nicht von ihm wegzulehnen, konnte aber nicht anders.

„Nimm deine Hände von ihr."

Die Worte wurden nicht gesagt, sondern eher ge-knurrt. Es war Colt – niemand sonst würde sich so sehr darum scheren, das zu sagen. Ich machte mir nicht die Mühe, mich umzudrehen. Er war nicht an mir interessiert; er wollte nur nicht, dass Bear an seinem Besitz herumgrapschte.

Bear grinste mich an und drehte sich zu Colt um. Der ganze Raum war natürlich still geworden. Die Jungs wollten alle sehen, was passieren würde. Wenigstens war ich dieses Mal nicht nackt und gefesselt.

„Hey, Mann, Krista trifft ihre eigenen Entschei-dungen." Bear legte seinen Arm um mich und drückte mich an seine Seite.

Er hatte Recht, das tat ich. Ich musste mich schüt-zen. Meine Liebe zu Colt würde mich und meine Tochter in den Ruin treiben. Ich musste es tun.

„Ich habe ein Date mit Bear nach der Kirche, aber jetzt hätte ich Zeit." Ich wollte von dem Barhocker aufstehen, doch Bear hielt mich fest.

„Nein, ich will die ganze Nacht."

Ich sah zu Colt. Er war nicht auf mich, sondern auf Bear konzentriert.

„Lass sie gehen, Bear. Es ist ihre Entscheidung." Das war eine neue Stimme: Rip.

Skeet kam herein und sah sich verwirrt um. Er musste ahnen, dass etwas im Gange war, denn er stellte sich hinter Colt.

Bears Griff lockerte sich. Er wusste, wann er ge-schlagen war. Ich stolperte, als er mich vom Stuhl zu Colt stieß.

„Du beanspruchst die Schlampe also für dich als deine Old Lady?"

Mein Herz zog sich zusammen, als ob jemand versuchen würde, mich von innen heraus zu erwürgen.

Dank Bears Schubsen stand ich nun zwischen ihnen. Zwischen meinem alten Leben und dem Mann, den ich wollte. Ja. Ich wollte, dass er Ja sagte. Dass er erkannte, dass ich ihn nicht belogen hatte. Dann könnte er mich vor allen Leuten als seine Old Lady beanspruchen. Wir könnten glücklich bis ans Ende unserer Tage leben.

Ich wartete. Mein ganzer Körper war angespannt, während ich auf seine Antwort gespannt war.

Colts Stimme war kaum zu hören, nur wenig mehr als ein Flüstern. „Geh und warte in meinem Zimmer, Krista."

Ich zuckte zusammen und sprang zurück, als hätte er mich geohrfeigt. Er hatte es nicht getan.

Er hatte mich nicht für sich beansprucht. Vielleicht wollte er mich als seine persönliche Hure? Wer wusste das schon. Aber das war jetzt auch egal. Das war seine letzte Chance gewesen, und er hatte sie gerade versaut.

Bear lachte. „Du verdammtes Weichei. Du kannst die Worte nicht aussprechen, oder?"

Colt sagte nichts. Er hatte seinen Besitzanspruch auf mich nicht bekannt gegeben. Ich war jetzt nur noch ein Witz.

Bear und Colt zogen jeweils ihre Kutten aus. Ich wich vor ihnen beiden zurück. Von mir aus könnten er und Bear sich gegenseitig in den Boden stampfen.

Ein lauter Pfiff schnitt durch die Luft. Tate.

„Krista, geh nach oben. Alle anderen sind verdammt noch mal zu spät für die Kirche."

Es war nicht das erste Mal, dass ich nach oben beordert wurde. Die Kings waren nicht immer eine große, glückliche Familie, und wenn es Ärger gab, wollte ich definitiv nicht dabei sein.

Die Jungs lösten sich von dem Spektakel und gingen den Flur entlang zur Kirche. Rip hatte Recht. Es war meine Entscheidung. Ich konnte auf einen Mann warten, der mich nicht wollte, oder ich konnte Bear ficken und meine Rolle als Motorradclubhure festigen.

Oder ich könnte weder das eine noch das andere tun.

Es war meine Entscheidung.

Kapitel 32

Colt

Die Kirche mit den Storm Kings war ein Test für meine Nerven. Ich knackte mit den Knöcheln und starrte an die Decke. Falls ich Bear ansehen würde, würde ich ihn verdammt noch mal verprügeln. Wenn ich ihn so angreifen würde, wie ich es gerade wollte, wäre meine Glaubwürdigkeit bei den Kings dahin. Mit dieser Art von beschissenem Verhalten würde ich keinen einzigen Menschen überzeugen, der Horde beizutreten, und ich wäre am Arsch.

Kaum war ich aus dem Knast raus gewesen, war ich zu Kristas Wohnung gerast. Sie war nicht dort gewesen. Dann war ich zum Clubhaus gefahren und hatte einen verdammten Albtraum erlebt. Ich wusste, was sie von mir hatte hören wollen. Ich hatte es auch sagen wollen, doch ich brachte es einfach nicht heraus.

Ich hatte darüber nachgedacht, Krista und Becky mit nach Kalifornien zu nehmen, aber als der Moment gekommen war, in dem ich mich tatsächlich vor allen Leuten hatte festlegen sollen, war ich wie erstarrt. Es war, als würde ich zustimmen, mir eine Schlinge um den Hals legen zu lassen, die sich immer enger zog. Anstatt es wie ein Mann zuzugeben, nahm ich den verdammten Weg des Feiglings und sagte ihr, sie solle in mein Zimmer gehen. Als ob sie eine verfluchte Nutte wäre.

Meine Fingernägel gruben sich in meine Handflächen, während Bear von dem Trip nach Portland erzählte, um die Fahrzeuge aus dem Importgeschäft abzuliefern, und Tate allen anderen von den Einnahmen des Kasinos berichtete. Ein ganz normaler Tag. Nach einer Stunde müßigen Geplauders war ich bereit, mir das Bein abzunagen, um dieser Falle zu entkommen. Ich hatte Wichtigeres zu tun, als mir die Einnahmen von einem Haufen Spielautomaten anzuhören. Tate stand ganz oben auf meiner Shit-Liste, weil er mir erzählt hatte, dass Krista Barkeeperin war und mir die Details über ihr Nebengeschäft verschwiegen hatte. Ich musste ihm noch von Bear und Robby erzählen.

Sobald diese Scheiße erledigt war, musste ich Krista finden. Sie verdiente zumindest eine Erklärung dafür, was für ein gottverdammter Feigling ich war.

Nach der Sitzung gingen die anderen Jungs nach draußen, und Tate, Skeeter und ich saßen allein in der Kapelle.

„Braucht ihr mich dafür hier?" Bear stand in der Tür. Fuck. Ich hatte vergessen, dass er de facto immer noch der VP war und bei jeder ernsthaften Diskussionen dabei sein sollte.

Ich hielt den Mund fest verschlossen. Alles, was von meiner Seite in Richtung Bear kommen würde, würde einen Kampf auslösen, also sagte ich am besten gar nichts. Wenn Tate Bear loswerden wollte, musste er es selbst tun.

Tate winkte ab und grinste. „Nein, geh nach

draußen und sieh zu, dass die Jungs bei guter Laune sind. Ich denke, wir haben es hier drinnen im Griff."

Bears Augen huschten zu mir und dann wieder zu Tate. Sein Kiefer könnte gezuckt haben, aber das war unter dem dichten Bart schwer zu erkennen. „Geht klar, ich habe ein Date."

Es gab nur eines, was mich davon abhielt, mich über den Tisch zu stürzen und seinen Kopf in den Boden zu rammen. Und zwar das Wissen, dass Krista entweder in meinem Zimmer oder bei einer Gruppe von Jungs, die sich für sie einsetzen würden, in Sicherheit war. Sie hatten das Richtige getan, als Bear und ich gegeneinander angetreten waren, auch wenn ich es nicht getan hatte.

Die Tür schloss sich hinter ihm, und ich ließ die Faust auf den Tisch fallen. Oder hämmerte sie darauf. So oder so, es war besser, als Bear nachzugehen. Nicht so befriedigend, aber auf lange Sicht besser.

„Du hast dich zurückgehalten", kommentierte Tate.

Ich kniff die Augen zusammen. Seine Zeit war gekommen. „Ja, du aber auch. Du hast verdammt noch mal vergessen, mir zu sagen, dass Krista eine Barkeeperin *und* eine Prostituierte ist."

Tate hatte den Anstand, beschämt dreinzuschauen. „Ja, sie steht auf meiner Gehaltsliste als Barkeeperin. Es gibt kein Kästchen, das man ankreuzen muss, auf dem ‚Prostituierte' steht. Außerdem, wie lange bist du schon in einem Club? Eine Frau, die so hier herumhängt wie sie, hat zwangsläufig ein Nebengeschäft. Das weißt du doch."

Ja. Mein alter Herr hatte die Demon Horde mitbegründet. Ich war in diesem Leben aufgewachsen und hätte es wissen müssen. Meine Mutter und mein Vater hatten meiner Schwester nicht erlaubt, im Club abzuhängen. Sie wussten, was alle vermutet hätten. Ich hätte es auch wissen müssen. Verdammt noch mal.

„So. Genug von Pussys. Wohin seid ihr denn heute Nachmittag verschwunden?", fragte Tate.

Skeeter und ich erzählten Tate von unserem Gespräch mit Robby.

Tate zuckte mit den Achseln. „Nun, ausgehend von Robbys Ausrutscher ist Bear unser Dieb. Sein Hauptjob ist es, verlassene Fahrzeuge für mich abzuschleppen, also weiß ich genau, wie viel er verdient, und es ist nicht genug, um Kredithai zu spielen. Im Moment können wir nur abwarten, ob er in das Lagerhaus einbricht. Ich habe das Benachrichtigungssystem für die Kameras nach deinen Angaben in meinem E-Mail-Account eingerichtet. Sobald ich informiert werde, wissen wir Bescheid. Wir müssen nur Geduld haben, bis er etwas unternimmt."

Ich rieb mir die Hände. Ich hatte keine Zeit zum Herumsitzen und Abwarten. „Können wir eine weitere Lieferung auf den Weg bringen? Bear dürfte dem ganzen Geld nicht widerstehen können – er würde sicher schnell handeln. Mich erwartet ein Haftbefehl, sobald der Papierkram in Kalifornien landet. Wir müssen das rasch zu Ende bringen.“ Ich atmete aus und versuchte, mir etwas einfallen zu lassen, irgendetwas, das die Sache beschleunigen könnte. „Ich könnte zurück nach Kalifornien gehen“, schlug ich vor. Es war nicht der ausgeklügeltste Plan, aber er war einfach und schnell. „Mich aus dem Weg schaffen, damit Bear sich wohler fühlt. Das Geschäftliche geht weiter wie immer, dann bringt ihr ihn allein zur Strecke.“

Tate fuhr sich mit den Fingern durch seinen Bart. „Es könnte funktionieren. Der Diebstahl könnte allerdings bereits stattgefunden haben. Ihr Jungs seht euch morgen die Sicherheitsaufzeichnungen an. Denn was ist, wenn euer Sicherheitssystem versagt hat und er uns schon ausgeräumt hat? Fahrt morgen zum Lagerhaus und seht nach, was los ist. Wenn wir nichts finden, Colt, fährst du nach Hause, und wir hoffen, dass das Bear ermutigt.“

Ich beeilte mich, den Rest der Diskussion hinter mich zu bringen. Ich hatte nicht mehr viel Zeit und musste mit Krista sprechen.

* * *

Nach unserem Treffen nahm ich zwei Treppenstufen auf einmal, um zu sehen, ob sie in meinem Zimmer war. In meiner Vorstellung lag sie auf dem Bett und wartete auf mich. Aber stattdessen war da nichts. Sie war nicht dort.

Allerdings herrschte keine Stille. Es war ein

rhythmisches Klopfen zu hören. Jemand hatte Sex. Fuck.

Die Farben der Welt verblassten, bis ich nur noch Rotschattierungen sah. Ich ging von Zimmer zu Zimmer und riss die Türen auf, bis ich eine fand, die verschlossen war. Ich trat sie ein.

Ein haariger weißer Arsch pumpte gegen die Wand. Scheiße. Ich konnte die Rückseite von Bears Kutte sehen, ein Skelett mit einer Krone, während er sich in ihr versenkte. Ich packte seinen Haarschopf und zog ihn weg. Er fuhr mit schwingender Faust herum. Ich wich dem Schlag aus und versuchte, Kristas Arm zu ergreifen, um sie in Sicherheit zu bringen. Aber die Frau an der Wand war brünett, hatte braune Augen und eine blutige Lippe.

Ein Schlag traf mich im Nacken, war jedoch falsch gezielt, so dass er nur abprallte. Ich drehte mich und Bear erwischte mich an der Nase. Blut floss vorne an meinem T-Shirt herunter, und ich konnte nicht stoppen, um nachzudenken. Ich schlug einfach zu. Bear ging zu Boden und ich folgte ihm.

Ich wollte noch einmal zuschlagen, aber meine Knöchel erreichten ihn nicht. Das lag daran, dass ich von Skeeter und Rip hochgezogen worden war. Tate und der gesamte Club standen hinter ihnen.

„Wo ist Krista?", fragte ich. Meine Zunge war dick – ich hatte offenbar irgendwann während des Kampfes drauf gebissen. Skeeter, der meinen linken Arm festhielt, drehte mich zu Tate.

„Krista ist für heute Abend nach Hause gegangen." Tate starrte mich an. „Jemand soll Bear zusammenflicken und Colt in mein Büro bringen." Er sah mir direkt ins Gesicht. „Du setzt dich hin, bis du dich abgekühlt hast. Dann werden wir uns ein wenig unterhalten."

Mir brannte es auf den Lippen, Tate zu sagen, er solle sich ins Knie ficken, aber er hatte recht. Ich musste mich abkühlen. Alle Jungs waren im Flur versammelt und starrten mich an. Ein Streit mit Tate vor dem ganzen verdammten Club wäre für niemanden gut.

Tate ließ mich fast eine Stunde lang in seinem Büro sitzen. Ich war froh über diese Zeit. Ich musste meinen Kopf wieder freibekommen. Nachdem ich gedacht hatte, dass Bear Sex mit Krista hatte, lagen meine Nerven blank und ich brauchte einfach eine verdammte Pause.

Schließlich stapfte Tate in sein Büro und schlug die Tür zu, bevor er sich hinter seinen Schreibtisch setzte.

„Hast du deinen verfickten Verstand verloren?", fragte er. Seine Wut war kalt und leise, sie brodelte knapp unter der Oberfläche.

Ich stöhnte. „Ja, ich hab's versaut. Ich sah Bear, dachte, es sei Krista, und bin durchgedreht. Ich bin irre geworden. Es wird nicht wieder vorkommen."

Tate nickte. „Da hast du verdammt recht, es wird nicht wieder vorkommen. Ich habe meinen Kumpel Volk in Kalifornien angerufen, und wir haben uns unterhalten."

Ich stützte den Kopf in die Hände und malte mir

all die schrecklichen Möglichkeiten aus, die als Nächstes folgen würden. Volk war der Präsident der Demon Horde und ich steckte richtig in der Scheiße.

Tate ließ die Stille zwischen uns walten.

„Ich mag dich, Junge. Du bist respektvoll – die meiste Zeit, verdammt. Und du hast dich bis heute Abend ziemlich gut geschlagen." Er lehnte sich vor. „Aber hier ist mein Problem. Ich kann es nicht gebrauchen, dass du diesen Patch-Over versaust. Wenn sie dich aus dem Club schmeißen, betrifft mich das nicht besonders. Doch falls der Deal nicht zustande kommt, wird mein kleiner Club für jeden an der Westküste eine leichte Beute sein. Ich habe ein erstklassiges Gebiet und eine gottverdammte Bruderschaft, die ich nicht aufgeben will. Ich kann uns nicht eingliedern, wenn alle dich hassen. Du bist das Gesicht der Demon Horde und ich muss meine Jungs dazu bringen, dass sie Ja sagen, dass sie dein Bruder werden wollen.

Also musst du dich zusammenreißen und den Patch-Over in die Wege leiten, denn du hast drei Tage Zeit, um das verdammte Geschäft abzuschließen. Volk hat gehört, dass heute ein Haftbefehl gegen dich ausgestellt wurde, die Polizei könnte also jeden Moment vor unserer Tür stehen. Ich habe keine Lust auf eine Razzia, nur weil du vor einem Stripclub beim Nachschnüffeln einer Pussy aufgegriffen wurdest."

Ich erschauderte. Er hatte Recht. Alles, was er sagte, war korrekt. Ich hatte versagt, und wenn ich diesen Patch-Over nicht hinbekam, würde ich aus dem Club geworfen werden. Ich war in der Horde aufgewachsen und hatte mit fünfzehn Jahren als Prospect angefangen. Mein alter Herr würde sich im Grab umdrehen, wenn er erfahren würde, dass ich kurz davor stand, meine Kutte abgeben zu müssen. Ich *durfte* nicht versagen. Aber drei Tage? Das war verflucht wenig Zeit.

„Ja, Sir." Was gab es sonst zu sagen? „Du hast recht."

Tate lehnte sich in seinem Stuhl zurück. „Also, du wirst Folgendes tun. Du wirst beweisen, dass Bear derjenige ist, der stiehlt. Du hast drei Tage, um das herauszufinden. Danach will Volk, dass du nach Hause kommst und einen vollständigen Bericht abgibst. Dann stellst du deinen Arsch bei den Bullen." Er verschränkte die Arme vor der Brust.

Ich nickte wie betäubt. Alles, was mir blieb, waren drei Tage in Freiheit.

Kapitel 33

Krista

Ein grässlicher Lärm schrillte in meinem Ohr. Ich hämmerte ein paar Mal auf meinen Wecker, aber er klingelte weiter. Es war mein Handy, nicht der Wecker.

„Hallo?" Es war sieben Uhr morgens. Ich hatte die ganze Nacht über im Stripclub Trübsal geblasen und versucht, mein Leben zu vergessen. Meine Füße schmerzten, mein Kopf pochte. Wehe, wenn keiner tot war oder in Flammen stand!

„Äh, hi. Könnte ich mit Krista Hartley sprechen?" Es war eine Frauenstimme und klang sehr professionell. Was zum Teufel konnte sie von mir wollen? Meine Rechnungen waren alle bezahlt, zumindest bis morgen, also konnte es sich nicht um ein Inkassounternehmen handeln. „Tut mir leid, dass ich Sie wecke. Ich rufe wegen einer Stelle bei der Wirtschaftsprüfungsgesellschaft North and Shearer an."

Noch nie in meinem Leben war ich so hellwach gewesen. Ich rappelte mich auf und es gelang mir, meine beste „Ich war definitiv nicht die ganze Nacht auf"-Stimme aufzusetzen. Der Anruf war kurz, sie war nur dafür zuständig, die Vorstellungstermine zu planen. Am Ende sollte ich heute vorbeikommen. Buchhalterin auf Einstiegsniveau.

Becks kroch zu mir ins Bett. Das Handy hatte sie geweckt. „Mami? Warum lachst du?"

Sie kuschelte sich in mein Kopfkissen. Ihr Haar war ein wildes Wirrwarr, aber sie war wunderschön. Meine kleine Morgensonne.

„Ich lache, weil ich aufgeregt bin. Ich werde einen neuen Job bekommen."

Ja, okay. Ich hatte den Job noch nicht, aber ich musste mir erlauben, zu träumen. Ich brauchte dieses bisschen Sicherheit, dass meine Zukunft bald besser werden würde.

* * *

Es war ein dreistöckiges Backsteinbürogebäude mit grünen Glasfenstern rundherum. Nichts Besonderes, aber es sah wie der Himmel aus. Meine niedrigen Absätze klackten auf dem nassen Bürgersteig und ich erreichte die Eingangstür. Dann hörte ich ein Grollen. Tief und wild, ein Motorrad.

Mein verräterisches Herz machte einen Sprung. Ich wollte, dass es Colt war. Aber als der Lärm näher kam, sah ich die Maschine vorbeifahren. Es war nur ein Junge auf einem asiatischen Modell.

Ich starrte auf die Türen. Zwei Glastüren, die zu meinem neuen Leben führen würden, und ich konnte sie nicht öffnen. Ich wartete immer noch auf Colt.

Jetzt war es still, das Motorrad war weg. Meine Zeit mit Colt war vorbei. Ich dachte, er wäre der Mann, auf den ich mich verlassen konnte. Ich hatte gedacht, wir konnten die Dinge ändern und gemeinsam ein neues Leben beginnen. Ich öffnete eine der großen Glastüren. Ich war die Einzige, die mein Leben ändern konnte.

North and Shearer befanden sich in Suite 201. Ich trat ein und ging direkt zum Schreibtisch der Empfangsdame. „Ich bin für ein Vorstellungsgespräch hier."

* * *

Das Vorstellungsgespräch begann mit einem Test meiner Buchhaltungskenntnisse. Ich musste wohl mit Bravour bestanden haben, denn ich wurde direkt in einen Konferenzraum geführt. Karen, die Büroleiterin, sprach mit mir über meine College-kurse und meine Erfahrungen im Club. Als sie mit den Fragen fertig war, legte sie ihren Notizblock zur Seite.

„Könnten Sie schon in einer Woche anfangen?"

Es fiel mir schwer, zu atmen. Vielleicht war es doch nicht das, was ich wirklich wollte? Den Club zu verlassen, war noch nie so real gewesen. Es war immer ein Konzept gewesen, eine Idee, die in meinem Kopf herumschwirrte.

Aber Becky war kein Konzept. Sie brauchte ein stabiles Leben, in dem Mama abends nach Hause kam und in dem ich immer die Rechnungen bezahlen konnte. Wenn sie alt genug war, mich nach meinem Beruf zu fragen, verdiente sie eine ehrliche Antwort. Ich musste ein Vorbild für meine Tochter sein. Das war echt.

„Ich kann schon morgen anfangen, wenn Sie

mich brauchen.“

„Wir müssen Ihren Schreibtisch vorbereiten. Wie wäre es mit Dienstag? Nächste Woche?“ Karen lächelte. „Willkommen an Bord.“

Nachdem ich mit dem Ausfüllen des Papierkrams und der Referenzanfragen fertig war, musste ich Becky von der Bushaltestelle abholen. Ich stieg in meiner schicken Hose und meinem schönen Blazer aus dem Auto. Beckys Augen waren groß, als sie aus dem Bus trat.

„Du siehst sehr klug aus, Mami.“

Sie nickte bei ihrer Verkündung, und ich lachte. Ich fühlte mich auch sehr schlau.

Ich musste nur noch eine weitere Woche im Club überstehen.

Kapitel 34

Colt

Nachdem Tate mich angeschrien hatte, befahl er mir, schlafen zu gehen. Er meinte, ich müsse mich beruhigen, bevor ich mich auf die Suche nach dem Dieb machte. Als ich aufwachte, war mein T-Shirt getrocknet und blutverschmiert von dem Kampf, also duschte ich, zog mich um und ging nach unten. Skeeter saß an der Bar und aß Eier.

„Morgen." Er grinste. „Du siehst scheiße aus."

„Danke." Ich lachte und es tat mir im Gesicht weh. Irgendwann letzte Nacht musste Bear mir ein paar Schläge verpasst haben, an die ich mich nicht mehr erinnern konnte. Ich hatte einen ziemlich großen blauen Fleck auf der Wange. Ich schenkte mir etwas Kaffee ein und setzte mich neben Skeeter an die Bar. „Ich sehe mir mal die Überwachungsbänder an. Bist du dabei?"

Er nickte. „Zur Hölle ja, lass uns gehen."

* * *

Stunden über Stunden an Material und nichts. Die Kameras selbst waren bewegungsaktiviert, also sollte alles, was wir beobachteten, Aufnahmen davon enthalten, wie Bear das Geld des Clubs stahl oder es zumindest überprüfte. Das sollte unser entscheidender Beweis sein, aber stattdessen fanden wir stundenlang nur Eichhörnchen.

Das Lagerhaus war von verdammten Eichhörnchen befallen. Jedes Mal, wenn eines der gottverdammten Dinger vor die Kamera lief, begann die Aufnahme. Eine Ewigkeit lang rannten die Tiere vor unserem Geld hin und her. Nichts war angerührt worden, niemand war gekommen, um einen Blick darauf zu werfen und zu sehen, was da war.

Nur Kisten, gefüllt mit falschen Scheinen, und Eichhörnchen.

Skeeter warf die Fernbedienung auf den kleinen Tisch im Büro des Lagerhauses. „Na, das war ein verdammter Reinfall. Wie viele Stunden haben wir noch?"

Ich schaute auf meinen Laptop. Scheiße. „Ungefähr sechs. Willst du eine Pizza ordern?"

Nachdem wir uns vollgestopft hatten, wandte sich Skeeter an mich. „Also, das war eine beschissene Sache, die du Krista angetan hast."

Ich warf das halb gegessene Stück Salamipizza zurück in die Schachtel. Ich war nicht mehr hungrig. „Wer zum Teufel bist du? Dr. Phil?" Skeeter war schlimmer als eine Tussi, er nervte mich ständig mit meiner Beziehung. Aber er hatte Recht. Ich tippte mir ans Kinn und drehte den Kopf, um ihm einen guten Blick zu ermöglichen. „Schlag einfach zu und bring es hinter dich. Ich weiß, dass du es willst. Direkt hier."

Skeeter lachte. „Hast du schon mit Krista gesprochen? Ihr gesagt, dass du sie liebst?"

Er zog das Wort „liebst" in die Länge, während er

es sagte. Es klang komisch, genau wie diese ganze Situation. Ich hatte endlich die Frau gefunden, mit der ich den Rest meiner Tage verbringen wollte. Sie war sexy, klug und unabhängig, und ich hatte sie nicht verdient. Ich war nicht gut genug für jemanden wie sie. Bei weitem nicht.

Ich antwortete ihm nicht. Ich konnte die Sache mit Krista nicht wieder in Ordnung bringen. Ich hatte so oft Mist gebaut, und die letzte Nacht war die schlimmste gewesen. Ich konnte nicht erwarten, dass sie darauf wartete, dass ich aus dem Gefängnis kam, wenn ich nicht einmal in der Lage war, meinen Mann zu stehen und sie vor dem Club für mich zu beanspruchen.

„Ich werde mich von ihr verabschieden und zurück nach Cali fahren." Ich wandte mich an Skeeter. „Wirst du ein Auge auf sie haben? Dafür sorgen, dass sie in Sicherheit ist?"

Skeeter nickte und war eine Zeit lang still. Er rauchte und wir sahen uns die Aufnahmen weiter an. „Ich werde auf sie aufpassen", versprach er. „Aber es wird schwierig mit ihrem neuen Job."

Ich stoppte das Band. „Was?"

„Ja. Hat sie es dir nicht erzählt? Sie hat Tate mitgeteilt, dass sie einen neuen Job hat." Er grinste. „Seid ihr zu sehr mit Ficken beschäftigt, um viel zu reden?"

Ich war dumm. Ja, natürlich. Sie hatte gerade vor ein paar Monaten ihren Abschluss gemacht. Es ergab alles Sinn. Sie hatte vor, etwas aus sich zu machen, und dazu brauchte sie mich nicht. Ich wollte, dass sie Erfolg hatte. Ich wünschte mir nur, dass ich dabei sein könnte, um es zu sehen.

Vielleicht gab es einen Weg, wie ich ihr doch helfen konnte. Ich hörte auf, auf die Sicherheitsvideos zu achten. Ich musste nicht in ihrem Leben sein, um sie zu unterstützen. Sie würde Geld brauchen, um die Dinge in Gang zu bringen, und davon hatte ich reichlich. Ich hatte die letzten Jahre damit verbracht, mit Aktien zu handeln und ein nettes Offshore-Bankkonto anzulegen. Ich konnte dafür sorgen, dass sie und Becky ein gutes Leben hatten.

Wir beendeten den Rest der Aufnahmen. Gegen Ende erlebten wir eine Überraschung, als ein Waschbär für etwa zwei Minuten auftauchte, aber nichts Belastendes. Wir konnten Bear wegen nichts drankriegen. Verdammt!

„Tja, das war ein Reinfall", schimpfte Skeeter. Er warf den leeren Pizzakarton weg und ich packte meinen Laptop zusammen. Es war Zeit, zurückzufahren. Ich musste mit Krista sprechen.

Es regnete in Strömen, als wir zu unseren Motorrädern kamen. Verflucht. Skeeter packte ein Nylonbündel aus seinen Satteltaschen aus.

„Was ist das?"

„Regenkleidung." Er begann, den Overall anzuziehen.

„Keiner trägt Regenkleidung. Das ist was für Weicheier." Fuck. Ich wollte den Kerl nicht beleidigen, er hatte mit seinen Informationen gerade all meine Probleme mit meiner verdammten Beziehung gelöst. „Tut mir leid, Mann, so habe ich es nicht gemeint. Es ist nur so, dass das in Kalifornien niemand trägt."

Skeeter lachte und schloss den Reißverschluss seines wasserdichten Overalls. „Willkommen im Staat Washington."

Kapitel 35

Krista

Bear starrte mich böse aus seinem nicht geschwollenen Auge an, als er zur Bar ging. Jemand hatte sich gestern Abend wirklich an ihm vergangen. Ich wusste nicht, wer, und es war mir egal. Ich hörte auf.

Der Gedanke kam mir, als ich durch die Türen des Clubs ging. Ich würde diesen Ort vielleicht nie wieder sehen. Ich würde auch Colt nie wieder sehen. Nicht einmal das konnte meine Begeisterung trüben. Ich stand kurz davor, einen richtigen Job zu haben, einen respektablen Job, bei dem ich mich nicht ausziehen oder mir Gedanken darüber machen musste, wie viel Gleitmittel ich verwenden sollte.

Nach etwa der Hälfte des Abends sah ich auf und entdeckte Colt, der tropfend vor der Bar stand. Mein Herz und mein Körper zuckten zusammen. Unser erstes Treffen nach der großen Zurückweisung.

Er sah verdammt heiß aus. Sein weißes Thermoshirt war fast durchsichtig und seine schwarze Lederhose lag sehr eng an. Wie schlimm wäre es, einen letzten Abschiedskuss zu bekommen? Es war doch egal, dass er sich entschuldigt und süße Dinge zu mir gesagt hatte, während ich ihm einen Lapdance gegeben hatte. Er wäre nicht der erste Kerl. Er wäre auch nicht der erste Mann, der ein

Versprechen abgab und dann nicht auftauchte.

Ich tat es ab, so gut ich konnte. Vielleicht konnte ich ihn nicht mehr haben, aber möglicherweise konnten wir eine letzte gemeinsame Stunde verbringen. Ich ertappte mich dabei, dass ich seine Brust berühren wollte. Stattdessen schob ich die Quittungen für den aktuellen Spirituosenkauf herum.

„Was ist mit dir passiert?"

„Es gibt da dieses Zeug, das man Regenkleidung nennt." Er grinste. „Ich besitze so was nicht."

Sein Lächeln überraschte mich und brachte meine Knie zum Schmelzen. Bisher hatte er immer nur Becky angelächelt. Er hatte mir ein paar Mal ein halbes Lächeln geschenkt, aber nie so ein vernichtendes Grinsen, das einen Hinweis auf Grübchen gab. Gott, er war so heiß, dass meine Nippel schmerzten.

Obwohl er mich vor dem ganzen Club in Verlegenheit gebracht und gedemütigt hatte, zweimal – einmal war ich praktisch nackt gewesen –, wollte ich ihn immer noch. Ich war dem Untergang geweiht. Es war eine verdammt gute Sache, dass ich in einer Woche einen neuen Job antrat, sonst hätte Tate mich gefeuert, weil ich auf keinen Fall mit jemand anderem schlafen konnte. Colt wollte mich nicht, das wusste ich, aber ich wollte ihn. Selbst wenn ich nur eine Beziehung vorspielte, mir etwas vormachte im Austausch für heißen Sex.

„In Südkalifornien benutzen wir keine Regenkleidung. Ich könnte welche bestellen, aber bevor sie ankommt, bin ich schon wieder weg. Ich reise morgen ab.“

Die Whiskeyflasche rutschte in meiner Hand. „Morgen?“

Ich hatte gewusst, dass er gehen würde. Dass der Patch auf der Rückseite seiner Kutte anders war als bei den anderen. Von dem Moment an, als er in mein Leben getreten war, war klar gewesen, dass es nur vorübergehend war, aber morgen war so früh.

Mein Herz zog sich zusammen. Ich würde ihn nie wieder sehen. Heute Abend war unsere letzte Nacht.

„Ich brauche deine Hilfe bei etwas.“ Er packte den Zipfel seines Thermoshirts und wrang es aus. Ein winziges Dreieck von braunen Bauchmuskeln lugte mir entgegen, als er den Stoff drehte. Das Wasser spritzte auf den Boden. „Meine Hose ist aufgequollen und der Reißverschluss klemmt.“

Er deutete auf seinen Schritt, und ich versuchte, nicht hinzusehen. Wirklich, ich bemühte mich. Seine Lederhose war völlig durchnässt, so sehr, dass sie wahrscheinlich ruiniert war. Außerdem klebte sie an allen Stellen an ihm, auch *dort*.

„Oh ja, das kann bei Leder passieren.“ Ich trat hinter der Bar hervor. Viele Männer hatten Probleme mit diesen Hosen, wenn sie in einen Regenschauer gerieten. Ich griff nach seinem Bund, aber er hielt meine Handgelenke fest.

„Mein Zimmer.“ Das war keine Frage, es war eine Forderung.

Ich beobachtete seinen Hintern, als wir die Treppe hinaufstiegen. Er würde morgen abreisen. Das wiederholte ich gedanklich bei jedem Schritt. Heute würde unsere letzte Nacht sein und ich würde es zu etwas Besonderem machen.

Er hielt mir die Tür zu seinem Zimmer auf und ich trat an ihm vorbei.

Ich war schon tausendmal in diesem Raum gewesen, aber jetzt roch es nach ihm. Es war seines. Wenn ich jemals wieder hier hineingehen würde, nachdem er gegangen war, würde ich mich daran erinnern, dass ich genau dort gestanden hatte, neben dem Bett, Colt vor mir, der mir in die Augen schaute.

Die Tür schloss sich hinter mir mit einem Klicken. Colt ging an mir vorbei und zog sich das Shirt über den Kopf aus. „Ich brauche Hilfe mit der Hose."

Ich trat noch näher an ihn heran und griff nach seinem Gürtel. Ich hatte im letzten Jahr so viele davon geöffnet, dass ich es mit verbundenen Augen tun konnte, aber dieser war aus Leder und wegen des Wassers ausgedehnt. Ich zerrte zweimal daran. Beim dritten Ruck stolperte ich zur Seite und er fing mich auf.

Seine Arme waren feucht, aber heiß, während er mich an sich drückte. Ich legte meine Wange auf seine nackte Brust und ließ mich einfach von ihm halten. Als mir ein Schauer über den Rücken lief, kam mir die Erinnerung an seine Worte in den Sinn.

„Ich habe genug von ihr gehabt."

„Du bist ein guter Mensch und eine gute Mutter."

Und dann war da noch die schlimmste Erinnerung von allen. *„Du beanspruchst die Schlampe also für dich als deine Old Lady?"*

Es war immer eine Achterbahnfahrt mit ihm. Ich *musste* mich besser schützen. Ich *wollte,* dass er mich schön fand und mir Orgasmen schenkte. Es war eine Rutschpartie, die direkt in einer einseitigen Liebe mündete.

Aber nach heute Abend würde ich ihn nie wieder sehen. Ich brauchte nur dieses letzte Lebewohl. Ich fuhr mit den Fingern über seine Brust, doch er schob mich zurück.

„Es tut mir leid, was mit Bear passiert ist", flüsterte er.

Ich wollte ihm unbedingt in die Augen sehen. Aber ich durfte es nicht zulassen. Ich konnte ihn nicht ansehen, weil ich schwach war. Weil er im Lapdance-Raum wirklich nette Dinge gesagt hatte, und ich mich dann wieder daran erinnerte, dass er nicht aufgestanden war, um vor dem Club seinen Besitzanspruch auf mich geltend zu machen. Ich war es leid, dass er nie weit genug ging. Das war das Problem mit Colt – er brachte mich bis an den Rand des Abgrunds, doch dort endete es. Nun, für *ihn* war es da zu Ende. Ich war schon vor langer Zeit von der Klippe gesprungen, aber er konnte es einfach nicht. Ich war in jemanden verliebt, der mich nie genug lieben würde.

Ich musste mich auf die Aufgabe konzentrieren, die vor mir lag: seine Hose. Ich war dabei, den

Mann auszuziehen, den ich liebte und der mich wie Scheiße behandelt hatte. Ich versuchte, wütend zu bleiben, ich schwöre bei Gott, ich bemühte mich. Aber meine Fingerknöchel berührten seine Bauchmuskeln, und seine Haut war heiß an meinen Fingern. Ich stellte mir nachts vor, wie ich ihn auszog; mein ganzer Körper kribbelte. Ich erkannte dieses Gefühl jetzt – Erregung. Ich wollte ihn.

Ich wollte den Mann, der zu Beckys Tanzstunde gegangen war, der während des *Zauberers von Oz* lustige Stimmen nachgemacht und mich am nächsten Tag aufgeweckt hatte, indem er mich festhielt. Aber er war auch der Mann, der eine andere Frau mit in sein Zimmer genommen hatte, um mir wehzutun. Der Mann, der nicht den Mut gehabt hatte, mich als seine Frau zu beanspruchen.

Ich gab seiner Hose einen kräftigen Ruck und der Knopf sprang auf. Als ich nach seinem Reißverschluss griff, umfasste er meine Handgelenke. Er berührte locker seinen Daumen mit seinem Mittelfinger und hielt mich damit gefangen.

„Meine Stiefel zuerst?"

Richtig. Erst die Schuhe, dann die Hose. Er setzte sich auf das Bett und ich ließ mich vor ihm auf die Knie fallen. Ich hatte schon vor tausend Kerlen gekniet, aber diesmal öffnete ich die Schnürsenkel seiner großen schwarzen Kampfstiefel. Sie waren ebenfalls nass und gaben ein schmatzendes Geräusch von sich, als ich sie von seinen Füßen zog. Ich zerrte ihm auch die feuchten Socken von den Füßen. Es war so intim, wie man es für jemanden tun würde, der einem wichtig war, wie eine Freundin oder eine Ehefrau.

Robby war mein Mann gewesen, aber unsere Ehe bestand lediglich auf einem Stück Papier. Colt würde ein Partner sein. Er würde sich um mich und mein Leben kümmern, und dann würden wir unser Leben gestalten, etwas Gemeinsames. Er musste nur den Mut haben, es zu sagen.

„Geht es dir gut?" Er runzelte die Stirn. „Du hast aufgehört."

Verdammt. Eine Socke hing noch von seinem Fuß. Ich hatte mich in meinem kleinen Tagtraum verirrt.

Ich richtete mich auf. Zeit, seinen Reißverschluss zu öffnen.

Natürlich saß das Ding fest. Ich zog den Bund von seinem Körper weg, um dem Reißverschluss mehr Spiel zu geben, und er gab nach. Colt schob seine Hose und seine Boxershorts bis zu seinen Oberschenkeln herunter. Sein harter Schwanz wippte vor meinem Gesicht. Ein kleiner Tropfen hing an der Spitze. Ich war nicht die Einzige, die erregt war.

Ich sah zu ihm auf und er starrte mich an. Wir wollten uns beide voneinander verabschieden.

Ich streckte die Zunge heraus und leckte den Tropfen ab. Ich hatte noch keine Gelegenheit gehabt, ihn zu schmecken. Salzig, ein wenig bitter, köstlich. Ich wollte ihn ganz und gar kennenlernen, so wie er mich gekannt hatte. Wenn ein Teil meines Herzens ihm nicht verzeihen konnte, wollte ich dies als Trostpreis.

Ich schloss meine Lippen um seinen Schaft und saugte lange an ihm. Ich wollte ihn lieben, spüren, dass er mich liebte. Er mochte es nicht aussprechen, aber ich konnte es in seinem Körper fühlen.

Er bewegte sich ein wenig, packte mich an der Schulter und schob mich weg. „Krista, hör auf."

Mein Herz sank und ich wich zurück.

„Tut mir leid, ich dachte, wir wollten beide ..." Ich deutete auf seinen Schwanz, der groß und hart zwischen uns stand. Das war eine schlechte Idee gewesen. Ich sprang auf und wandte mich zum Gehen.

„Warte." Er hielt meinen Arm fest und schob sein Glied wieder in seine nassen Boxershorts.

Er kramte etwas aus seiner Hosentasche hervor. Er nahm meine Hand und legte es in meine Handfläche. Nasse, zerknitterte Zwanziger. Er bezahlte mich dafür, dass ich ihm zeigte, dass ich ihn liebte.

Tränen liefen mir heiß über die Wangen und fielen auf die Scheine. Ich konnte ihn nicht ansehen.

„Das ist Robbys Geld." Er hob mein Kinn an, damit ich ihn ansah. „Was von dem übrig ist, was er dir gestohlen hat. Aber das hier ist von mir."

Fünf Hundertdollarscheine. Nass, aber perfekt. Er drückte sie mir ebenfalls in die Hand. Ich schaute zu ihm auf und dann wieder zu dem Geld. Ich hatte gedacht, dass das, was zwischen uns war, nicht zu bezahlen war.

Er beugte sich nah zu mir und flüsterte mir ins Ohr: „Lass mich für dich sorgen. Sei mein Mädchen.“

Sei mein Mädchen.

Mein Herz blieb stehen. „Dein Mädchen sein, also eine feste Freundin? Oder ein Mädchen, das du siehst, wenn du in der Stadt bist?“

Es wäre so einfach. Ich müsste mir nie Gedanken um meine Miete machen. Er würde zu Besuch kommen und mir unglaubliche Orgasmen schenken. Ich würde mir nie wieder Sorgen machen müssen.

Ich lehnte meine Stirn an seine Brust und er legte seine Arme um mich. Er war nass, aber seine Haut war warm an meiner.

„Krista“, flüsterte er in mein Haar. „Nicht denken, nur fühlen. Okay?“

Er antwortete nicht auf meine Frage. Aber er legte beide Hände auf meine Rippen und eine Gänsehaut breitete sich auf meinem Körper aus. Er fuhr mit den Fingerspitzen hin zu meinem Rücken, bis er den Verschluss meines BHs fand. Er gab nach. Ich vergaß die Frage.

Ich musste alles an ihm erforschen, jeden Bauchmuskel, Brustwarzen und jeden prächtigen Muskel. Ich strich über seine Brust und versuchte, ihn mir einzuprägen.

Er schob mich zurück. „Lass uns dich ausziehen.“

Er packte den Saum meines Tanktops und zog es mir über den Kopf. Mein BH fiel mir von den Armen und landete auf meinem Oberteil. Ich drückte gegen seine Schultern und zwang ihn, sich auf das Bett zu setzen. Es dauerte einen Moment, aber wir bekamen seine nasse Unterwäsche ab. Sein Schwanz richtete sich erneut auf. Er war immer noch hart und bereit für mich – nicht für irgendeine Nuttenfantasie. Mich.

Da konnte ich auch gleich ein paar meiner Fähigkeiten einbringen.

Ich trat zwischen seine Beine und öffnete langsam meine Jeans. Ich zeigte ihm ein wenig von meinem rosa Höschen. Dann trat ich zurück, drehte mich um und schob meine Hose tiefer, damit er einen schönen Blick auf meinen Hintern hatte.

Ich konnte ihn leise lachen hören. „Darf ich dich anfassen?", fragte er.

Ich lächelte vor mich hin. Die Antwort auf diese Frage war immer Nein gewesen. Aber für Colt … „Ja."

Vorgebeugt schob ich meine Jeans bis zu den Knöcheln hinunter. Colts Finger fuhr die Ritze meines Hinterns entlang. Seine andere Hand glitt über meine Hüfte.

„Dreh dich um, Babe."

Ich schlüpfte aus meinen Schuhen und der Jeans und drehte mich zu ihm um. An seinem Gesichtsausdruck erkannte ich reine Lust. Das war gut. So fühlte ich mich auch. Ich setzte mich mit gespreizten Schenkeln auf ihn und balancierte auf meinen Knien.

Ich begann, mich an ihm zu reiben.

Es ging nicht nur um Sex, es war Macht. Er sah mich mit einem solchen Verlangen an, wie kein anderer vor ihm. Es war Macht, weil ich wusste, dass dieses Bedürfnis von mehr als nur der Lust auf meinen Körper angetrieben wurde. Er liebte mich. Er wollte mich, die Person – nicht die Hure.

Ich legte die Hände an seine Wangen und küsste ihn. Seine Zunge streichelte die Innenseite meines Mundes, und ich genoss diese Verbindung. So intim, so nah.

Als ich mit den Hüften wippte, spürte ich, wie er meine Klitoris durch die Vorderseite meines Höschens berührte. Dann zerrte er die Spitze zur Seite und schob einen Finger in mich hinein. Ich keuchte auf. Wir küssten uns und ich bewegte mich gegen seine Hand, um zu lernen, was meinem Körper guttat. So toll sich das auch anfühlte, ich musste aufhören. Ich wollte kommen und ich wollte seinen Schwanz in mir haben, wenn es so weit war.

Colt beendete unseren Kuss als Erster. „Zieh dein Höschen aus, Babe."

Er zog seinen Finger aus mir heraus und ich schmollte. Wir lachten beide, dann stand ich auf und zog meinen rosa Tanga aus. Er beobachtete mit großen Augen, wie ich den Stoff an meinen Beinen herunterzog. Ich liebte es, dass ich die Macht hatte, ihm diese Empfindung zu geben. Und dass er mir das Gefühl gab, schön und begehrt zu sein.

Nackt stieg ich wieder auf ihn und legte meine Hände auf seine Schultern. „Jetzt", flüsterte ich.

Er setzte seinen Schwanz an meiner Spalte an und ich glitt hinunter. Zentimeter für Zentimeter genoss ich das Gefühl seiner Haut auf meiner, wir waren beide feucht und wollten den anderen.

Ich schloss die Augen, wölbte den Rücken und begann, mich zu wiegen. Seine Hände wanderten meine Rippen hinauf und umfassten meine Brüste, dann kniffen sie in meine Nippel. Ich schrie auf.

„Du magst es, wenn man mit deinen Brustwarzen spielt", murmelte er an meinem Hals. „Ich möchte alles erfahren, was dich dazu bringt, diese kleinen Geräusche zu machen."

„Ja." Ich wollte, dass er alle Möglichkeiten kannte, um mich kommen zu lassen. Und wenn er Jahre damit verbringen musste, es zu versuchen, wollte ich, dass er meinen Körper kennenlernte.

Wir fanden einen Rhythmus, und schon bald rasten wir beide auf den Höhepunkt zu.

„Babe, sieh mich an."

Ich öffnete die Augen und sah zu ihm hinunter. Er blickte mich suchend an, als ob er versuchte, etwas in meinem Gesicht zu finden.

„Ich will dich beobachten", sagte er. „Du bist so schön und wild, wenn du kommst."

Ich schlang die Arme um seinen Nacken, starrte ihm in die Augen und ritt auf ihm. Ich keuchte und unsere Körper wurden immer feuchter, während sich mein Orgasmus aufbaute. Das war es, was ich mir gewünscht hatte. Die Intimität, die Befriedigung, die reine Freude, mit ihm zusammen zu sein. Ich prägte mir sein Gesicht ein, die Intensität seines Blicks, wenn er mich beobachtete. Sie war vollkommen auf mich fokussiert.

Ich zersplitterte beim Höhepunkt in tausend Stücke.

Als ich wieder zur Besinnung kam, merkte ich, dass ich immer noch auf ihm ritt. Aber jetzt hatte er seine Hände auf meinen Hüften und stieß hart in mich hinein. Ich liebte es. Nun war er an der Reihe, loszulassen und mir zu zeigen, wie er es mochte. Er schloss die Lider, und die Hitze explodierte in meinem Körper, während er erschauderte.

„Krista." Sein Atem war heiß an meiner Schläfe.

Ich wartete. Das war es. Das war es, was ich zu hören gehofft hatte.

„Sag mir, dass du es tun wirst." Er war noch atemlos von unserem Liebesspiel. „Sag mir, dass du mein Mädchen sein wirst und dass du hier warten wirst, wenn ich zurückkomme. Ich werde dir Geld geben, so viel du willst."

Das war *nicht* das, was ich zu hören gehofft hatte. Ich löste mich aus seinem Griff und stand auf.

„Liebst du mich, Colt?" Ich versuchte, meine Blöße mit den Armen zu bedecken. „Oder willst du mich nur als deine persönliche Hure halten?"

„Nein, so ist es nicht." Er stand auf und umarmte mich. „Wir könnten das immer machen, wenn ich in der Stadt bin." Er beugte sich herunter, gab mir einen kurzen Kuss und lächelte. „Das hat Spaß gemacht, oder?"

Ich stieß ihn weg und musterte sein Gesicht. „Ich will keinen Spaß. Ich will Liebe."

Er schüttelte den Kopf. „Das kann ich dir nicht geben. Alles, was ich habe, ist das hier." Er nahm das Geld, das er mir vorhin gegeben hatte, legte es mir in die Hand und schloss seine Finger um meine Faust, damit ich es nicht fallen lassen konnte. „Du arbeitest hart, du bist klug, du bist eine gute Mutter, du hast einen tollen Vorbau. Du bist perfekt." Er drückte meine Hand. „Du verdienst es, geliebt zu werden."

„Ja, von *dir*." Ich entriss ihm meine Finger und ließ das Geld auf das Bett fallen. Tief in mir wusste ich, dass er mich liebte. Auch wenn er es selbst nicht realisierte, er spürte es. „Warum zerstörst du unsere Zukunft?"

Er drehte sich zu seiner Kommode um, holte eine Hose heraus und begann sich anzuziehen.

Wie betäubt zog auch ich meine Kleider an. Das war nicht das, was ich mir vorgestellt hatte. „Ich bin nicht so ein Typ. Ich kann nicht jede Nacht mit dir und Becky fröhliche Familie spielen. Früher oder später würde ich alles kaputt machen und du würdest mich nicht mehr wollen." Er zog sich das T-Shirt über den Kopf. „Lass es uns beenden, bevor das passiert."

Er beugte sich herunter und küsste mich. Seine Lippen waren warm auf meinen. Keine Leidenschaft, keine Bewegung. Es war ein Abschiedskuss. Zu Beginn des Abends hatte ich vorgehabt, mich zu verabschieden, nur ein letztes Mal ein wenig Spaß zu haben. Aber das war, bevor wir uns geliebt hatten. Jetzt konnte ich nicht glauben, dass er sich abwandte.

Ich wollte mich zurückziehen, doch er ließ seine

Hände in mein Haar gleiten und hielt mich dort fest. Seine Zunge strich über meine Unterlippe, bis wir beide verloren waren. Ich klammerte mich an seine Schultern und zog ihn näher an mich heran. Mit einem Stöhnen riss er sich los und brach unseren Kuss ab.

„Es tut mir leid, Krista. Das ist ein Abschied.“

Kapitel 36

Colt

„Ich habe euch beide gebeten, mich heute Abend hier zu treffen, weil Bear sich bisher nicht verraten hat." Ich schaute von Tate zu Skeeter. Sie saßen um den Konferenztisch in der Kapelle. „Ihr wisst, dass ich etwa anderthalb Tage Zeit habe, bevor ich nach Kalifornien zurückfahre, um mich allem zu stellen."

Beide nickten und warteten darauf, was ich noch zu sagen hatte.

„Also." Ich holte tief Luft. „Anstatt zu warten, dass Bear sich selbst belastet, sollten wir ihm eine Falle stellen und ihn die Tat zugeben lassen."

Tate und Skeeter sahen sich an und dann wieder zu mir.

„Ich habe nicht viel Zeit, Leute. Ich muss ihn fangen, oder der Club wird mich rauswerfen. Die California State Troopers haben eine Fahndung nach mir herausgegeben." Ich zuckte mit den Achseln. „Ich muss das erledigen, und zwar schnell. Bear wird das nicht von sich aus machen, also müssen wir ihm ein bisschen helfen."

Tate überlegte einen Moment und hob dann die Hände. „Also gut, was hast du vor?"

„Wir benutzen Robby, den Meth-Junkie, als Köder. Er soll Bear anrufen und sagen, dass er das restliche Geld hat, um es ihm zurückzuzahlen, aber dass er mehr braucht. Dass er einen weiteren

Kredit will. Hoffentlich muss Bear zum Lagerhaus laufen und mehr Geld holen, bevor er Robby trifft. Der ganze Club wird ihn beim Stehlen beobachten können."

Skeeter sah zu Tate. „Es ist sauber und einfach, Boss. Klingt gut."

Tate reichte mir seine Hand. „Lass es uns tun."

* * *

Ich wollte nicht zu Robbys Drogenhöhle zurückkehren. Der Ort widerte mich an und ich wollte hinterher mit antibakterieller Seife duschen. Ich behielt meine Handschuhe an, als ich an die Tür klopfte.

Die blonde Meth-Hure öffnete. „Seid ihr wieder da?" Sie lächelte. „Ich habe Robby nicht mehr gesehen, seit ihr ihn vermöbelt habt." Sie machte einen Schritt auf mich zu und legte ihre geäderte Hand auf meine Brust. „Aber wenn du bleiben willst, Süßer, bin ich sicher, dass ich finden kann, was immer du suchst."

Ich trat zurück und fischte mein Portemonnaie heraus. „Wir suchen nur nach Robby." Ich reichte ihr ein paar Zwanziger. „Hast du eine Ahnung, wo er hingegangen ist?"

Sie blickte finster drein. „Keine Ahnung. Interessiert mich auch nicht. Hat seine Miete nicht bezahlt und ist einfach abgehauen. Schuldet mir auch noch ein paar Kröten für Stoff."

„Das hast du letztes Mal auch gesagt, und er war

hier." Ich rollte mit den Augen und hielt zwei weitere Zwanziger hoch. „Es macht dir also nichts aus, wenn wir uns umsehen? Wir wollen ja nichts mitnehmen, nur sicherstellen, dass er nicht da ist."

Sie griff nach der Kohle und winkte uns, ihr hinein zu folgen.

Es war dunkel und trostlos, und es roch wie in einem Crackhaus. Nach Schweiß und sauer. Matratzen auf dem Boden, ein Fernseher irgendwo in der Ecke. Es war ein Haus mit zwei Schlafzimmern, in dem mindestens sechs Leute wohnten. Ein Typ lag ohnmächtig im Hinterzimmer, die Crackpfeife neben sich, ohne zu bemerken, dass wir vorbeikamen.

Nachdem wir uns umgesehen hatten, traten Skeeter und ich wieder nach draußen und rangen beide nach frischer Luft.

„Verdammt, diese Orte sind furchtbar." Skeeter wedelte mit der Hand vor seinem Gesicht. „Ich brauche eine gottverdammte Dusche, wenn ich da nur durchlaufe."

Ich nickte. „Lass uns zu deinem Koch-Freund fahren und schauen, ob er Robby gesehen hat."

* * *

Stunden später hatte Skeeter keine Kontakte mehr übrig und ich war mit meiner Geduld am Ende. Wir hielten an einem Supermarkt und kauften etwas zu trinken.

„Wo zum Teufel wohnt er denn?" Skeeter blickte

finster drein.

Ich nippte an meiner Cola. Uns lief die Zeit davon. „Ich glaube, wir brauchen einen Plan B. Wie wäre es, wenn wir Bear einen Zettel hinterlassen und ihn in Robbys Namen unterschreiben?"

Skeeter dachte darüber nach. „Es ist simpel, aber es würde den Job erledigen."

„Hast du eine bessere Idee?" Zu diesem Zeitpunkt war ich bereit, jeden Vorschlag zu akzeptieren. „Mir läuft die Zeit davon."

„Auf geht's." Skeeter schnallte sich den Helm auf. „Ich glaube, ich kann eine Notiz erstellen, die aussieht, als hätte sie ein Junkie geschrieben. Zwanzigtausend, meinst du, das reicht? Wann soll er uns im Lagerhaus treffen?"

„Nun, er ist ein Junkie und ich bezweifle, dass er vor Mittag wach ist. Wir sollten uns spät mit ihm treffen, sehr spät. So um drei Uhr morgens. Auf diese Weise gibt es keinen anderen Grund, den Bear sich ausdenken kann, um dort draußen zu sein." Ich leerte den Rest meiner Cola aus. Das würde funktionieren. „Mal sehen, Robby wird als Junkie den einfachsten Weg wählen. Lass uns den Zettel einfach auf Bears Motorrad legen."

Skeeter nickte. „Also gut, die Falle steht, wir brauchen nur noch Zeugen."

* * *

Rip, Clint und Russ saßen um den Tisch im Kapellenraum und starrten uns an. Ich konnte sehen, wie ihre Gedanken sich regelrecht überschlugen.

„Jemand hat uns fast ein Jahr lang bestohlen und ihr habt nie etwas gesagt?", fragte Rip. Er klopfte mit den Fingern auf das dunkle Holz. „Und ihr glaubt, diese Person ist Bear?"

Tate nickte. „Ja, er hat den Club bestohlen und wir wollen es euch zeigen. Es beweisen."

„Gut." Clint stützte die Ellbogen auf den Tisch. „Erklär es mir. Was erwartest du heute Abend von uns?"

Tate und Skeeter sahen mich beide an. Sie hatten Recht. Das war meine Sache.

„Wir werden Bear eine Nachricht hinterlassen und so tun, als sei sie von Robby. Robby wird um ein Darlehen bitten und versprechen, sein vorheriges zurückzuzahlen. Robby bittet Bear, ihn in einem Schnapsladen zu treffen, um den Austausch vorzunehmen. Wir werden auf Bear warten, versteckt hinter den Bäumen des Lagerhauses. Ihr werdet sehen, wie er einbricht und euer Falschgeld stiehlt. Dann schalten wir das Licht an und überraschen ihn." Ich zuckte mit den Achseln. „Was dann passiert, ist Sache des Clubs."

Wäre es die Demon Horde, wäre Bear tot, sobald er das Geld angefasst hätte. Die Storm Kings waren jedoch unbekanntes Terrain. Tate schien sich um seine Mannschaft zu kümmern, aber er konnte auch hart sein. Es würde eine schwere Entscheidung werden.

Tate schaute auf seine Hände und dann wieder zu den drei Männern auf der anderen Seite des

Tisches. „Ihr seid hier, weil ich euch vertraue und weil ich euch liebe. Ich kann nicht alle einbeziehen, weil sie ihm was verraten könnten, also werde ich nur die Jungs einladen, denen ich am meisten vertraue."

Rip und Clint sahen sich an. Russ trommelte mit den Fingern auf der Armlehne seines Stuhls.

„Seid ihr dabei?", fragte ich.

Rip nickte zuerst. „Ja. Ihr könnt euch auf mich verlassen."

„Ich bin dabei", sagte Russ.

Clint trommelte mit den Händen auf den Tisch und war sichtlich erpicht darauf, loszulegen. „Ich bin auch dabei. Lasst uns unseren Dieb fangen."

Kapitel 37

Krista

Nur noch ein paar Nächte im Club und ich war weg. Es war bittersüß. Ich würde die Jungs vermissen, aber nicht das Drama, das ich in letzter Zeit verursacht hatte.

Ich war an diesem Abend länger als sonst geblieben, auch wenn niemand da war.

Ich hatte gehofft, dass ich Colt treffen würde. Nach unserer katastrophalen letzten Begegnung wollte ich mich einfach nur verabschieden. Insgeheim hatte ich mir gewünscht, dass er mir seine Liebe gestehen würde. Aber das hatte er nicht getan, und es würde kein „glücklich bis ans Ende aller Tage" für mich geben.

Als ich die Treppe zu meiner Wohnung hinauftrottete, beschloss ich, Becky für eine Weile bei Señora Lopez schlafen zu lassen. Mami brauchte etwas Zeit für sich.

Er liebte mich, verdammt noch mal. Ich wusste nicht, warum er sich von mir verabschiedete und sagte, er könne mir nicht geben, was ich verdiene. Er konnte mir geben, was ich wollte – jemanden, den ich lieben und mit dem ich ein gemeinsames Leben führen konnte. Das war es, was ich wollte *und* verdiente.

Nachdem ich den Warmwassertank geleert hatte, trocknete ich mich ab und zog mir einen Schlafanzug an. Ich beugte mich in meinen Schrank und suchte nach meinen Hausschuhen, als sich ein Arm um meine Taille schlang und mich gegen einen harten Körper zog. Eine andere Hand drückte sich auf meinen Mund.

„Nicht schreien."

Robby.

Sein Atem war heiß an meinem Hals. Er roch sauer. Nicht die Frische von Zitronen, sondern wie jemand, der in der Wüste gestrandet war und nichts zu trinken hatte außer seinem eigenen Schweiß. Es war der Geruch von tagelangem Meth-Konsum.

Ich entspannte mich ein wenig in seinem Griff. Ich konnte mit Robby umgehen, das hatte ich schon seit Jahren getan. Alles, was ich tun musste, war, ihm entweder zu geben, was er wollte, oder ihn davon zu überzeugen, dass ich es nicht hatte. Das war zum größten Teil ziemlich einfach – die wenigen Gehirnzellen, die er einmal gehabt hatte, waren im Meth-Rauch verbrannt. Wenigstens war Becky bei Señora Lopez noch in Sicherheit. Ich wollte nicht, dass sie eine weitere Nacht mit dem großen bösen Wolf vor unserer Tür verbringen musste.

„Was ist los, Schatz?", sagte ich gegen seine Hand. Mir drehte sich der Magen um, aber ich bemühte mich um einen freundlichen Ton. Je nachdem, wie high er war, konnte er meine Worte nicht verstehen, doch er konnte meinen Tonfall hören. „Brauchst du Geld?"

Er riss mich zurück, und wir stolperten aus dem

Schlafzimmer. Ich wehrte mich nicht. Es wäre einfacher, wenn ich mit ihm reden konnte.

„Du musst mit mir gehen, Krissy", sagte er an meinem Ohr. „Ich brauche Sicherheiten. Ich habe Becky, aber was, wenn sie nicht reicht? Was, wenn er mehr will?" Ich konnte wieder seinen Atem riechen. „Komm mit mir."

Er zog mich mit sich durch das Vorderzimmer. Ich wusste nicht, was los war, aber er hatte mein Kind – ich war fertig damit, mit ihm zu kooperieren.

Ich trat aus und versuchte, mein Bein um die Couch zu haken. Es gelang mir, mich ein wenig zu befreien, doch er riss meinen Arm hinter mir zurück. „Hör auf damit, du Schlampe! Mach es mir gefälligst einfach."

Er nahm seine Hand für einen Moment von meinem Mund, und ich nutzte die Gelegenheit. „Lass mich gehen und sag mir, wo Becky ist, okay? Ich gebe dir, was immer du willst. Du willst Geld? Ich werde dir Geld besorgen. Lass mich es für dich holen."

„Später. Du kannst mir dein Geld später geben, du hast nicht genug. Er hat mich angerufen und gesagt, ich könnte noch einen Kredit bekommen. Ich habe zwei Stunden Zeit, um dich und das Kind zu einem Lagerhaus zu bringen. Wenn ich euch nicht hinbringe, gibt er mir die versprochenen zwanzig Riesen nicht. Er sagte, ich solle Sicherheiten mitbringen. Also halt die Klappe und komm einfach mit."

Kalter Schweiß lief mir den Rücken hinunter. Auf dem Rest meines Körpers bildete sich eine Gänsehaut. Er hatte Becky? Wovon redete er? Ein Zettel? Sicherheiten? Er erwähnte Becky so gut wie nie, es sei denn, sie war da und verlangte seine Zuneigung. Er fragte kein einziges Mal nach ihr, aber jetzt meinte er, sie sei nicht genug?

„Wovon sprichst du, Robby? Sag es mir", beharrte ich. Ich tat alles, um ihn zum Reden zu bringen, und vielleicht fand ich eine Gelegenheit, weg zu laufen.

„Dein Freund aus dem Club, Bear, hat angerufen und gesagt, dass er meine Nachricht bekommen hat. Ich habe ihm keinen Zettel geschickt, aber er sagte, er wäre bereit, mir noch einen Kredit zu geben. Also werde ich es machen. Zwanzig Riesen – ich könnte zwanzig Riesen gebrauchen."

Wovon zum Teufel sprach er? Bear bot ihm ein Darlehen an? Er hatte Becky, und das war alles, was wichtig war.

Er band mir die Arme hinter dem Rücken zusammen. Verdammt noch mal. Meine einzige Möglichkeit zu entkommen, waren meine Beine und mein Mund – dann knebelte er mich. Ich spürte, wie mein Herz zu klopfen begann, und erinnerte mich daran, dass es nur ein Knebel war. Ich atmete durch meine Nase. Jemand hatte Becky, und Robby war der Einzige, der wusste, wo sie war.

Robby schob mich so in ein Auto, dass ich auf der Rückbank lag und auf den Boden starrte.

„Mami?", hörte ich Becky flüstern. Sie war sicherlich auf dem Vordersitz festgebunden. Ich hoffte, dass es Señora Lopez gut ging. Sie hätte Becky auf keinen Fall mit Robby gehen lassen.

„Schhhhhh, Baby", krächzte ich so deutlich wie möglich trotz des Knebels, als wäre sie ein Kleinkind. Ich war von Erleichterung überflutet, dumm, wenn man bedachte, dass ich auf dem Rücksitz eines Autos gefesselt war, aber zu wissen, dass sie in der Nähe war, machte es leichter. „Ich bin da, Mami ist da."

„Halt die Klappe, ich muss mich aufs Fahren konzentrieren", schnauzte Robby.

Wir schwiegen beide, als er den Wagen startete. Robby hatte seinen Pick-up vor etwa einem Jahr verkauft, als er knapp bei Kasse gewesen war, weshalb dies wohl sein neues Fahrzeug war. Es hörte sich an wie eine Nähmaschine. Die Stoßdämpfer waren auch nicht mehr vorhanden, und ich wurde auf dem Rücksitz, wo er mich hingestoßen hatte, durchgerüttelt. Ich versuchte, meinen Hals zu recken, um aus den Fenstern zu sehen, aber alles, was ich erkennen konnte, waren die Blitze der Straßenlaternen, als wir in die Nacht hineinfuhren.

Nach zwanzig Minuten holperten wir über einige Schlaglöcher, bevor Robby schließlich den Motor abstellte. „Halt die Klappe und versuch nicht wegzulaufen. Verstanden? Verstanden? Ich lasse dich jetzt raus, aber wenn du versuchst, abzuhauen, wirst du das bereuen."

Der kleine Scheißer benutzte Becky, um einen

Drogenhandel oder so etwas zu bezahlen. Gott wusste, was – es war mir egal. Meine Handgelenke waren wund, weil ich gegen die Seile angekämpft hatte, und meine Füße bluteten, weil ich sie auf dem Parkplatz vor meiner Wohnung aufgeschürft hatte. Ich musste mein Kind hier rausholen, bevor wir beide in den dummen Deal verwickelt wurden, den er ausbrütete.

Robby half mir hinten aus dem Auto, als wäre es unsere verdammte Abschlussballnacht. Er trug Becky und wusste, dass ich nicht weglaufen würde. Dieser Bastard.

Er zerrte mich am Arm in Richtung des Hauses. Ich drehte den Kopf und versuchte, etwas Bekanntes zu entdecken. Vielleicht waren wir in der Gruppe der Industriegebäude um das Clubhaus herum. Dann könnte ich mir Becky einfach schnappen und mich in Sicherheit bringen. Aber ich blickte mich um und entdeckte keine anderen Gebäude. Es gab viele Bäume in der Umgebung, also waren wir eher am Stadtrand als mitten in der Stadt. Weniger Menschen konnten mich schreien hören. Wir konnten überall sein.

Er zog mich durch ein Lagerhaus. Es war leer, bis auf einen Haufen Holzkisten, die in der Ecke gestapelt waren. Schließlich gelangten wir in einen winzigen Raum, der das Büro des Besitzers hätte sein können.

„Mach keinen Lärm." Er setzte Becky ab, dann gab er mir einen Schubs und schlug die Tür zu.

Ich machte zwei Schritte, bevor ich mit dem Kopf

auf den Boden knallte. Glocken läuteten und Feuerwerke wie die am Unabhängigkeitstag explodierten vor meinen Augen. In meiner Schulter machte sich Schmerz breit.

„Becky?" Mit dem Knebel und meinem dröhnenden Kopf wusste ich nicht, was ich herausbekam. Doch ich hörte sie in der Nähe.

„Mami?" Becky kuschelte sich an mich, so wie wir es am Samstagmorgen immer taten. Ich schluchzte auf; sie zitterte, aber sie lebte.

Ich kratzte mit dem Gesicht am Boden und schaffte es, meinen Knebel zu lockern und ihn so weit zu bewegen, dass ich sprechen konnte. „Becky, Baby. Zieh am Band um mein Kinn, okay?"

Ihre kleinen Finger konnten den Knoten nicht lösen, aber immerhin zerrte sie den Knebel tiefer, so dass er um meinen Hals hing.

Als ich schwanger gewesen war, hatte ich endlos davon geträumt, was ich meinem Kind beibringen würde. Ich würde sie lehren, wie man andere Menschen nett behandelte, wie man das Rezept meiner Oma für Apfelkuchen zubereitete, wie man sich wehrte, wenn ein Mann respektlos war. Niemals hätte ich mir vorstellen können, mein Kind fragen zu müssen, ob es herausfinden konnte, wie man mich losband.

Gottverdammter Robby. Er war der Grund, warum wir hier waren. Was auch immer er vorhatte, es würde nicht gut ausgehen – das tat es nie. Ich war bereit, alles zu tun, was nötig war, um dieses

Arschloch aus unserem Leben zu vertreiben. Egal, was als Nächstes passierte, Becky würde es lebend überstehen.

Becky löste das Seil an meinen Händen so weit, dass ich mich aus den Fesseln befreien konnte. Sobald ich auf den Beinen war und sich der Raum nicht mehr drehte, fand ich ein Fenster. Es lag zu weit oben für mich, um nach draußen zu sehen, und ich konnte Becky nicht hoch genug heben. Verdammt! Ich versuchte, mit den Schultern zu rollen und mit den Fingern zu wackeln.

In der Ferne war das unüberhörbare Dröhnen von Motorrädern zu hören.

Gott sei Dank. Colt hatte herausgefunden, was vor sich ging und würde uns retten.

„Schhhh, Baby. Hörst du das?"

Beckys Augen weiteten sich, sie nickte und stand auf. „Wird Mr. Colt uns nach Hause bringen?"

„Ich hoffe es. Aber wir müssen bereit sein zu rennen, okay? Ich möchte, dass du dich hier hinter mich stellst. Wenn du die Chance hast, rennst du so schnell du kannst und bleibst nicht stehen, bis dir jemand hilft. Hast du verstanden?"

Becky nickte. Ich hoffte, sie hatte es begriffen. Ich stand mit dem Gesicht zur Tür. Falls jemand schießen würde, wollte ich, dass mich die Kugel zuerst traf.

Noch nie hatten Auspuffrohre so musikalisch geklungen. Ich hörte zu, wie sie immer lauter wurden. Dann runzelte ich die Stirn. Es war nur ein Motorrad. Es waren nicht alle Jungs. Es war nicht der ganze Club – es war eine Person.

Entweder dachte Colt, er könne uns allein retten, oder er war es nicht. Sofern es nicht um etwas Persönliches ging, waren die Jungs eigentlich nie einzeln unterwegs. Ich hatte keine Fragen zu ihren Geschäften gestellt, aber immer, wenn sie durch die Tür des Clubhauses kamen, waren sie zu zweit, zu dritt oder zu viert. Niemals einer allein.

„Vielleicht ist es nicht Mr. Colt. Okay, Schatz? Also lass uns einfach ganz leise sein."

Beckys Griff um mein Bein wurde fester, aber sie blieb ruhig.

Der Motor wurde ausgeschaltet, und einige Minuten lang war alles still. Dann: Stimmen. Robby, und wer noch? Ich ging die Typen durch, mit denen Robby abhing, als wir verheiratet gewesen waren. Die meisten von ihnen waren entweder im Knast oder tot. Ich hatte keine Ahnung, wer sich noch auf der anderen Seite der Tür befand.

Kapitel 38

Colt

Bist du sicher, dass die Bäume den Wagen verbergen?", fragte Russ.

„Wir lagen zu sechst im Dreck auf einer kleinen Anhöhe direkt neben einem Lagerhaus. Wir waren völlig von Bäumen und Büschen verdeckt, aber wir hatten einen guten Blick auf die Seitentür des Gebäudes.

„Herrgott, hör auf zu fragen", murmelte Skeeter. „Es ist ein schwarzer Sprinter und es ist verdammt noch mal Mitternacht. Er wird ihn nicht sehen."

Ich rollte mit den Augen. Sie zickten schon seit einer Stunde herum. Bear war mit Robby um drei Uhr im *Liquorama* verabredet. Es war ein Uhr früh. Wir hatten noch zwei Stunden Zeit, bis mein Plan in Flammen aufging. Wenn Bear nicht auftauchte, würde ich der Versager sein, der mit eingezogenem Schwanz nach Hause fuhr.

Auf meiner Stirn begann sich Schweiß zu bilden. Es war saukalt, während ich in diesem Dreck lag, aber mein Stresspegel stieg. Ich hatte keine Ahnung, was passieren würde, wenn ich heimkehrte. Verdammt, ich würde wahrscheinlich wieder in den Knast kommen und vielleicht auch aus dem Club fliegen. Gefängnis ohne den Schutz des Clubs würde brutal werden.

Der Club war meine gottverdammte Familie. Mein Vater hatte geholfen, den Original Chapter zu gründen. Seit ich ein Kind gewesen war, hatte ich gewusst, dass ich ein Teil dieses Clubs sein wollte. Es hatte nichts anderes für mich gegeben, und jetzt sollte ich rausgeschmissen werden. Die verdammte Tina hatte damit angefangen, aber ich würde der Versager sein. Ich konnte ihr auf keinen Fall die Schuld dafür geben. Es lag alles an mir.

In der Ferne blitzten Scheinwerfer auf. Ich stieß einen schnellen Atemzug aus. Fuck, ja. Das war er. Bear.

Ich hob das Fernglas und schaute hindurch. „Es ist ein verdammtes Auto", murmelte ich. „Zwei Scheinwerfer."

„Scheiße", fluchte Tate. „Bear wird auf seinem Motorrad unterwegs sein. Das ist er nicht."

Das Auto war eine alte Fließhecklimousine in dunkler Farbe. Ich konnte nicht viel erkennen.

„Es fährt vor", flüsterte Skeeter.

Wir sechs versuchten, durch unsere Ferngläser einen Blick auf das Auto auf dem Parkplatz des Lagerhauses zu erhaschen. Ein Kind wurde von einem Mann vom Vordersitz gehoben, dann schob sich eine weitere Erwachsene vom Rücksitz. Das Licht aus dem Innenraum des Wagens erhellte ihren Kopf. Blondes Haar.

Mein Magen sank in den Keller und ich wusste es einfach.

„Das sind Krista und Becky." Ich versuchte aufzustehen. „Es ist Robby. Woher zum Teufel wusste er, dass er hierherkommen sollte?"

Tate packte mich am Arm und zog mich wieder

nach unten. „Warte einen Moment. Bear muss geahnt haben, dass etwas im Busch ist. Robby hat nichts von unserem Plan gewusst.“

Scheiße.

„Wir geben ihm nur eine verdammte Minute.“ Ich schüttelte Tates Griff ab. „Da drinnen sind eine Frau und ein Kind. Ich werde nicht zulassen, dass ihnen etwas zustößt.“

Weil ich sie liebte. Beide.

Der Gedanke, sie zu verlieren, ließ mein Herz sich schmerzhaft zusammenziehen. Ich würde alles geben, um sie in Sicherheit und hier bei mir zu haben. Ich würde sogar meine Zukunft bei der Horde dafür opfern.

Verdammte Scheiße, ich musste sie in Sicherheit bringen. Und wenn das bedeutete, dass ich Krista als meine Old Lady beanspruchen musste, würde ich es tun. Ich *wollte* es tun.

Kapitel 39

Krista

Die Stimmen kamen immer näher, bis sich die Tür öffnete. Das Gesicht des Mannes war von der Tür abgewandt, aber ich konnte sein Profil erkennen – Bear.

„Danke, dass du dich hier mit mir triffst und nicht im Schnapsladen." Sein Lächeln wirkte tödlich. Es war die Miene, die er benutzte, wenn er mit mir in der Bar sprach. „Bevor wir anfangen, gibst du mir den Rest des Geldes, das du mir schuldest."

Becky und ich kauerten in der dunklen Ecke. Ich hoffte bei Gott, dass er mich nicht bemerkte.

„Welches Geld?" Robby zuckte mit den Achseln. „Als du angerufen hast, sagtest du, du wolltest mir einen Kredit geben. Ich habe kein Geld."

Bear hielt inne. „Ich habe dem Kredit nur zugestimmt, weil du in deiner Nachricht geschrieben hast, dass du Geld hast, um den letzten Kredit, den ich dir gegeben habe, zurückzuzahlen." Er griff in seine Jacke und zog ein Stück Papier heraus. „Hier ist es. Du meintest, du hättest das Geld."

„Ich habe dir keinen Zettel geschrieben." Robby drehte sich um und zeigte auf mich. „Aber ich habe Sicherheiten für den Kredit mitgebracht. Ich schwöre, dass ich dafür geradestehen werde."

Bear fuhr sich durch die Haare und drehte sich langsam im Kreis. „Wenn du den Zettel nicht geschrieben hast, wer dann?“

Robby ging auf unsere Ecke zu. „Ich weiß es nicht, Mann. Aber sieh mal, wen ich mitgebracht habe. Du kannst die Mädchen an das nächste Schiff verkaufen, das nach Asien fährt. Die zahlen verdammt gut für weiße Pussys.“

Bear blickte kurz in unsere Richtung und dann wieder zu Robby. „Fuck.“ Seine Augen waren aufgerissen und wild. „Ich wurde reingelegt. Verdammte Scheiße.“ Er drehte sich erneut im Kreis.

Ich wusste nicht, was los war, aber Bear war verwirrt. Er schaute ständig von einer Seite des Raumes zur anderen, als ob jeden Moment jemand herausspringen und ihn packen würde. Ich drückte Becky fester an mich. Die Situation hatte sich von wirklich schlimm zu katastrophal entwickelt.

„Okay, Baby“, flüsterte ich in Beckys Ohr. „Wenn der richtige Zeitpunkt gekommen ist, werde ich versuchen, sie dazu zu bringen, mich anzuschauen. Dann rennst du hinter ihnen vorbei und zur Tür hinaus. Okay?“

Sie nickte. Ich musste nur ein Ablenkungsmanöver starten.

Bear schrie: „Du dummer, beschissener Junkie! Du hast mich reingelegt, oder?“

„Auf keinen Fall. Du hast *mich* angerufen, Mann“, beharrte Robby. „Ich habe die Mädels mitgebracht, sie sind mindestens zwanzig Riesen wert, richtig? Das reicht als Sicherheit. Das kleine Mädchen könnte sogar mehr wert sein. Sie zahlen gut für die

Kleinen. Sie ist auch süß."

Bear sah mich mit seinem verrückten Blick an. Zog er es in Erwägung? Scheiße. Jetzt oder nie.

„Ich liebe dich, Baby", flüsterte ich Becky zu. „Lauf."

Ich gab ihr einen Schubs und rannte auf Bear zu. Er wog über hundert Pfund mehr als ich, so dass ich ihn nicht zu Fall bringen konnte, aber ich griff in seinen vollen Bart und riss seinen Kopf zur Seite, um ihm das Genick zu brechen.

Er packte mich an den Schultern und schleuderte mich quer durch den Raum. Ich schlug auf Beton auf. Die Welt wurde dunkel.

Als ich wieder zu Bewusstsein kam, konnte ich nicht wirklich etwas sehen, aber ich konnte hören.

„Spritz ihr was. Es wird so aussehen, als würde sie hier draußen Meth spritzen. Wenn sie kommen, sagen wir, sie hätte das Geld für Drogen gestohlen. Ich gehe das Kind suchen."

Bears Stiefel stapften von mir weg. Gott sei Dank, Becky musste aus der Tür gerannt sein. Ich hoffte, sie hatte genug Vorsprung, dass Bear sie nicht einholen würde.

„Auf keinen Fall, Mann, das ist mein letzter Schuss. Ich werde ihn nicht an sie verschwenden", jammerte Robby. „Und was meinst du damit, ‚wenn sie kommen'? Kommt denn jemand? Bringt derjenige mein Geld?"

Es gab einen dumpfen Schlag und ein Rascheln.

Bear knurrte: „Tu es einfach, du verdammter

Junkie. Wenn du die Klappe hältst und sie davon überzeugst, dass alles die Schuld dieses Weibs ist, gebe ich dir zehn Riesen."

Bears Stimme klang fern. Ich wusste nicht, wie nah er der Tür war, aber ich musste ihn im Zimmer halten. Becky brauchte so viel Zeit wie möglich, um zu entkommen.

Stöhnend begann ich aufzustehen. „Bear." Ich versuchte, seinen Namen zu sagen, aber es kam eher wie ein Stöhnen heraus. „Nein."

Bears Schritte wurden leiser. Ich kämpfte damit, mich aufzusetzen – ich durfte ihn nicht an Becky heranlassen.

Eine Tür schlug zu und rasche Schritte näherten sich mir erneut. Bear zog mich an sich heran. Ich konnte seine Zigaretten und seinen Schweiß riechen. Wütende Stimmen folgten.

Es ging alles zu schnell, als dass ich es hätte verstehen können. Bear riss meinen Arm herum und stach mich mit etwas. Ich spürte es in meinem Ellbogen, dann drang Eis in meinen Arm ein. Die Kälte, die durch meine Adern floss, wurde zu flüssigem Schmerz. Stimmen. Schreie. Der Schmerz verwandelte sich in Feuer. Schüsse, ich konnte sie nicht mehr zählen. Wo war Becky? Ich versuchte, meine Arme zu bewegen, um nach ihr zu suchen.

Das Feuer wurde zu Säure, die meinen Körper von innen heraus verfaulen ließ. Ich wusste nicht mehr, wo Bear war und wie weit Becky vielleicht schon gelaufen war. Ich tastete am Boden herum, in der Hoffnung, sie zu finden. Die Säure zerrte an meinem Magen und an meinem Herzen und drückte beides immer fester zusammen.

Dann flüsterte die Säure so süß in mein Ohr. „Ich liebe dich, Babe."

Es war die Stimme von Colt.

Kapitel 40

Colt

Ich blieb an der Ecke des Lagerhauses stehen und gab Russ, Clint und Rip ein Zeichen, den Hinterausgang zu sichern. Tate, Skeeter und ich wollten vorne reinstürmen. Wir hatten alle unsere Waffen gezückt. Jetzt würde es losgehen. Wir würden Bear auf frischer Tat ertappen, aber das zu tun, während wir Krista und Becky retteten, war definitiv eine Komplikation. Wir würden vorsichtig sein müssen.

Tate zeigte auf seine Uhr und hielt drei Finger hoch. Wir würden in genau drei Minuten durch die Vordertür stürmen. Die anderen Jungs würden zur gleichen Zeit hinten reingehen. Clint nickte.

Als ich mich umdrehte, um nach vorne zu gehen, kam Becky wie wild aus dem Gebäude gerast. Ihre kleinen Beine pumpten kräftig. Krista folgte ihr nicht. Fuck, das war ein schlechtes Zeichen.

Ich erwischte Becky und sie versuchte, etwas zu sagen, aber sie hatte Angst und ihre Kinderausdrucksweise war schwer zu entziffern, während die anderen Jungs sich um mich sammelten.

„Was zum Teufel sagt sie?", wollte Tate wissen.

Becky schluchzte und bemühte sich, gleichzeitig zu sprechen. Ich konnte es nicht verstehen.

„Fuck, ich weiß es nicht." Ich packte Becky an den Schultern. „Bleib hier bei Russ, okay?"

Tate sah Russ an und neigte dann den Kopf in

Richtung des Hügels. „Versteckt euch im Gebüsch, bis wir fertig sind."

Becky zögerte nicht – sie rannte in die Büsche, während Russ hinter ihr her trabte. Sie war ein starkes Kind, genau wie ihre Mutter. Wenigstens hatte ich jetzt nur noch eine von ihnen, um die ich mich sorgen musste.

Ich entsicherte meine Waffe und wir drei gingen leise zum Lagerhaus. Da Robby dort war, hatte Bear vermutlich herausgefunden, dass die Nachricht ein Trick war, also wusste er, dass wir hinter ihm her waren. Das bedeutete, dass Bear klar war, dass wir kommen würden, und er hielt wahrscheinlich seine Waffe bereit. Wir wären ein leichtes Ziel, wenn wir im Gänsemarsch durch die Tür gingen.

Aber Krista war da drin. Ich hatte keine andere Wahl.

Tate und die Jungs ließen mich die Führung übernehmen. Ich wollte das Leben von Krista nicht in die Hände von jemand anderem legen. Sie war meine Frau und meine Verantwortung. Ich liebte sie, verdammt noch mal, und sie musste am Leben bleiben. Die Männer wussten das, hielten sich zurück und warteten auf Befehle. Dies war mein Spiel.

Ich versuchte es mit der Klinke an der Haustür. Unversperrt.

Wir stürmten hindurch. Es war ziemlich dumm, einfach so in eine solche Situation hineinzustürmen, ohne zu wissen, was sich hinter der Tür befand. Aber Krista war dort, und das war alles, was ich wissen musste.

Wir sicherten das Hauptlager in kürzester Zeit. Es war leer. Abgesehen von den Kisten mit den mit Bargeld gefüllten Büchern in der Ecke gab es kein Versteck.

Auf der linken Seite befand sich das Büro des Geschäftsführers. Das musste es sein. Ich bedeutete den Jungs, mir zu folgen.

Ich trat die Tür ein. Bear lag auf Krista. Eine Nadel steckte in ihrem Arm und sie zuckte. Robby kauerte in der verdammten Ecke.

„Ich wusste, dass du es warst", knurrte Bear. Er zog die Spritze aus Kristas Arm und warf sie irgendwohin. „Hey, Mann, ich habe gerade gehört, dass sie und Robby sich hier draußen abschießen, also dachte ich, ich komme mal vorbei, um sicherzugehen, dass unsere Lieferung in Ordnung ist."

Ich richtete meine Waffe auf ihn. Das hatte er auf keinen Fall irgendwo mitbekommen, denn das würde nie passieren.

Tate legte seine Hand auf meinen Arm. „Bear gehört mir. Er betrügt unseren Club seit Monaten. Er schöpft den Gewinn ab. Stimmt's?" Tate zeigte mit seiner Halbautomatik auf Bear. „Du tötest langsam den Club für deinen eigenen Vorteil."

Stiefelschritte polterten hinter uns und Rip und Clint stürmten herein.

Rip richtete seine Waffe auf Bear und dann auf Robby. „Was zum Teufel machst du hier, Bear?"

Bear sah sich im Raum um. Man konnte sehen,

wie die Zahnräder in seinem Kopf ratterten. „Ich bin hier, weil ich einen Tipp bekommen habe, dass Krista und Robby vom Club stehlen würden. Ich wollte es nur überprüfen. Und siehe da, sie ist hier draußen und spritzt sich Meth. Sie ist ein verdammter Junkie. Sie musste für ihre Sucht zahlen."

„Bullshit." Ich zielte ebenfalls auf Bear. „Wir wissen beide, dass das nicht passiert ist."

Skeeter entsicherte seine altmodische 38er. „Sie hat sich noch nie Hardcore-Scheiß reingezogen. Wir wissen, dass du lügst."

Da wir alle seine Geschichte nicht glaubten, wusste Bear, dass er ertappt worden war. Seine Augen wurden wild.

„Hör zu, Tate, ich werde es dir zurückzahlen, okay? Ich habe das ganze Geld von der letzten Lieferung. Ich bezahle den Club und dann sind wir quitt, okay?"

„Du hast es gerade zugegeben, du Idiot", stieß Tate hervor. „Wir werden nie quitt sein. Du hast uns verraten. Unser eigener Bruder. Leute, stimmt jetzt ab. Töten oder Gnade?"

„Töten." Clint.

„Töten." Skeeter.

„Töten." Rip.

„Töten." Tate. Er sah mich an. „Colt? Du bist jetzt genauso ein Teil von uns. Was ist deine Meinung?"

„Töten", stimmte ich zu.

Bear stürzte sich auf Tate, aber es war zu spät. Tate drückte ab und Bear brach in einer Blutlache zusammen.

„Ihr Arschlöcher!", schrie Robby aus der Ecke. „Er wollte mir mehr geben! Ich wollte ein ganzes verdammtes Labor einrichten. Ich hätte ihm nur Krista und das Mädel als Sicherheit geben müssen. Ihr habt mich gerade zwanzig Riesen gekostet."

Der Wichser hatte geplant, seine Ex-Frau und sein eigenes Kind für Drogengeld zu verkaufen. Er verdiente es auch nicht, zu leben, doch ich würde mich später mit ihm befassen. Das Blut von Bear sammelte sich um ihn herum und drohte, Krista zu berühren. Ich bückte mich, um sie hochzuheben, aber sie begann, mit den Armen zu fuchteln.

„Nein, nein!"

Sie schrie; ihre Augen rollten in ihrem Kopf zurück. Es war wahrscheinlich ein schlechter Trip. Ich hob sie hoch, aber es gelang mir nur knapp. Sie krallte nach mir, ihr Blick war wild und nicht fokussiert. Sie brüllte einfach weiter.

„Hier, lass mich." Skeeter ging um mich herum, und ich legte sie in seine Arme.

Wie aus dem Nichts traf etwas Großes meine Seite. Es warf mich fast zu Boden, aber ich stand auf, drehte mich um und sah Robby. Er hatte endlich den Mut gefunden, aus der Ecke zu kommen.

„Gib sie zurück, sie gehört mir! Er wollte mir zwanzigtausend Dollar für sie geben. Weißt du, wie viele Trips mir das einbringen würde? Genug für ein ganzes Leben! Und du hast es ruiniert! Lass sie runter! Es kommt ein Schiff, das sie mitnehmen wird."

„Runter auf die Knie."

Skeeters Schritte wurden leiser, als er sich in den vorderen Teil des Lagerhauses zurückzog und mich und ein paar andere Jungs mit Robby allein ließ.

„Ich werde den Gewinn mit euch teilen. Wie wär's? Sie ist deine Hure, aber meine Frau. Wir können Geschäftspartner werden." Ich ignorierte Robby, der weiterhin dummes, wertloses Zeug über die Gewinnaufteilung erzählte. Er hatte Krista und Becky in Gefahr gebracht.

„Auf die Knie, sofort."

Ich hielt ihm meine Pistole an die Stirn, und dieses Mal merkte er, dass ich es ernst meinte. Er sank auf die Knie und nahm die Hände hinter den Kopf. Er begann zu flehen, um sein Leben zu betteln. „Bitte nimm sie einfach. Ich weiß, dass du sie willst, du kannst sie haben …"

Ich drückte den Abzug und der Schuss löste sich. Er brach zusammen. Blut floss vor meinen Füßen.

Sie würde nie wieder Angst vor diesem Arschloch haben müssen.

Ich drehte mich um und verließ die Lagerhalle, um nach Krista zu sehen. Sie lag bereits hinten im Sprinter, den jemand vor die Lagerhalle gefahren hatte, und Skeeter hockte über ihr. „Wir müssen sie in ein Krankenhaus bringen. Ich weiß nicht, wie viel oder was er ihr gegeben hat. Meth, glaube ich."

Ich nickte. „Es ist deine Stadt, du fährst. Ich bleibe hinten bei ihr."

Kapitel 41

Colt

Ich streichelte Kristas Arm, wobei ich darauf achtete, die Infusionsnadel nicht zu berühren. Sie sah so klein aus in dem Krankenhausbett. Ihre Augen hatten schwarze Ränder und waren geschwollen. Ihr Haar war ein einziges Durcheinander. Krista schien nicht eitel zu sein, aber ich hatte ihre Locken auch noch nie so gesehen. Ich fuhr mit den Fingern durch die Partien, die um ihre Schultern lagen, und versuchte, es besser aussehen zu lassen.

Jemand legte mir eine Hand auf die Schulter. Scheiße. Ich fuhr herum und sah den Eindringling an.

Es war eine schwarze Frau, zierlich, wunderschön und neu – ich hatte sie vorher noch nie gesehen. „Ich wollte Sie nicht erschrecken, ich habe gerade erst meine Schicht angetreten."

Rip saß zusammengesunken auf einem Stuhl im Flur. Normalerweise war der Wachdienst die Aufgabe der Anwärter, aber Krista schien ein besonderer Fall zu sein. Die Jungs teilten sich den Dienst. Alle außer mir. Ich hatte die letzten vier Stunden neben ihrem Bett verbracht und darauf gewartet, dass sie aufwachte. Nach meiner beschissenen Reaktionszeit auf das Eintreten der Schwester zu urteilen, war es verdammt gut, dass ich kein Wachmann war. Ich war verflucht noch mal müde bis in die Knochen.

„Gehören Sie zur Familie? Oder sind Sie eine ihrer Wachen?" Die Krankenschwester blinzelte mich an und wartete auf eine Antwort.

Gehörte ich zur Familie? Ich hatte keinen blassen Schimmer. Krista war so klein, in Krankenhausdecken gehüllt und von piepsenden Maschinen umgeben. Das war nicht sie – Krista war lebendig. Sie tanzte mit Becky, lachte mit den Jungs, schlief mit mir. Ich liebte sie.

Ich hatte auch Tina geliebt. Aber es war etwas anderes, etwas Oberflächliches gewesen. Meine Liebe zu Tina war nie bis tief in meine Knochen eingedrungen und hatte meine Seele erobert. Vielleicht war das der Grund, warum sie mich betrogen hatte.

„Äh, Familie. Sie ist mein Mädchen."

Die Krankenschwester warf ihre langen Zöpfe über die Schulter und machte einen Vermerk in der Akte. „Sie sind also, äh ..." Sie blätterte in den Unterlagen. „Bartholomew Coulter?"

Ich zuckte zusammen. Ich hatte den ganzen Papierkram ausfüllen müssen, nachdem wir im Krankenhaus angekommen waren. Ich hatte mich auf dem Formular als ihren Lebensgefährten eingetragen.

„Colt."

„Nun, dann gehen Sie nach Hause, Colt. Passen Sie auf sich auf, bis sie aufwacht. Das wird eine Weile dauern. Sie hat so viele Beruhigungsmittel bekommen, dass sie die Apokalypse verschlafen würde. Und das wird sie auch. So viel Meth würde sich wie das Ende der Welt anfühlen, wenn sie jetzt wach wäre. Gehen Sie nach Hause und bringen Sie dort die Dinge in Ordnung. Sie werden sich um sie kümmern müssen, wenn sie hier rauskommt. Kommen Sie in etwa zwölf Stunden wieder."

Ich beobachtete Kristas Gesicht. Sie war in Sicherheit, schlafend, aber sicher. Die Tests hatten ergeben, dass die Nadel sauber gewesen war und sie wieder gesund werden würde. Becky hatte ein paar blaue Flecken, war jedoch so gut wie unverletzt. Rip hatte sie bei Señora Lopez' Wohnung abgesetzt.

Ich wollte aufstehen, und die Krankenschwester griff unter meinen Arm und zog mich hoch.

„Kommen Sie, Schätzchen. Gehen Sie nach Hause. Passen Sie auf sich auf, damit Sie sich um Ihr Mädchen kümmern können."

* * *

Ich schwang mich auf mein Motorrad und fuhr los. Als die Interstate unter meinen Reifen verschwand, sagte ich mir immer wieder: *Passen Sie auf sich auf, damit Sie sich um Ihr Mädchen kümmern können.* Ich musste mich den Problemen in Kalifornien stellen, bevor ich etwas anderes tun konnte.

Ich fuhr auf die I-5 und immer weiter, bis mein ganzer Körper taub war. Schließlich bog ich den Cajon Pass hinunter ab und in die hellen Lichter von Südkalifornien. Ich durchquerte die Städte, den Smog und den Verkehr, die mit Graffiti überzogenen Autobahnen, den Beton und Asphalt, der mein Zuhause war.

Auf dem Weg hatte ich Textnachrichten von Hawkeye erhalten. Sie hielten einen Sondergipfel mit allen Chaptern in Volks Hütte in Big Bear ab. Anstatt zum Club zu fahren, fuhr ich direkt dorthin, wo alle versammelt waren. Es war an der Zeit, meine Empfehlung für die Kings abzugeben. Ich würde meinen Bericht abgeben, und das Schicksal der Kings würde von Volk und den Präsidenten der Chapter Clubs entschieden werden.

Volks Hütte befand sich an einem privaten Feldweg in den Bergen. Etwa dreißig Motorräder säumten seine Einfahrt, als ich sie erreichte. Ich war spät dran. Verdammt.

Ich beeilte mich, hineinzukommen, und fand die Tür zum Speisesaal, der als Kapelle diente. Es war das erste Mal, dass ich zu einem Treffen mit allen Vorsitzenden der Ortsverbände eingeladen wurde. Ich klopfte an die Tür.

Das dumpfe Stimmengewirr auf der anderen Seite der Tür verstummte. „Name!", befahl jemand.

„Colt. San Berdoo."

Die Türen öffneten sich und die Jungs ließen mich herein. Schon bald stellten sich mir alle vor. Es waren sämtliche Präsidenten der einzelnen Chapter. Das war das große jährliche Geschäftstreffen. Nach der ganzen Scheiße, die in Tacoma passiert war, hatte ich das vollkommen vergessen.

Ich nickte und schüttelte all den Top-Leuten die Hand. Fuck, ich wollte schlafen. Ich wusste nicht mehr, wie viele Stunden ich schon wach war.

Nachdem wir uns reihum vorgestellt hatten, räusperte sich Volk. „Colt, warum erzählst du uns nicht von deinen Abenteuern im Norden?"

Scheiße, sie starrten mich alle an. Ich brachte es schnell hinter mich.

„Die Storm Kings waschen Falschgeld, und sie hatten ein Mitglied, das die Scheine stahl und sie für sich selbst nutzte. Bear, das Mitglied, das gestohlen hatte, schöpfte einiges ab und benutzte es dann, um sein privates Geschäft als Kredithai zu beginnen. Wir stellten ihm eine Falle, indem er die Chance hatte, noch mehr Geld aus dem Club zu entwenden. Und natürlich ist er darauf reingefallen. Es endete in einer Schießerei und er ist tot, zusammen mit einem Meth-Junkie, der uns in die Quere kam."

Alle Männer waren still. Nun, da die Zusammenfassung vorbei war, war es Zeit für meine Empfehlung.

„Die Kings haben ihre Fehler, sind aber gute Jungs. Tate ahnte, dass der Dieb jemand aus dem Club war, nicht aus der Lieferkette. Er hat uns aus zwei Gründen in Betracht gezogen. Erstens wollte er die Unterstützung, die ein größerer Club bieten kann." Am Tisch nickten die Köpfe. Wir alle wussten, dass sich Clubs zusammenschlossen. „Zweitens wusste er, dass er zusätzliche Hilfe brauchen würde, um den Dieb loszuwerden, falls es sich tatsächlich um einen Bruder handelte. Sie haben einige gute Investitionen, und ihr Geld ist jetzt sicher. Sie haben sich ihres Verräters entledigt." Ich zuckte mit den Schultern. „Sie machen ihre Sache gut."

Volk stand auf und begleitete mich zur Tür. Einfach so war es erledigt. Ich hatte meinen Bericht abgegeben, und nun würden alle anderen über das Schicksal der Storm Kings bestimmen. „Bleib im Büro, wir haben einige Entscheidungen zu treffen. Vielleicht brauchen wir dich für eine weitere Befragung."

Ich nickte und ging im Wohnzimmer hin und her. Auf dem Couchtisch befand sich ein hübsches Arrangement aus künstlichen Pflanzen und auf dem Kaminsims standen Familienfotos. Volk hatte eine Ehefrau. Ich hatte sie schon ein paar Mal gesehen. Würde Krista dieses Leben führen wollen? Meetings und Clubgeschäfte?

Nach etwa zwanzig Minuten setzte ich mich auf die Couch und schlief ein. Ich träumte davon, dass ich mit Krista und Becky, die neben mir kuschelten, Filme schaute. Ich hatte keine Ahnung, wie lange ich döste, ehe mich jemand wachrüttelte.

Pizzakartons, Bierflaschen und Zigarrenstummel lagen auf dem Ratstisch herum. Ich musste eine ganze Weile weg gewesen sein, bevor sie mich geweckt hatten. Volk deutete auf einen freien Stuhl. „Setz dich zu uns, Colt."

Alle machten ein ausdrucksloses Gesicht. Am Tisch saß ein Neuankömmling. Ich hatte ihn bisher nur einmal gesehen – Gerald Englestein. Er war der Leiter des juristischen Teams des Clubs. Er hatte sich nicht um meine Waffenanklage gekümmert. Die war zu unbedeutend gewesen. Die Sache war an einen seiner Untergebenen gegeben worden. Was zum Teufel war hier los?

„Dein Bericht über die Kings gefällt uns", begann Volk. „Ich denke, er zeigt Einsicht und Reife. In deinem eigenen Chapter ist eine Stelle als Sergeant at Arms frei."

Ich nickte. Fatso war letztes Jahr in den Ruhestand getreten und hatte die Stelle unbesetzt hinterlassen. Wir nahmen alle an, dass Hawkeye einfach nicht vorhatte, sie wieder zu besetzen.

„Wir möchten dir die Stelle anbieten."

Ich trommelte mit den Fingerspitzen auf den Tisch und versuchte herauszufinden, ob ich noch schlief. Das Mutter-Chapter der Demon Horde bot mir eine Position als Offizier an?

Ich schaute den Männern ins Gesicht. Wenn sie mir das vor zwei Wochen angeboten hätten, hätte ich die Chance ergriffen. Aber jetzt war alles anders. Ich liebte Krista. Es war lebensverändernd, und mein Leben würde sich definitiv verändern.

„Ich habe eine andere Idee", sagte ich.

Wenn ich träumte, wollte ich groß träumen.

Kapitel 42

Krista

„Becky?" Meine Kehle brannte, als ich versuchte, meinen Stimmbändern einen Ton abzuringen.

„Hey, Mädel. Trink das." Es war Skeeter. Er hielt mir eine Tasse an die Lippen und das Wasser löschte das Brennen in meiner Kehle. „Becky geht es gut. Sie ist bei der alten Mexikanerin. Entspann dich einfach, okay? Du kannst sie heute Abend sehen."

Señora Lopez. Becky war bei Señora Lopez. Ich lehnte mich in den Kissen zurück. Es ging ihr gut. Ich musste sie umarmen, sie berühren, ihre Zehen zählen.

Eine Krankenschwester steckte ihren Kopf herein und sah mich an. „Na, sieh mal an, wer wach ist. Wie geht es Ihnen, Schätzchen?"

Sie kam zu mir und fühlte meinen Puls, dann nickte sie und machte eine Notiz auf ihrem Klemmbrett.

Die nächste Stunde verbrachte ich mit Ärzten und Krankenschwestern. Das Meth verursachte Entzugserscheinungen. Mein ganzer Körper juckte und ich wollte abwechselnd schlafen oder weglaufen. Am liebsten wollte ich zu Colt rennen, doch er war nicht da. Skeeter war hier. Er hielt die ganze Zeit meine Hand, aber er war nicht Colt. Ich brannte darauf, Skeeter zu fragen, wo Colt war. Ich musste es einfach wissen.

Als mir die Augen zufielen, verließ die Krankenschwester das Zimmer, und Skeeter und ich waren allein.

„Colt?"

„Leg dich einfach zurück, okay? Schließ die Augen."

Mein Gehirn funktionierte nicht genug, um Worte zu bilden. Mein ganzer Körper schmerzte, und ich konnte mich nur noch zurücklehnen und die Lider senken. Schlaf kroch in meinen Kopf. Wenn ich aufwachte, würde ich mehr über ihn in Erfahrung bringen.

Ich wachte immer wieder auf, aber Colt war nie da.

* * *

Fast zwei Wochen später hatte Colt immer noch nicht angerufen. Ich war schon vor sechs Tagen aus dem Krankenhaus entlassen worden. Der Club kannte meinen behandelnden Arzt, und er hatte den Cops nie von meinem Zustand berichtet. Gott sei Dank.

Es sah so aus, als wäre ich nur ein bequemer Fick gewesen, während Colt in der Stadt gewesen war. Jetzt, wo er wieder in Kalifornien war, hatte er mich ganz vergessen. Nun, scheiß auf ihn. Das meiste, was zwischen uns passiert war, war ohnehin Herzschmerz gewesen.

Tate sorgte für einen ständigen Wechsel der drei

Prospects, die auf mich aufpassen sollten. Der jüngste der Männer hatte mir verraten, dass Colt in Kalifornien war, aber das war alles, was ich wusste.

Aus der Küche wehte Brandgeruch herein, und Becky und ich sahen von unserem Kreuzworträtsel zum Thema Tiere auf. Roach, der Anwärter, der für die heutige Schicht eingeteilt war, war gerade dabei, das Abendessen zu ruinieren. Der Feuermelder begann loszubrüllen.

„Scheiße. Sorry." Roach fächelte dem geschwärzten Sandwich Luft zu, als ob das helfen würde.

Ich rannte in die Küche, schnappte mir die Pfanne und warf das ganze Ding in die Spüle. „Du übernimmst den Alarm."

Die Herdplatte war auf höchster Stufe und glühte kirschrot. Kein Wunder, dass alles schwarz war. Ich schaltete sie aus und ließ Wasser über das laufen, was einmal ein gegrilltes Käsesandwich hätte werden sollen.

Roach war noch so jung. Er wusste nicht, dass man den großen blauen Knopf drückte, um den Alarm auszuschalten, also riss er die Batterien heraus und legte das ganze Chaos auf den Tisch.

„Ich kann Abendessen machen, okay?", sagte ich. „Bear und Robby sind weg, nicht wahr? Ich brauche also keine Wache mehr."

Der Junge starrte mich an. „Ich, äh, na ja, Tate sagte, ich müsse hier sein. Ich kann aber auch draußen warten."

Roach machte es sich auf meinen neuen Terrassenstühlen bequem, während ich Tate anrief. Als Tate abhob, begrüßte ich ihn nicht einmal.

„Ich will keinen Wächter mehr. Das ist lächerlich. Ich brauche nicht jede Minute des Tages jemanden in meiner Wohnung. Ich weiß eure Sorge zu schätzen, aber ich bin fertig. Ich habe gekündigt, schon vergessen? Ich fange morgen meinen neuen Job an."

Die Wirtschaftsprüfungsgesellschaft hatte erfahren, dass ich im Krankenhaus war, und war so nett, meinen Job für mich bereitzuhalten. Ich freute mich darauf, ihn anzutreten und mein neues Leben zu leben. Ich konnte es nicht gebrauchen, dass jemand aus dem Club ständig in meiner Nähe war und mich an Colt erinnerte.

Tate blieb am anderen Ende der Leitung ruhig und ließ mich einfach meine Tirade loswerden. Verdammt noch mal. Ich hörte mich wie ein Miststück an.

Ich holte tief Luft und entschuldigte mich. „Ich bin dir dankbar für alles, was du getan hast, aber ich brauche mein Leben zurück, okay?"

„Es ist nicht meine Entscheidung. Es ist seine."

Seine? Colt hatte diese Aufpasser angeordnet? Zeigte er mir so, dass er sich etwas aus mir machte? Indem er mich ständig überwachen ließ? Ich wollte ihn küssen, weil er sich sorgte, und ihn anschreien, weil er mir meine Freiheit genommen hatte. Aber ich konnte es nicht, weil er nicht hier war und nie an sein verdammtes Telefon ging. Er war aus meinem Leben verschwunden.

„Wenn er sich um mich kümmern will, kann er damit anfangen, indem er an sein verfluchtes Handy geht."

Das letzte Wort kam als Schluchzen heraus. Er hatte sich entschieden, nicht zu meinem Leben zu gehören. Es war seine Entscheidung. So oder so, ich konnte nicht mit einem Anwärter in meiner Wohnung leben, der mich ständig an ihn erinnerte.

„Bist du dir da sicher? Die Gefahr ist vorbei, aber die Prospects sind da, um sicherzustellen, dass du alles hast, was du brauchst. Die Kings werden immer für dich da sein, Krista. Aber diese Wache ist ein Gefallen für ihn. Bist du sicher, dass du ihn aufgeben willst?"

Ich wollte das Handy wegwerfen. Ich konnte nicht einmal persönlich mit dem Kerl Schluss machen. Nein, ich musste es über Tate erledigen. Die Kings waren gut zu mir gewesen, aber ich musste Eigenverantwortung übernehmen. Ich musste mit meinem Leben weitermachen.

„Ja. Ich will, dass die Anwärter verschwinden."

Kapitel 43

Krista

Ich war drei Wochen mit der Miete im Rückstand und mein Vermieter war noch nicht aufgetaucht, um mich rauszuschmeißen. Ich hatte wohl Glück. Ich hatte den Großteil des Bargelds, also ging ich zur Bank, um die Zahlungsanweisung abzuholen. Larry, der Büroangestellte, würde vielleicht eine Teilzahlung akzeptieren.

„Können Sie mir bitte meinen Kontostand nennen?", fragte ich die Kassiererin.

Sie nannte eine absurd hohe Zahl, und ich stöhnte auf. So viel konnte ich auf keinen Fall haben. Als ich das letzte Mal bei der Bank gewesen war, hatte Robby mein gesamtes Geld gestohlen. Offensichtlich hatten sie sich geirrt.

„Sind Sie sicher, dass Sie die richtige Kontonummer haben?" Ich schrieb sie für sie auf.

Die Frau am Schalter wirkte verwirrt. „Ja, es sieht so aus, als ob es vor zwei Wochen eine große Einzahlung gegeben hat. Aber – es ist seltsam, ich kann nicht erkennen, von welchem Konto sie kam. Ich hole meine Managerin. Setzen Sie sich doch bitte schon mal in ihr Büro."

Ein Bankfehler zu meinen Gunsten? Ich setzte mich und wartete. Becky sammelte alle lila Lutscher aus der Bonbonschale. Wenn auf meinem Bankkonto wirklich so viel Geld wäre, wären alle meine Sorgen vorbei.

„Miss?" Die Managerin setzte sich mir gegenüber an ihren Schreibtisch. „Wir haben Ihr Konto überprüft. Wissen Sie, wer letzten Mittwoch zehntausend Dollar eingezahlt haben könnte? Es war eine anonyme Überweisung."

Ich zuckte verwirrt mit den Achseln. Es war auf keinen Fall mein Geld. „Das muss ein Irrtum sein."

Die Frau tippte auf einige Tasten und sah sich mein Konto an. „Ich kann nur nach dem Herkunftsland recherchieren. Kennen Sie jemanden auf Grand Cayman?"

Ich schüttelte den Kopf. „In der Karibik? Nein. Ich kenne dort niemanden."

Die Managerin schaute zweifelnd. „Das Konto ist so eingerichtet, dass ich das Geld nicht zurückschicken kann. Legen wir es einfach auf Eis. Wir werden es überprüfen und Ihnen Bescheid geben. Wenn wir die Firma, die es geschickt hat, nicht erreichen können, gehört es Ihnen."

Es war also nicht mein Glückstag. Die Bank würde die Abbuchung überprüfen, feststellen, dass die Einzahlung nicht für mich bestimmt war, und das Geld würde verschwinden. Ich lachte über die Grausamkeit der Welt. Ausnahmsweise war mein Bankkonto gesperrt, ich konnte es einfach nicht benutzen.

* * *

Ich steckte den Barscheck in den Briefkasten des Wohnungsamtes, um meinen Vermieter zu umgehen. Es war nur die Hälfte des Betrags, den ich schuldete, und normalerweise akzeptierten sie keine Teilzahlungen. Dann lud ich Becky ins Auto und wir fuhren zum Samstagstanzkurs.

Wir standen an einer roten Ampel, als mein Handy klingelte. Wie immer machte mein Herz einen kleinen Sprung. Ich schaute nach unten und hoffte, eine kalifornische Vorwahl zu sehen. Aber es war mein Vermieter. Verdammt! Er musste gemerkt haben, dass ich nicht meine gesamte Miete bezahlt hatte. Mein erster großer Gehaltsscheck würde am Montag kommen – bis dahin würden sie einfach warten müssen. Ich schickte den Anruf auf die Mailbox.

Die Ampel wurde grün und ich trat aufs Gas. Sobald ich Becky zum Tanzkurs gebracht hatte, würde ich überlegen, was ich tun sollte, aber mein Auto bewegte sich nicht. Nun, es versuchte es, doch es machte nur einen kleinen Satz und beschleunigte nicht. Ich fuhr auf den Seitenstreifen.

Ich öffnete die Motorhaube und schaute nach. Natürlich hatte ich keine Ahnung, was ich da sah. Nichts brannte, kein Öl sprudelte heraus. Mein Kühler überhitzte immer, aber das hatte ich reparieren lassen. Ich wischte mir über die Augen und starrte wieder. Es musste etwas Einfaches sein, etwas, das ich reparieren konnte. Einen Mechaniker konnte ich mir nicht leisten, und ich brauchte mein Auto. Um zur Arbeit zu kommen, würde ich Stunden mit dem Bus fahren müssen.

„Hey, das ist ziemlich heiß. Du solltest es lieber

nicht anfassen“, sagte eine Stimme hinter mir.

Ich riss die Hand zurück und drehte mich um, um einen Anwärter vorzufinden. In dem Moment, als ich eine Autopanne hatte, fuhr zufällig einer von ihnen vorbei? Das kaufte ich ihnen nicht ab.

„Roach?“ Ich hoffte, dass das sein Name war.

Er lächelte und nickte, erfreut darüber, dass ich mich an ihn erinnert hatte.

„Tate hat dich nie vom Sicherheitsdienst abgezogen, oder?“ Ich ignorierte mein Autowrack und verschränkte die Arme vor der Brust.

Roach zuckte mit den Achseln. „Tate sagte, es sei nicht seine Entscheidung. Hör mal, warum lassen wir ihn nicht zum Clubhaus abschleppen? Ich schicke jemanden, der den Pick-up bringt, und den kannst du fahren.“

Natürlich war es nicht Tates Entscheidung. Colt war der Organisator dieser Überwachung zu meiner Sicherheit, wollte mich aber trotzdem nicht anrufen.

Dann wurde es mir klar. Vielleicht steckte Colt hinter der Verwechslung meines Kontos. Er hatte gesagt, er spiele gerne an der Börse. Hatten nicht alle diese Händler ihr Geld im Ausland gelagert, um Steuern zu vermeiden?

Ich packte Roachs Kutte. „Hat Colt ein Bankkonto auf den Caymans?“

Er wich zurück, um sich aus meinem Griff zu befreien. „Ich weiß nichts über Bankkonten. Ich weiß nur, dass ich außer Sichtweite bleiben und dafür sorgen soll, dass du in Sicherheit bist. Das ist alles.“

Ich bedeckte mein Gesicht mit den Händen und hielt die Tränen zurück. Colt versuchte, auf mich aufzupassen. Aber es war ihm nicht wichtig genug, um mit mir zu reden. Fühlte er sich verpflichtet, weil wir miteinander geschlafen hatten? Hatte er Mitleid mit mir?

Als ich mich wieder gefangen hatte, straffte ich die Schultern und sah Roach an. Ich würde für nichts bezahlen können, aber ich konnte keine Hilfe von jemandem annehmen, der mich nicht liebte.

„Ich lasse ihn in eine Werkstatt abschleppen und bezahle die Reparatur selbst.“

* * *

Señora Lopez traf mich an der Werkstatt. Die Fesselspuren an ihren Handgelenken waren schon lange verblasst, aber ich glaube, sie machte sich immer noch Vorwürfe, weil sie Robby in ihre Wohnung gelassen hatte. Sie war froh, dass sie Becky abholen und nach Hause bringen konnte. Also saß ich allein auf der schmutzigen alten Couch im Wartezimmer, während sie sich mein Auto ansahen. Schließlich waren sie fertig und der Mechaniker erklärte mir, wie ein Getriebe funktioniert. Dann erläuterte er, warum meines nicht funktionierte.

„Ihr ganzes Getriebe ist also kaputt.“ Er zuckte mit den Achseln und reichte mir eine Rechnung. „Oder Sie verkaufen uns das Auto als Schrott. Wir würden Ihnen zweihundert dafür zahlen. Sie könnten mit ein bisschen Geld in der Tasche rausgehen."

Ich hätte versucht, es selbst zu reparieren, doch ich konnte mir nicht einmal die Teile leisten. Tate würde wahrscheinlich die Rechnung für mich übernehmen. Aber ich wollte mich nicht auf den Club verlassen. Ich würde das auf eigene Faust machen. Ich würde vielleicht ein bisschen Freiheit aufgeben müssen, aber ich würde meine Integrität behalten.

Ich überschrieb ihnen den Fahrzeugbrief.

Meine Schultern waren schwer, als ich die Autowerkstatt verließ. Mein erster Gehaltsscheck reichte nicht annähernd aus, um die Kosten für ein neues Auto *und* meine Miete zu decken. Selbst mit meinem neuen Job würde ich am Ende des Monats wegen der Darlehenszahlungen ein Minus schreiben.

Ich schleppte mich vier Straßen weiter zur Bushaltestelle. Es gab keine Bank, also setzte ich mich auf den Bordstein neben dem Schild. Ich lehnte den Kopf an den Pfosten und wartete.

Eine Harley rumpelte hinter mir, und mein dummes Herz machte einen kleinen Sprung. Ich wusste, dass es nicht Colt war, also machte ich mir nicht die Mühe, aufzuschauen.

„Hey." Roach setzte sich neben mich auf den Boden. „Wo willst du hin? Ich kann dich mitnehmen. Oder Tates kleinen Pick-up holen?"

Ich schüttelte den Kopf. „Nein, danke. Ich hole

mir nur das Geld, das man mir schuldet.“

Robby. Ich hatte eine Ahnung, wo er sich aufgehalten hatte, bevor ich ins Krankenhaus gekommen war. Das wäre die perfekte Gelegenheit, vor seiner Haustür aufzutauchen und mir das zurückzuholen, was mir gehörte. Ich würde die fünf Riesen verlangen, die er mir abgenommen hatte.

Roach verengte seine Augen und legte den Kopf schief. „Was meinst du? Welches Geld?“

Bevor ich es erklären konnte, rumpelte der Bus heran und Roach musste sich beeilen, um sein Motorrad wegzuschieben. Ich stieg die Stufen hinauf und der Bus ließ Roach in einer Abgaswolke zurück. Ich brauchte den Anwärter nicht, um meine Kämpfe für mich auszutragen. Ich schaffte das auch allein.

Es dauerte über eine Stunde und drei Busse, um zu dem kleinen Wohnwagen zu gelangen, in dem Robby untergebracht war. Ich klopfte an die Tür.

Eine Brünette antwortete. „Was willst du?“ Sie trug einen zerschlissenen Pyjama und ihr linkes Auge zuckte. Diese Art von Unterkunft sah Robby definitiv ähnlich.

„Ich bin die Ex von Robby. Ich bin auf der Suche nach ihm. Ich habe etwas für ihn.“ Ich lächelte. „Haben Sie ihn gesehen?“

Sie schüttelte den Kopf. „Nö. Kenne ihn nicht. Die Tussi, die vorher hier gewohnt hat, hat immer Zimmer vermietet, aber vor ein paar Wochen ist sie an einer Überdosis gestorben. Er muss einer von ihren gewesen sein. Mir egal, jetzt ist er weg.“

Sie knallte die Tür zu.

Ich hatte keine Ahnung, wo er sein könnte. Als ich mich umdrehte, um die Treppe hinunterzugehen, sah ich eine Harley und einen braunen Lastwagen. Das war klar. Der Anwärter war mir gefolgt, und dieses Mal hatte er auch Tate dabei.

Stöhnend ging ich zu ihnen hinüber. Ich könnte es genauso gut hinter mich bringen.

„Hey." Tate lief auf mich zu. „Was machst du denn auf dieser Seite der Stadt?"

Ich zuckte mit den Achseln. „Robby schuldet mir Geld, also dachte ich, ich schaue mal nach ihm."

Tate fuhr sich mit der Hand durch den Bart und sah sich um. „Ich hasse es, derjenige zu sein, der es dir sagt, aber Robby ist tot."

„Was?" Ich runzelte die Stirn. Ich erinnerte mich nicht an viel von dem, was in der Lagerhalle passiert war, ich hatte sogar versucht, das meiste zu vergessen. Ich hatte Becky gesagt, sie solle weglaufen, aber Robby war damals noch sehr lebendig gewesen. „Was ist passiert?"

Tate tätschelte mir die Schulter. „Es tut mir leid. Robby ist tot. Das ist alles, was ich sagen kann."

Es traf mich wie ein Schlag gegen die Brust, und ich wusste es. „Colt hat ihn getötet, nicht wahr? Im Lagerhaus." Ich war überrascht, als ich feststellte, dass ich weinte.

Tate schnitt eine Grimasse. „Das ist eine Clubangelegenheit, mehr kann ich nicht sagen."

Das bedeutete Ja. Der Mann, den ich liebte, hatte meinen Ex-Mann getötet.

Ich begann, zurück zur Bushaltestelle zu gehen. Irgendwann einmal hatte ich Robby geliebt. Es war eine dumme, kindische, jugendliche Verliebtheit, aber es war immer noch eine Form von Liebe gewesen. Als er angefangen hatte, Meth zu nehmen, war ich ausgezogen und hatte damals um sein Leben getrauert. Jetzt trauerte ich um … was? Dass sich mein Ex in einen anständigen Menschen hätte verwandeln können? Auch ohne Drogen war Robby nicht besonders nett gewesen.

„Krista?" Tate holte mich ein. „Hör zu, ich weiß, du willst keine Hilfe. Aber es wird schon dunkel und das ist eine beschissene Gegend. Lass mich dich wenigstens nach Hause fahren. Okay?"

Ich sah mich um. Die Sonne war bereits untergegangen und es würde bald Nacht werden. Die Wohnwagen und Sozialwohnungen sahen in den verbleibenden Schatten bedrohlich aus. Eine Fahrt nach Hause würde nicht bedeuten, dass ich mich zu sehr auf den Club verließ. Ich nickte und stieg zu Tate in den Pick-up.

Colt hat Robby getötet. Bereute Colt, was er getan hatte? Um ehrlich zu sein, war ich ein wenig erleichtert. Es tat mir leid, dass Robby sein Leben verloren hatte und Colt jemanden hatte umbringen müssen – das musste emotional herzzerreißend gewesen sein. Aber es tat mir nicht leid, dass Robby für immer fort sein würde. Ich musste nicht befürchten, dass er irgendwo unangemeldet auftauchen würde, zum Beispiel in Beckys Schule, und versuchen würde, mich um Geld zu erpressen. Oder mich als Pfand für einen Drogendeal zu benutzen.

Wir hielten vor meiner Wohnung und ich stieg aus. „Hey, Tate", sagte ich durch das offene Fenster. „Es ist mir egal, ob es seine Entscheidung ist – keine weiteren Anwärter. Okay? Ich bin raus."

Ich drehte ihm den Rücken zu und ging nach Hause. Allein.

* * *

Zwei Tage später – ich hatte Becky gerade von Señora Lopez' Haus abgeholt – bemerkte ich einen gut gekleideten Herren, der auf unserer Veranda saß. Ich drückte Beckys Hand fester und überlegte, was ich tun sollte. Doch dann trat Roach vor und winkte mir zu. Die beiden Männer kamen uns auf dem Parkplatz entgegen.

„Hallo, Ma'am. Mein Name ist Adam vom Evergreen Autohaus. Herzlichen Glückwunsch zu Ihrem neuen Fahrzeug." Der Mann lächelte und reichte mir einen Schlüssel. Er war glatt, mit Knöpfen und einem Schlüsselanhänger mit weiteren Knöpfen. Ich fuhr mit den Fingern darüber.

Ich wandte mich an Roach. „Warum tut Colt das?"

Roach zuckte mit den Achseln. „Weil du seine Old Lady bist. Das ist es, was Männer tun, richtig? Sie kaufen ihren Old Ladys Dinge. Du brauchtest ein Auto, also hat er eins besorgt."

Ich betastete den Schlüssel. Ich wollte es so sehr.

Ich wollte den Schlüssel ins Zündschloss stecken und das Schnurren eines Motors hören, der zuverlässig war. Der Öl nicht regelrecht verbrannte, der im Sommer nicht überhitzte.

„Er muss mich fragen, Roach. Verstehst du das nicht? Er muss mir sagen, dass er mich liebt, oder zumindest mit mir reden, bevor ich seine Old Lady sein kann."

Der Prospect zuckte erneut mit den Achseln und Adam steckte die Hände in die Taschen. Es war nicht fair, sich über diese Männer zu ärgern, wenn Colt derjenige war, der all das hier tat. Ich schaute auf die Schlüssel.

„Gibt es Papiere für dieses Fahrzeug?", fragte ich den Mann vom Autohaus.

„Ja, Ma'am. Im Fahrzeug. Möchten Sie einen Blick darauf werfen?"

Adam öffnete alle Türen eines kleinen gelben Geländewagens. Becky kletterte hinein und begann herumzukrabbeln. Ich versuchte, nicht hinzusehen, aber das Auto war voll ausgestattet. Alles elektrisch, sogar mit Schiebedach. Adam klappte das Handschuhfach auf und holte den Fahrzeugbrief und den Kaufbeleg heraus.

Als Eigentümer des Fahrzeugs wurde die Anwaltskanzlei von Gerald Englestein angegeben.

Nicht einmal sein Name. Er hatte sich nicht die Mühe gemacht, seinen Namen auf den Fahrzeugbrief zu setzen. Ich wollte nur eine greifbare Sache, die bewies, dass es von ihm war. Etwas, das besagte, dass er sich etwas aus mir machte. Geld, das auf magische Weise auf meinem Konto erschien, und ein neues Auto waren zwar nett, aber sie waren nicht persönlich. Sie waren nicht er.

Ich schüttelte den Kopf. „Becky, komm da raus." Ich gab Adam die Schlüssel zurück. „Es tut mir leid, dass Sie den ganzen Weg hierherkommen mussten."

„Oh, ähm, da ist noch eine Sache." Er holte einen Umschlag aus dem Handschuhfach.

Es handelte sich um einen Brief auf offiziellem Briefpapier der Anwaltskanzlei.

Ms. Forrester,
mein Kunde hofft, dass Sie mit der Farbe ein-
verstanden sind. Er freut sich jedoch, wenn
Sie Ihre Meinung ändern. Sie können sie ge-
gen alles eintauschen, was Ihnen gefällt.
Mit freundlichen Grüßen,
Gerald Englestein
Rechtsanwalt

Gelb. Kurz bevor wir das erste Mal miteinander schliefen, hatte ich ihm gesagt, dass ich meine Meinung geändert hatte und meine Lieblingsfarbe gelb war.

Die Unterschrift auf dem Brief begann zu ver-schwimmen. Er hatte an mich gedacht.

Ich lächelte, während mir die Tränen über die Wangen liefen. „Ich nehme ihn."

* * *

Vierzigtausend Dollar befanden sich jetzt auf meinem Konto, dank anonymer Überweisungen. Es lag einfach da und war verfügbar, wenn ich es brauchte. Nach dem Auto war der einzige logische Gedanke, dass das Geld Colt gehörte. Aber er war nicht da. Es gab keinen persönlichen Kontakt, keine Anrufe. Nicht einmal eine SMS. Früher hatte ich jede Stunde auf mein Handy geschaut, in der Hoffnung, dass sich etwas tat. Doch jetzt hatte ich es in meinen Schreibtisch bei der Arbeit gelegt und ging nur ran, wenn ich den Klingelton für Beckys Schule hörte.

Ich legte die letzte Akte weg und schob die Schublade zu. Feierabend.

„Wir sehen uns gleich im Restaurant, oder?" Karen, die Büroleiterin, lud mich immer auf einen Drink ein. Sie war frisch geschieden und trank viel. In meiner ersten Woche schloss ich mich ihr einmal an, aber inzwischen ging ich lieber gleich nach Hause. Ich verbrachte den Abend normalerweise mit Becky und war um zweiundzwanzig Uhr im Bett. Heute hatte ich allerdings beschlossen, es mir gut gehen zu lassen und mit Karen auszugehen.

„Sicher. Ich bin gleich da." Ich lächelte und winkte den anderen Frauen aus dem Büro zum Abschied zu.

Es war nicht so, dass mein Leben langweilig war; es war nur anders. Ich arbeitete von Montag bis Freitag, was neu war. Da Becky an den Wochenenden nicht in der Schule war, konnte ich mit ihr spielen und Dinge mit ihr unternehmen. Ich trug flache Schuhe zur Arbeit – nie hohe Absätze – und niemand sagte ein Wort. Robby kam nie vorbei, um Geld von mir zu erpressen. Das Einzige, was fehlte, war der Club.

Die Jungs hatten Himmel und Hölle in Bewegung gesetzt, als ich in Schwierigkeiten gewesen war. Das wusste ich jetzt. Der Club stand mir bei. Die Männer tranken, sie hurten, sie hielten Furz- und Rülpswettbewerbe ab, ihre Wäschemenge war geradezu beängstigend, aber sie waren auf meiner Seite.

Vor allem jedoch vermisste ich Colt. Ich hatte ein paar ziemlich blöde Träume, in denen ich Aschenputtel war und er, der gut aussehende Prinz, in meiner Wohnung auftauchte, der gläserne Schuh passte und wir glücklich bis ans Ende unserer Tage leben würden. Der schlimmste Traum handelte sowohl von Colt als auch von Robby. Robby hatte mir gerade die Spritze verpasst, und ich verlor langsam das Bewusstsein, doch durch den Nebel hörte ich Colt sagen, dass er mich liebte. Er klang immer so, als würde er viel für mich empfinden. Aber es war nur ein Traum.

Meine Bleistifte klapperten in ihrer kleinen Schale, als ich meinen Schreibtisch aufräumte. Ich hatte jetzt jeden Tag pünktlich um siebzehn Uhr Feierabend. Ich holte Becky eine halbe Stunde danach von Señora Lopez ab. Becky ging nun in den späteren Tanzkurs, aber das schien sie nicht zu stören. Abends machte ich das Essen und brachte Becky ins Bett. Ich glaube, die größte Umstellung war, dass meine Tochter jetzt immer zu Hause schlafen konnte, und zwar die ganze Nacht. Ich musste sie nicht mehr um drei Uhr morgens vom Babysitter abholen, wenn ich von einer Schicht kam.

Ich hatte keine Angst mehr vor dem Gespräch über den Job mit Becky. Irgendwann würde sie erwachsen werden und mich fragen, was mein Job war. Nun musste ich nicht mehr lügen oder eine lange Erklärung abgeben, um mein Handeln zu rechtfertigen. Jetzt war alles ganz einfach.

Aber es war auch hart. Das Schlimmste war die Einsamkeit. Manchmal, nachdem Becky ins Bett gegangen war, tat ich so, als würde Colt mich zu einem Date abholen. Einmal ging ich sogar nach draußen und starrte auf mein gelbes Auto. Ich strich über die Motorhaube und erinnerte mich an die Worte aus meinem Traum. *„Ich liebe dich, Babe."*

Janice versuchte, mich zum Tanzen oder in Bars auszuführen, um einen Mann kennenzulernen. Das hatte sie noch nie getan, bevor ich aus dem Club ausgetreten war, also wusste ich, dass sie Mitleid mit mir hatte und wollte, dass ich ausgehe und ein Leben habe.

Ich hatte das Handy eine Million Mal zur Hand genommen, um Colt anzurufen. Einmal, nach einer Nacht mit Janice, rief ich ihn nach meinem dritten Appletini an. Er ging nicht ran; ich hinterließ keine Nachricht. Er rief nie zurück.

Jedes Mal, wenn ich das Dröhnen einer Harley hörte, schaute ich hin. Roach und die anderen Anwärter ließen mir meinen Freiraum, aber sie waren immer da. Er nie.

Ich legte meine letzte Akte weg und griff nach meiner Handtasche. Karen und ein paar der anderen Frauen würden sich heute Abend mit mir in einer Bar treffen. Janice sah sich mit Becky einen Film an, bis ich nach Hause kam. Alles war perfekt. Nur ich nicht. Ich lief mit einem großen Loch in meiner Brust herum.

Ich hängte meine Tasche über meine Schulter, winkte dem Hausmeister zum Abschied und verließ das Büro. Ich ging hinaus auf den Parkplatz, wo mein gelber SUV unter einer Eiche geparkt war.

Mein Handy klingelte. Wahrscheinlich Janice, die fragte, ob sie eine Pizza bestellen könne. Als ich nach unten blickte, leuchtete Tates Name auf dem Bildschirm.

Party heute Abend. Sei unser Gast.

Ich ließ fast mein Smartphone fallen. Es war das erste Mal, dass Tate mir eine SMS schickte, seit ich das Clubhaus verlassen hatte. Ich fragte mich, ob er schon einen Ersatz gefunden hatte. Wahrscheinlich nicht, wenn er mir eine SMS zukommen ließ. Aber ich konnte es auf keinen Fall tun. Der Gedanke, meinen Körper zu verkaufen, verursachte mir eine Gänsehaut. Ich hatte alle meine Tänzerkostüme weggeworfen. Jetzt war ich nur noch eine einfache, alleinerziehende Vorstadtmama mit einer Garderobe aus vernünftigen Hosen und schwarzen flachen Schuhen, die es bewiesen.

Bettes lässt grüßen.

Ich saß in meinem Auto und starrte auf mein Handy. Bettes wollte mich dort haben. Tates Old Lady. War ich jetzt, wo ich keine Hure mehr war, irgendwie in das Reich der Old Ladys aufgenommen worden? Obwohl das ein ziemlich seltsamer Status wäre, da ich keinen Mann hatte.

Nun, ich hatte einen. Er lebte nur in Kalifornien und machte sich nicht genug aus mir, um überhaupt mit mir zu reden. Sicher, er schickte mir Geschenke, weil er sich schuldig fühlte wegen dem, was zwischen uns passiert war, aber er hatte wahrscheinlich schon jemanden gefunden, mit dem er ausgehen konnte. Ein nettes Mädchen, das keine Nutte im Ruhestand war.

Nachdem ich mein Auto zurückgesetzt hatte, fuhr ich über den Parkplatz. Wenn ich nach links abbiegen würde, könnte ich mit Karen aus dem Büro abhängen und nach Hause zu kalter Pizza fahren. Rechts könnte ich die Jungs im Club besuchen und so tun, als wäre ich Colts Old Lady.

Ich bog nach rechts ab.

Auf der Fahrt dorthin redete ich mir immer wieder ein, dass ich die Jungs nur sehen wollte, um das nachzuholen, was ich verpasst hatte. Ich würde mich dort einfach blicken lassen, Hallo sagen und wieder gehen. Das war alles.

Da es kurz nach siebzehn Uhr war, steckte ich im berühmten Seattle-Verkehr fest. Der gesamte Pendlerverkehr flüchtete aus der Innenstadt, und so saß ich im Stop-and-Go auf dem Freeway fest. Ich überlegte, ob ich eine SMS zurückschicken sollte, um ihnen zu sagen, dass ich auf dem Weg war, aber ich tat es nicht. Wenn ich kurz vor dem Clubhaus kneifen würde, wollte ich nicht, dass jemand davon erfuhr.

Der Parkplatz des Clubs war voll. Reihenweise parkten die chromblitzenden Fahrzeuge in geordneten Reihen. Während meiner Arbeit hier hatte ich gelernt, dass die Biker ihre Motorräder sehr sorgfältig parken. Das hatte mich immer zum Lachen gebracht, bis ich den Grund dafür herausgefunden hatte. Sie mussten oft schnell flüchten. Sie mussten ihre Maschinen mit fast militärischer Präzision nach außen gerichtet aufstellen.

Aber das waren mehr Motorräder, als ich je am Clubhaus gesehen hatte. Es war mehr wie eine Rallye oder ein Run – nicht, dass ich jemals auf einem von beidem gewesen wäre.

Die große Metalltür war angelehnt, also ging ich hinein. Es war ein Meer aus schwarzem Leder. In der Bar gab es praktisch nur Stehplätze. Es mussten fast fünfzig Typen sein, die sich dort drängten, und ich kannte nicht einen einzigen von ihnen. Keiner nahm mich wirklich wahr, während sie tranken, rauchten und lachten.

Auf den Aufnähern auf ihrem Rücken stand „Demon Horde". Das war Colts Club. Mir sank das Herz. Was zum Teufel war hier los?

Ich sah mich um und entdeckte etwas Rotes inmitten von Schwarz. Bettes. Ich kämpfte mich durch die Menge und fand alle Frauen um einen Tisch im hinteren Bereich versammelt.

„Was ist hier los?" Ich musste schreien. Es lief keine Musik, aber bei so vielen Gesprächen war es schwer, etwas zu verstehen.

„Es ist ein Patch-Over", sagte Bettes in mein Ohr, während sie mich umarmte.

Theresa, die Old Lady von Mule, kam auf mich zu und legte ebenfalls die Arme um mich. Das war eine Überraschung. Vermutlich war jetzt, wo ich keine Hure mehr war, alles verziehen? Ich erwiderte die Umarmung. Egal, was die Veränderung verursacht hatte, ich war froh darüber.

Heilige Scheiße. Die Old Ladys trugen ihre „Property of"-Kutten. Ich schaute mich in der Menschenmenge um und dann wieder zu den Frauen. Ich konnte mich nicht erinnern, wann ich das letzte Mal eine von ihnen mit ihrer Weste gesehen hatte. Es war nur eine schwarze Lederkutte, aber auf dem Rücken war ein Aufnäher, der erklärte, dass sie Eigentum ihres Mannes waren. Was auch immer hier los war, es war etwas Großes.

„Wer patcht denn ein?"

Theresa sah mich verwirrt an. „Das solltest du wissen. Das war der Grund, warum Colt hierhergekommen ist. Hat er es dir nicht gesagt?"

Ich kniff meine Augen zusammen. Wovon sprach Theresa? Die Ehefrauen und Old Ladys hatten mir immer die kalte Schulter gezeigt. Wollten sie mir einen Streich spielen?

Bettes schlang ihren Arm um mich. „Ich glaube nicht, dass sie viel Zeit zum Reden hatten. Die ganze Zeit, in der sie alleine waren, haben sie etwas anderes gemacht."

Die Frauen lachten und ich sah mich verwirrt um. Wenn Colt in der Stadt wäre, hätten Tate oder Skeeter oder sonst jemand es mir gesagt. Was war hier los?

Ich sollte einen der Jungs finden und fragen, was los war. Aber ich hatte lange genug im Club gearbeitet, um zu wissen, dass man einen Biker nicht nach dem fragte, was vor sich ging. Es waren viele andere Männer hier, von der Demon Horde – irgendetwas Offizielles war im Gange.

Ich drehte mich um und sah mich in der Menge um.

„Du wirst ihn nicht finden. Sie sind gerade in der Kirche", erklärte Bettes. „Sie sind bald alle wieder draußen. Die Kings sind dabei, sich in die Horde einzugliedern."

Mir wurden die Knie weich. Ich würde Colt wiedersehen. Wenn die Kings sich mit der Horde verbanden, würde Colt vielleicht ab und zu in Tacoma sein. Ich fing mich, bevor ich umkippen konnte. Verdammt, ich war eine erbärmliche Idiotin. Es war vier Monate her, dass er ohne ein Wort gegangen war. Wenn er mich gewollt hätte, hätte er es mir schon längst gesagt.

Ein lautes Gebrüll ging durch die Menge und ich drehte mich um, um nachzusehen. Alle meine Freunde, die Männer, die ich so sehr vermisst hatte, kamen aus dem Sitzungssaal. Jeder von ihnen trug eine brandneue Kutte. Das Schwarz war dunkel und nicht verblasst, das Leder nicht abgenutzt.

Die meisten der Jungs sahen glücklich aus, ein paar hatten ein versteinertes Gesicht.

Ein kleinerer Mann stand vorne. Er sprang auf einen Barhocker und riss die Arme in die Luft. Die Menge verstummte augenblicklich. Wer auch immer dieser kleine Typ war, er war wichtig.

„Applaus für das neueste Chapter der Demon Horde!"

Der Jubel begann, lang und laut. Bettes umarmte mich.

Nach einer Weile beruhigte sich die Menge wieder, doch ich konnte nicht wirklich erkennen, was vor sich ging. Ich bemühte mich, über die Köpfe hinwegzusehen, aber meine Sicht war völlig versperrt.

„Ich möchte euch den neuen Vizepräsidenten der Demon Horde von Tacoma vorstellen, Bart Coulter."

Wer war das? Ich konzentrierte angestrengt meinen Blick.

Colt.

Sein Name war *Bart*?

Wir waren zusammen im selben Raum, aber es war so verdammt voll, dass ich nichts sehen konnte. Ich hörte auf hochzuspringen und wiederholte die Worte des Fremden. Colt war der neue Vizepräsident von Tacoma. Er wollte hier leben. In Tacoma. Mit mir.

Nun, nicht mit mir, aber in derselben Stadt wie ich. Würde es das einfacher oder schlimmer machen? Würde er tatsächlich mit mir reden?

Ich hatte gerade seinen verdammten Namen erfahren. Colt, eine verkürzte Version seines Nachnamens, war wahrscheinlich sein Straßenname. Ich war hoffnungslos in einen Kerl verliebt und kannte nicht einmal seinen Namen.

Der Tequila brannte in meiner Kehle, als ich den Shot hinunterschluckte, den Theresa mir vorhin gereicht hatte.

Die Menge brüllte immer noch und die Leute stießen miteinander an, als mir etwas klar wurde.

„Ich sollte nicht hier sein." Ich warf meinen roten Plastikbecher in den Mülleimer und lächelte Bettes an. „Danke für die Einladung, es war schön, dich zu sehen. Aber ich glaube, ich sollte jetzt gehen."

Sie protestierte. Ich konnte sie durch das Stimmengewirr hören, als ich mich auf den Weg zur Tür machte. Aber das war mir egal. Ich konnte das nicht noch einmal durchmachen. Wie ich Tate kannte, würden in ein paar Minuten Stripperinnen durch die Tür kommen und ich würde nicht dabei sein.

Ich freute mich für Colt, aber ich musste auch glücklich sein. Ich würde mit meinem neuen Leben nie zufrieden sein, wenn er immer in meiner Nähe war, gerade außerhalb meiner Reichweite.

„Hey, kleine Lady, wohin rennst du denn? Die Party fängt doch erst an."

Der breiteste Mann, den ich je gesehen hatte, legte seine Hand auf meine Schulter. Wahrscheinlich hatten sie eine ganze Kuh töten müssen, um seine Kutte herzustellen. Er war stark, kein Gramm Fett zu viel, sondern einfach nur breit.

„Hey. Finger weg, Maori."

Ich schloss die Augen. Fuck. Ich war erwischt worden. Es war Colt.

„Ist das deine Frau?" Der schwere Druck der Hand des Fremden ließ nach. „Ich schwöre bei Gott, ich wusste es nicht. Glückwunsch, Mann."

Ich wagte einen Blick und Colt starrte mich an. Er schenkte mir ein kleines Lächeln, dann drehte er sich wieder zu dem anderen Kerl um. „Danke, Mann."

Sie schüttelten sich die Hände, und ich nahm das als mein Stichwort, um zu fliehen. Ich riss die Tür auf und atmete hastig die kalte Dezemberluft ein. Ich rannte so schnell, wie mich meine vernünftigen niedrigen Absätze tragen konnten.

„Warte! Krista, stopp!"

Colt war dicht hinter mir. Ich wusste aus Erfahrung, dass er mich überholen, einholen oder zu Boden werfen konnte. Ich verlangsamte mein Tempo, bis ich stehen blieb, und stellte mich ihm.

„Hier." Ich hielt ihm die Autoschlüssel hin. „Der Rest ist noch komplett auf meinem Konto. Ich habe es nie ausgegeben. Sag mir einfach, wohin ich es überweisen soll, okay?"

Ich kniff die Augen zusammen, ließ die Schlüssel zwischen uns baumeln und wartete darauf, dass er sie nahm.

Er legte meine Finger darum und schloss dann seine Hand um meine. „Es gehört dir. Das Geld auch. Ich wollte mich nur um dich kümmern. Dafür sorgen, dass du in Sicherheit bist."

Ich schüttelte den Kopf. „Ich will nicht, dass man sich um mich kümmert, ich will nicht, dass du dich für mich verantwortlich fühlst. Ich will nur geliebt werden."

Ich verschränkte die Arme vor der Brust. Was auch immer er als Nächstes sagen würde, es würde höllisch wehtun und ich konnte mir das nicht ein weiteres Mal antun.

Er streichelte meine Arme und ich wandte den Blick ab. Ich musste mich vor ihm schützen. Wenn ich das nicht tat, würde ich am Ende noch kaputter sein als beim letzten Mal.

„Ich dachte, wir wären auf dem Weg, etwas Gutes zwischen uns aufzubauen, und dann ist alles Mögliche passiert. Ich bin aufgewacht und du warst weg. Du hast mich verlassen, Colt. Und jetzt bist du wieder da und denkst, wir können Freunde sein?" Meine Hände zitterten, und ich schüttelte den Kopf. „Nein, ich kann das nicht. Ich kann das nicht!"

Beim zweiten Mal schrie ich es. Ich brauchte einen Ausweg, musste meine Wut rauslassen. Ich hatte mich nur an die guten Zeiten erinnert, aber jetzt, da er hier vor mir stand, fielen mir auch die schlechten Momente wieder ein. Es waren so viele. Sie überwogen sogar die positiven.

Er legte seine Arme um mich und drückte mich an sich. Er roch nach Leder und Sonnenschein. Verdammt noch mal, ich gab nach und schluchzte an seiner Brust. Ich hatte wochenlang fantasiert, dass er mich so halten würde. Ich hatte geträumt, er würde mich in die Arme nehmen und mir sagen, dass er mich liebt. Dass er für immer mit mir zusammen sein wollte.

„Ja, das habe ich getan. Ich habe dich verlassen. Und ich war ein verfluchtes Arschloch bei der ganzen Sache." Er ließ mich los und ging zu seinem Motorrad. Er holte einen Strauß welker gelber Margeriten aus seiner Satteltasche. „Sie sind ein bisschen ramponiert. Ich habe sie gekauft, als ich aus dem Bau kam, weil ich dich liebe, Krista, und ich ein gemeinsames Leben mit dir haben möchte."

„Du liebst mich?" Ich wischte mir die Tränen ab und starrte auf die fast toten gelben Blumen hinunter. „Wo zum Teufel bist du hin? Seit Monaten habe ich kein Wort von dir gehört. Nichts."

„Es tut mir leid. Ich wollte das richtig machen, nicht mitten auf einem Parkplatz. Und die hier …" Er griff nach den Blumen. „Die sehen ja scheiße aus. Ich hätte dir etwas Schöneres schenken sollen. Sie zu kaufen war das Erste, was ich gemacht habe, als ich aus dem Knast kam. Ich habe sie besorgt und bin direkt hierhergefahren."

Ich hatte nicht vor, die Blumen loszulassen. Also hielten wir uns beide an den schlaffen Stängeln fest und starrten uns an.

„Ich war im Knast." Er suchte meinen Blick, als wüsste er nicht, was er sagen sollte. „Nachdem ich dich im Strip-Club besucht hatte, haben mich die Bullen wegen Körperverletzung an Robby festgenommen. Deshalb bin ich nie vorbeigekommen. Die Anklage wurde dank Tate fallen gelassen, aber mein Bewährungshelfer erfuhr dadurch, dass ich außerhalb des Staates war. Ich habe einen Deal gemacht, ein paar Monate im Gefängnis zu verbringen, wenn sie meine Bewährung hierher nach Seattle verlegen würden."

Oh Gott. Sein Schweigen war seine Art gewesen, für unsere Zukunft zu planen. Ich nahm ihm die Blumen weg und schnupperte an ihnen. Sie rochen nach Auspuffgasen – es war wunderschön.

Er lehnte sich dicht an mein Ohr und flüsterte mir zu: „Ich hatte auch Angst. Angst, dass du mich nicht lieben würdest. Als ich damals hierherkam, habe ich schon lange nichts mehr gefühlt. Das hier hat gestoppt." Er nahm meine Hand und legte sie auf seine Brust, direkt über sein Herz. „Aber in dem Moment, als ich dich und Becky hinten auf mein Motorrad setzte, fing es wieder an. Es schlägt jetzt so stark, dass es weh tut. Lässt du es mich versuchen? Wirst du mir eine Chance geben?"

Einst hatte ich gehofft, dass Robby mein Mann und Beckys Vater sein würde. Aber jetzt wurde mir klar, dass Colt mein wahrer Partner war.

Ich rückte näher an ihn heran und legte die Hände an seine Wangen. „Ich liebe dich. Ich möchte ein gemeinsames Leben versuchen." Ich wollte Freitagabende mit ihm und Becky auf der Couch verbringen und nervige Kinderfilme sehen, ich wollte Samstagmorgen in seinen Armen liegen. Ich

wollte ihn in meinem Leben haben. Unserem Leben.

Ich zog ihn zu einem Kuss herunter. „Ich möchte
es auch versuchen“, sagte er, kurz bevor sich seine
Lippen auf meine legten.

Epilog

Krista

Die Jungs waren gerade von einer Tour zurückgekommen, und ich schenkte reihenweise Whiskeys ein. Es war schön, dass ich keinen Bikini und kein Bustier mehr trug. Nur Jeans, ein Shirt und ein Paar Stiefel. Mein Arbeitstag in der Wirtschaftsprüfungsgesellschaft war vorbei und Becky übernachtete bei einer Freundin.

Skeeter hatte auf dem Run etwas Dummes getan, und alle machten sich abwechselnd darüber lustig. Wir lachten und ich schaute auf. Colt lächelte mich an. Er zwinkerte mir zu und neigte den Kopf. Oben.

Nachdem ich die Getränke eingegossen hatte, vergewisserte ich mich, dass niemand es bemerkte, und schlich mich in mein altes Zimmer. Es war renoviert worden. Es war jetzt nur noch ein Gästezimmer.

Als ich die Tür öffnete, lümmelte Colt auf dem Doppelbett. „Hey, Babe."

Die Tür schloss sich hinter mir und ich ging zu ihm hinüber. Mit gespreizten Beinen setzte ich mich auf seinen Schoß und legte die Arme um seinen Nacken. „Hey."

Er zog mich zu sich und küsste mich. Wir hatten das schon ein paar Mal gemacht, und es führte immer zu ziemlich heißem Sex auf diesem winzigen Bett. Aber nach nur einem Kuss schob er mich weg.

„Ich habe etwas für dich. Ein kleines Geschenk.“

Ich lachte und griff nach seinem Schwanz. „Darauf wette ich.“

Er hielt mein Handgelenk fest und grinste. „Das Geschenk ist im Schrank.“

Er hatte definitiv etwas vor. Ich stand auf und ging zum Kleiderschrank hinüber.

Das Einzige, was darin hing, war eine schwarze Weste. Auf der Vorderseite war nichts zu sehen, aber als ich sie umdrehte, war da ein Aufnäher.

Property of Colt – Eigentum von Colt.

Er hatte in den letzten sechs Monaten bei mir gewohnt. Mir war klar, dass es zwischen uns ernst war, aber das hier war das erste Mal, dass wir wirklich darüber sprachen.

„Was hältst du davon?“

Ich war still und fuhr mit den Fingern über das Leder. Es war wunderschön. Es war auch ein bisschen beängstigend. Zusammen zu sein war toll, aber das hier war von Dauer.

Er trat hinter mich und legte seine Arme um mich. „Da ist etwas in der Tasche“, sagte er an meinem Hals.

Ich fischte in der Tasche der Kutte und fand etwas. Es war ein Schlüssel. Aber er sah komisch aus. Der Schaft war ganz glatt und hatte keine der Kerben, die es normalerweise gab. Ich drehte mich zu ihm um und hielt ihn verwirrt hoch.

„Es ist ein Schlüssel zu unserem Haus. Er ist noch nicht angepasst worden, weil ich noch kein Haus

gefunden habe. Ich dachte, du würdest es aussuchen wollen. Etwas mit einem Garten, einem Kamin für den Weihnachtsmann. Was immer du
willst. Ich will dich einfach nur lieben."

Ich nickte, als ich ihn küsste.

„Lass es uns gemeinsam aussuchen."

Autorin

Sarah Hawthorne lebt im pazifischen Nord-westen, wo sie zu viel Kaffee trinkt, viele Urlaube plant und Liebesromane schreibt. Zu ihren natürlichen Lebensräumen gehören ihr Garten und die örtliche Bibliothek. Sarah Hawthorne hat einen Bachelor-Abschluss von der California State Polytechnic University of Pomona, Los Angeles, mit Hauptfach Geschichte und dem Nebenfach Englisch. Außerdem war sie "Golden Heart"-Finalistin 2016 und "Heart to Heart"-Preisträgerin 2015.

Weitere Teile der Demon Horde MC-Reihe:
Rebel Custody (Miriam & Skeeter)
Outlaw Ride (Jo & Clint)